潘达雷昂上尉和劳军女郎

｜略萨作品：精装珍藏版｜

〔秘鲁〕马里奥·巴尔加斯·略萨——著

孙家孟——译

Mario Vargas Llosa

PANTALEÓN Y LAS VISITADORAS

人民文学出版社
PEOPLE'S LITERATURE PUBLISHING HOUSE

著作权合同登记号　图字 01-2019-1243

图书在版编目(CIP)数据

潘达雷昂上尉和劳军女郎/(秘)马里奥·巴尔加斯·略萨著；
孙家孟译.—北京：人民文学出版社，2021(2023.1 重印)
(略萨作品:精装珍藏版)
ISBN 978－7－02－015946－8

Ⅰ.①潘…　Ⅱ.①马…　②孙…　Ⅲ.①长篇小说—秘鲁—现代
Ⅳ.①I778.45

中国版本图书馆 CIP 数据核字(2019)第 298171 号

责任编辑：朱卫净　陶媛媛
装帧设计：汪佳诗

出版发行　人民文学出版社
社　　址　北京市朝内大街 166 号
邮政编码　100705

印　　制　凸版艺彩(东莞)印刷有限公司
经　　销　全国新华书店等

字　　数　195 千字
开　　本　890 毫米×1240 毫米　1/32
印　　张　7.625
版　　次　2009 年 12 月北京第 1 版
印　　次　2023 年 1 月第 2 次印刷

书　　号　978-7-02-015946-8
定　　价　89.00 元

如有印装质量问题，请与本社图书销售中心调换。电话:010-65233595

献给　何塞·马里亚·古铁雷斯

有些人是专门为别人搭桥的，但人家过了桥就扬长而去了。

——福楼拜《情感教育》

目录

我是于 1973 年到 1974 年在巴塞罗那萨利亚的一间狭小房间里写完这部小说的,同时完成了其电影脚本。本来将由何塞·马里亚·古铁雷斯拍摄的,但由于发生了荒谬而复杂的事情,最后还是由我和他共同导演(当然,我不负任何灾难性的责任)。

故事基于真实的事件——为了解决亚马孙地区驻军士兵的性饥渴问题,由秘鲁陆军总部组织了一支劳军女郎(我是在两次前往亚马孙地区的旅行中了解到的)。这项服务被大大地夸张、歪曲,以致变成了一场骇人听闻的闹剧。说起来令人难以置信,那时由于受到萨特版的"承诺理论"的极坏影响,我一开始曾打算写成一个严肃的故事。但我发现难以做到,因为这故事要求的是嘲讽和笑声。也就是在那时,一种获得了解放般的感觉向我显示:在文学里也存在着游戏和幽默的可能。我以前写作时总是大汗淋漓,这次却不同,我写起来很顺利,而且很开心。每写完一章,我就读给何塞·马里亚·古铁雷斯和我在奥西奥大街的邻居们——帕特丽西娅·格列维和费尔南多·托拉听。

本书的出版在公众中获得了空前的成功。几年后,我在利马接到了一个神秘的电话,一个强有力的声音说道:"我是潘达雷昂·潘托哈上尉,想和您见一次面,请您给我解释一下您是怎么了解到我的经历的。"我拒绝了,因为我忠于我的信念:虚构的人物不应该混入现实生活之中。

马里奥·巴尔加斯·略萨
1999 年 6 月 29 日于伦敦

第一章

"喂，醒醒，潘达，"波奇塔喊道，"都八点了，潘达，潘弟达①。"

"都八点钟了？见鬼，这一觉睡得真香。"潘弟达打着哈欠，"你把肩章给我缝上了吗？"

"缝上了，中尉，"波奇塔一个立正，"哎呀，对不起，上尉。你呀，在我习惯叫你上尉以前，你还是当你的中尉吧，亲爱的。早就缝好了，看上去漂亮极了。你赶快起来吧，你的约见时间是……"

"九点。"潘弟达擦着肥皂，"你说这次会把我们派到什么地方去，波恰②？劳驾，把毛巾递给我。你想想看，亲爱的。"

"就派在这儿，利马③。"波奇塔观赏着灰色的天空、房顶、汽车和行人，"哎呀，我要流口水了，利马、利马、利马！"

"你别做梦了，利马，根本不可能，你想得倒美。"潘达照着镜子系领带，"哪怕把我们派到一个像特鲁希约或塔克纳④那样的城市，我都心满意足了。"

"你瞧，《商报》上的这条消息可真够逗人的，"波奇塔做了一个怪相，"在雷迪西亚，有个人为了宣布世界末日的到来，把自己钉在十字架上了，后来被送进疯人院。可是人们又把他抢了出来，因为大家认为他是个圣徒。雷迪西亚是森林地区⑤，属于哥伦比亚的那部

---

① 潘达、潘弟达都是潘达雷昂的爱称。
② 波恰、波奇塔均为波奇的爱称。
③ 秘鲁首都。
④ 特鲁希约、塔克纳和后文中的奇柯拉约均为秘鲁沿海的省会城市。
⑤ 秘鲁的地形分三部分：沿海地区、高山地区（安第斯山）和森林地区（亚马孙地区）。

分吧？"

"穿上上尉军装，你显得神气极了，亲爱的孩子。"雷奥诺尔太太把果酱、面包和牛奶摆在桌子上。

"现在属于哥伦比亚，过去是秘鲁的，是哥伦比亚从我们手里夺走的。"潘达往烤面包上抹着黄油，"妈妈，再给我来点儿咖啡。"

"还是把我们派回奇柯拉约吧，"雷奥诺尔太太把面包屑收到盘子里，撤下台布，"不管怎么说，我们在那儿生活得不是挺好吗？我觉得最重要的是不要离沿海地区太远。去吧，孩子，祝你好运。去吧，我祝福你！"

"以上帝、圣灵和死于十字架上的圣子的名义！"弗朗西斯科兄弟仰望夜空，俯视火炬，"我绑着双手，这十字架就是供品，为我画十字吧！"

"小姐，洛佩斯·洛佩斯上校要见我。"潘达雷昂·潘托哈上尉说道。

"还有两位将军也在等您呢。"秘书小姐挤挤眼，"进去吧，上尉。对，就是那扇咖啡色的门。"

"他来了。"洛佩斯·洛佩斯上校站了起来，"进来，潘托哈，祝贺您又添了一条杠。"

"评审团一致通过，您在晋升考核中获得总分第一名。"维多利亚将军又是握手，又是拍肩，"上尉，好样的。要想干大事业，为祖国服务，就得这样。"

"请坐，潘托哈，"柯亚索斯将军指了指沙发，"坐好，坐稳，听着，我要告诉您一件事。"

"你可别把他吓坏了，老虎①，"维多利亚将军挥挥手，"他会以为我们要把他送进屠宰场呢。"

"军需处长官亲自来向您宣布新的使命，这就说明事情很棘手。"洛

_____

① 柯亚索斯将军的绰号。

佩斯·洛佩斯上校的表情严肃起来，"是的，潘托哈，这件事相当微妙。"

"二位长官亲临宣布，我至感荣幸。""咔"的一声，潘托哈脚跟一碰，"哎呀，我的上校，您可引起了我极大的好奇心。"

"吸烟吗？"老虎柯亚索斯掏出香烟和打火机，"您别总是站着呀，坐，坐，怎么，您不吸烟？"

"还是情报局有眼力，"洛佩斯·洛佩斯上校摸着影印文件，"这正是我们需要的人：烟酒不沾，规规矩矩。"

"一个没有嗜好的军官，"维多利亚将军表示敬佩，"这下子除了圣罗莎和圣马丁·德波腊斯①，在天堂也有人代表我们军人了。"

"二位长官太过奖了，"潘托哈上尉脸红了，"长官不了解，我也可能会染上某种嗜好。"

"我们比您本人更了解您。"老虎柯亚索斯举起文件夹，接着又放回办公桌，"您要是知道我们花了多长时间来研究您的履历，您非大吃一惊不可。我们了解您干过什么、没干过什么以及您将来要干什么，上尉。"

"您的服役履历，我们都能背下来，"维多利亚将军打开文件夹，在卡片和表格中翻了翻，"作为军官，您没受过惩罚，只是在当士官生的时候受过七次轻微警告。因此您被选中了，潘托哈。"

"在军需处整整八十名军官当中，只有您被选中了，"洛佩斯·洛佩斯上校抬起一边的眉毛，"您可以像孔雀一样地骄傲了。"

"我非常感谢诸位长官对我的赏识，"潘托哈上尉的视线模糊了，"我当竭尽全力，以报答诸位长官对我的信任，上校。"

"这个上尉叫潘达雷昂·潘托哈？"斯卡维诺将军拍打着电话，"我听不清楚，你把他派到我这儿干什么，老虎？"

"您在奇柯拉约给人留下了很好的印象，"维多利亚翻阅着一份报

---

① 两位被列为圣人的秘鲁人。

告，"孟德斯上校非要把您留下来不可。看起来，在您的领导下，兵营管理得井井有条。"

"'天生的组织家的才能，对秩序有着数学的头脑，执行命令非常得力'，"老虎柯亚索斯念出了声，"'在兵团中管理有方，富有创造性'……哎呀，孟德斯这家伙爱上您了！"

"这种表扬使我受宠若惊了，"潘托哈上尉低下了头，"我只是竭力完成任务罢了。"

"什么服务队？"斯卡维诺爆发出一阵大笑，"不管是你还是维多利亚，都别想寻我开心，老虎，你们难道忘了，我可没有什么缺点能让你们开玩笑。"

"好吧，就对您直说了吧。"维多利亚将军把手指放在嘴唇上，"这件事要求绝对保密，我指的是即将交给您的任务，上尉。老虎，你就吓唬吓唬他吧。"

"简而言之，森林地区的部队在糟蹋妇女，"老虎柯亚索斯喘了一口气，眨眨眼，又咳嗽了一声，"强奸事件层出不穷，法院都审理不过来了，亚马孙地区都闹了起来。"

"每天都有不少的通报和控告信，像炸弹一样向我们飞来，"维多利亚将军挠着下巴上的胡子，"连最偏僻的小镇都派了代表团来抗议。"

"您的士兵在奸污我们的妇女，"派瓦·鲁努伊市长手里揉着帽子，声音也变了，"几个月前，我的一个弟妹被糟蹋了；上星期，我的妻子也险遭侮辱。"

"士兵并非鄙人的，乃属国家。"维多利亚将军做了一个安抚的手势，"冷静，请您冷静点儿，市长先生。本座对您弟妹的外遇深表遗憾，并当尽力予以赔偿。"

"怎么，现在把强奸称作外遇了？"贝尔特兰神父感到迷惑不解，"噢！其实就是那么回事。"

"弗洛西塔被两个从农场出来的士兵抓住，就在大路上被他们干了。"特奥弗洛·莫雷市长咬着指甲，跳着脚，"将军，这两个士兵可真会瞄准，姑娘的肚子大了！"

"请您过来，请您把那些强盗给我指认出来，陶乐德娅小姐。"彼德·卡萨汪基上校挤挤眼，"别哭，请您别哭，一切由我来解决。"

"让我出去指认？您倒想得出！"陶乐德娅哭哭啼啼，"让我一个人到全体士兵面前去出丑？"

"士兵们马上就要从哨所这儿列队走过，"玛克西莫·达维拉上校躲在铁栏杆后面说道，"您就在窗后偷偷地看着，一旦发现那些狂妄之徒，您就指出来，赫苏斯小姐。"

"什么狂妄之徒？"贝尔特兰神父唾星四溅，"堕落分子、无耻之徒、歹徒！竟敢污辱阿松塔夫人，简直是给陆军丢脸！"

"一名中士强奸了我的女仆鲁易莎·卡内帕，接着是一名下士，随后又来了一个下等兵。"巴卡柯尔索中尉擦着眼镜，"不知怎的，她倒喜欢上了这种事。司令，她现在干上了妓女这一行，改名为贝秋佳①，找了个保护人，是个同性恋者，绰号叫千面鬼。"

"现在请您指定一下，您愿意同哪个人结婚，陶乐莱斯小姐？"奥古斯托·瓦尔德斯上校在三个新兵面前来回走着，"牧师马上就主持婚礼，选吧，您来挑选吧，您愿意让哪一个来当您未来儿子的爸爸？"

"我的太太就在教堂里被他们干了，"木匠阿德里亚诺·拉尔克笔挺地坐在椅子边上，"不是在大教堂，而是在圣基督·德·巴加珊教堂里，先生！"

"事情就是这样，亲爱的听众，"辛奇大声疾呼，"这些亵渎神明的好色之徒既不害怕上帝，也不尊重神圣的教堂和洛雷托②几代人的

---

① 意为大胸脯，后文屡有提及。
② 秘鲁亚马孙地区的一个大区（秘鲁行政区划为24个大区和1个直属区，大区下面再分省和区。本书中为使表述直观，分别将原意中的大区、省和区中译为省、市、区），其首府为伊基托斯市。

命根子——本省的守护女神①的苍苍白发。他们无所顾忌。"

"他们把我拉住不放，哎呀，我的耶稣，他们硬把我按在地上，"克里斯蒂娜太太哭泣着，"他们喝得醉醺醺的，满嘴污言秽语，在祭坛前面就……我敢发誓！"

"克里斯蒂娜是全洛雷托省最慈善的人，"贝尔特兰神父大声吼道，"竟被他们奸污了五次！"

"还有他们亲爱的女儿、亲爱的侄女、亲爱的干女儿，我知道了，斯卡维诺。"老虎柯亚索斯吹吹军装垫肩上的头皮，"那位贝尔特兰神父不是随军神父吗？他到底站在我们一边还是他们一边？"

"我以神职人员的身份抗议，也以士兵的身份抗议，将军，"贝尔特兰少校挺胸腆肚，"这种暴行不仅有损于受害者，也有伤风化！"

"新兵们固然对您夫人企图不轨，"维多利亚将军微笑着鞠躬行礼，表示和解，"但是请您不要忘记，贵亲戚也差点儿把他们揍死。我这儿有一份医生的诊断：肋骨折断，内伤瘀血，耳朵撕裂。在这种情况下，双方打成平局，亲爱的大夫。"

"到伊基托斯去？"波奇塔停止了往衬衣上喷水，手里举着熨斗，"嗬，把我们派得可真够远的！"

"用这木十字架，你生火煮饭；用这木十字架，你建造房屋、睡床以及过河的木筏；"弗朗西斯科兄弟被高高地吊着，望着众人那一动也不动的树林般的脑袋、渴望的面孔和张着的双臂，"用这木十字架，你做成鱼叉捉鱼，做成吹箭筒捕兽，做成棺木埋葬死人。姐妹们，兄弟们，为了我，你们跪下吧！"

"事情伤脑筋啊，潘托哈，"洛佩斯·洛佩斯上校直打瞌睡，"康达玛纳市的市长还发布了通告，要求市民在军队放假的日子里把妇女都关在家里。"

----

① 指巴加珊。

"再说离海也太远了，"雷奥诺尔太太放下针，把线绕牢，再用牙咬下来，"在森林地带，长脚蚊不少吧？我可受不了这个罪，你是知道的。"

"您瞧这份名单，"老虎柯亚索斯挠着头，"不到一年，就有四十七位妇女怀了孕，贝尔特兰神父手下的牧师主持了二十次婚礼。当然喽，解决这个灾难需要采取比强迫结婚更为彻底的措施。到目前为止，惩罚、刑责并不能改变这种情况。士兵们到了森林地区，都变成了发情的猪。"

"好像对派到那个地方去最为垂头丧气的倒是你了，亲爱的。"波奇塔翻箱倒柜，"为什么，潘达？"

"恐怕是因为天气热，气候的关系。您说呢？"老虎柯亚索斯的精气神来了。

"很可能，将军。"潘托哈上尉结结巴巴地说。

"气候湿热，植物繁茂，"老虎柯亚索斯舔了舔嘴唇，"我一直有这样的感觉，一到森林地区就浑身冒火、热血沸腾。"

"万一让尊夫人听见，可要小心你的爪子①，老虎！"维多利亚将军笑了。

"起初，我们以为是饭食的关系，"柯亚索斯将军在肚皮上拍了一下，"在驻地，调料用得太多了，人们的性欲旺盛与此不无关系。"

"我们也请教了专家，甚至花重金求教于一个瑞士人，"洛佩斯·洛佩斯上校搓着手指，"那是个有许多头衔的食谱专家。"

"没关系，"贝尔纳德·拉奥埃教授在小本子上记着，"我们来制定一份食谱，在不减少必需的蛋白质的情况下，把士兵们的性欲削弱百分之八十五。"

"您可别大意，"老虎柯亚索斯嘀咕道，"我们也不希望陆军成为

---

① 柯亚索斯绰号为老虎，故有此语。

一支太监部队，医生。"

"奥贡内斯①呼叫伊基托斯，奥贡内斯呼叫伊基托斯，"桑达纳少尉不耐烦地叫着，"对，事情很严重，非常紧急，瑞士人的办法没有达到预期的效果，我的士兵都快要饿死了，都得了结核病。今天点名的时候又晕倒了两个人，司令。"

"不是开玩笑，斯卡维诺，"老虎把电话夹在耳朵和肩膀之间，点了一根香烟，"我们考虑来考虑去，还是认为这是解决问题的唯一办法。我这就把潘托哈连同他的母亲、妻子给你派去。祝你胃口好。"

"我和波奇塔商量好了，我们愿意随你去伊基托斯，"雷奥诺尔太太折起头巾，整好裙子，捆好鞋子，"可你还是愁眉苦脸的。你怎么了，孩子？"

"您是最合适的人选了，"洛佩斯·洛佩斯上校站起来搂住他的肩膀，"这一头痛的事情将由您来加以解决。"

"不管怎么说，伊基托斯是城市，潘达，而且看上去是漂亮的城市。"波奇塔把抹布丢在垃圾桶中，拉上提包的拉链，"别这么愁眉苦脸的。要是派你到山区去，不更糟吗？"

"说真的，我真不知如何完成这个任务。"潘托哈上尉咽了一口唾沫，"不过，我自当尽力执行命令。"

"您先到森林地区去，"洛佩斯·洛佩斯上校拿起一根尖棒，在地图上的一个地方指了指，"您的行动基地将设在伊基托斯。"

"我们来研究一下问题的本质所在，再予以彻底解决。"维多利亚将军以拳击掌，"您可能已经猜出来了，潘托哈，这并不仅仅是一名妇女受辱的问题。"

"问题还在于，士兵们在这有害的炎热气候条件下，还得像纯洁的小鸽子一样地生活。"老虎柯亚索斯咂了咂舌头，"在森林地区服役

---

① 秘鲁森林地区边境上的小镇。

的人都是好样的。潘托哈，真是好样的。"

"在亚马孙地区，乡下的姑娘都有主了，"洛佩斯·洛佩斯上校做了一个手势，"没有妓院，也没有风流娘儿们可供解闷。"

"士兵们整星期地关在兵营里，要不就到山里去执行命令，做梦都想到假日。"维多利亚将军也在想象，"到了假日，还要走许多路才能到达最近的市镇上，到了镇上还能有好事？"

"当然不会有好事，这都是因为娘儿们太少。"老虎柯亚索斯耸耸肩，"没有自渎过的人可就来劲了，一杯酒下肚，见到女人就会像饿虎扑食般地扑过去。"

"还发生过同性恋、兽交之类的事呢，"洛佩斯·洛佩斯上校说得更明确了，"您想想，奥贡内斯的一名士兵同一只母猴正在过夫妻生活的时候被人撞见了。"

"那只母猴有个可笑的名字，叫'第五班和奶嘴'，"桑达纳少尉忍住笑，"这事过去了，因为我一枪把它毙了。那个堕落的士兵也叫我给关了禁闭，上校。"

"总而言之，没有性生活就会引发最卑鄙的堕落和腐化，"维多利亚将军说道，"就会败坏士气，引起精神失常，对一切无所顾忌。"

"必须给饥饿的人饭吃，潘托哈，"老虎严肃地看着他，"您要去的地方需要您运用您的组织才能。"

"你怎么总是愣神，一言不发，潘达？"波奇塔一面把机票放在包里，一面打听机场的入口处，"那儿有几条河，我们可以去洗澡，到部落去游玩。打起精神来，傻瓜！"

"真怪，你是怎么了，亲爱的孩子？"雷奥诺尔太太望着云层、飞机的螺旋桨和下面的树木，"一路上，你一声不吭，什么事使你这么发愁？"

"没什么，妈妈；没什么，波奇塔。"潘达扣上安全带，"我很好，没有什么。瞧，马上到了，那儿是亚马孙河吧？"

"这几天你一直都是神不守舍的，"波奇塔戴上太阳镜，脱下大衣，"一句话也不说，瞪着眼尽出神。唉，可真让人受不了，我还没见过你变得这么厉害，潘达。"

"这新的使命搞得我坐立不安，不过这早就过去了。"潘达打开皮夹，付给司机几张钞票，"对，师傅，门牌 549 号，利马旅馆。等等，妈妈，我来扶你下车。"

"你难道不是军人吗？"波奇塔把旅行袋摔在椅子上，脱掉皮鞋，"你也知道你会被派到任何地方去，伊基托斯并不坏嘛。潘达，你不觉得这城市蛮可爱吗？"

"你说得对，这几天我真像个傻瓜。"潘达打开衣橱，把一套军装、一套西服挂起来，"大概是我对奇柯拉约产生了感情。说真的，我的坏情绪早就消失了。好吧，把箱子打开吧，这天气太热了，对吗，亲爱的？"

"我嘛，在旅馆里过一辈子都愿意，"波奇塔仰躺在床上，伸了个懒腰，"有人服侍，什么事都不用操心。"

"在一家小旅馆里给潘托哈家生一个士官生好不好？"潘达解开领带，脱下衬衣。

"给潘托哈家生个士官生？"波奇塔睁开眼睛，肘撑枕头，解开衬衣上的纽扣，"真的吗？我们可以订货了，潘弟达？"

"我不是早答应过你，等我有了三条杠就订货？"潘达拉直裤子，叠好，挂起来，"生下的小士官生将来就是洛雷托人了，怎么样？"

"太妙了，潘达，"波奇塔又是笑又是拍手，在床垫上跳着，"多么美满呀，一个小士官生，一个小潘弟达。"

"不过必须尽早订货，"潘达张开双手伸了过去，"货才能到得快。来，亲爱的，你往哪里逃？"

"喂，喂，你这是怎么了？"波奇塔跳下床跑进浴室，"你疯了？"

"来吧，来吧，生个小士官生，"潘托哈被箱子绊得跌跌撞撞，椅子也打翻了，"我们现在就订货，过来，波奇塔。"

"现在才上午十一点，我们刚刚到呀！"波奇塔连推带搡，最后生气了，"放开我，你妈妈会听见的，潘达！"

"这是来到伊基托斯的第一次，进旅馆的第一次，"潘达喘着粗气，撕掳着，拥抱着，最后滑了一跤，"来吧，亲爱的。"

"您瞧瞧吧，您从这些通报、控告信中得到了什么好处？"斯卡维诺将军挥舞着一份满是公章和签字的油污文件，"这您也有过错，贝尔特兰司令，您看看这家伙到伊基托斯是来组织什么的吧。"

"你要把我的裙子撕破了，"波奇塔躲在衣橱后面，扔出枕头，最后还是妥协了，"我都不敢认你了，潘达，你本来挺规矩的，这是怎么了？放手，我自己脱。"

"我本来是想消灭病毒，而不是引起病毒，"贝尔特兰对着司令那涨红的面孔看了又看，"没想到药方比疾病本身还糟。将军，简直不可想象，这太过分了，您允许这么干吗？"

"还有乳罩、丝袜，"潘弟达满头大汗，扑上去，一抽一送，"老虎说得对，又湿又热，浑身冒火，热血沸腾。来，挠挠使我高兴的地方，耳朵，波奇塔。"

"大白天的，真不好意思，潘达。"波奇塔盖上被单气喘吁吁地抱怨着，"你一会儿就要睡着了，不是三点钟要到司令部去吗？每次完事你总是要睡一会儿的。"

"我洗个淋浴就行了。"潘弟达说着，采取跪式，一弓一挺，"别讲话，别分散我的注意力，给我挠挠耳朵。对，对，就这样，噢！我要死了，亲爱的，我简直不知道自己是老几了……"

"您是老几我知道得清清楚楚，您到伊基托斯来干什么我也知道得清清楚楚。"罗赫尔·斯卡维诺将军嘟嘟囔囔的，"咱们开门见山吧！对您的到来，我丝毫不感到高兴，上尉，这一点，我事先就得跟您说清楚。"

"请原谅，将军，"潘托哈上尉含糊不清地说，"这里面可能有些误会。"

"我根本不同意您到这儿来组织服务队，"斯卡维诺把秃头凑近电风扇，眯起眼，过了一会儿说，"我一开始就反对，我一贯认为干这种事太可怕了。"

"尤其是有伤风化，毫无道理！"贝尔特兰使劲地扇着扇子。

"司令和我保持了沉默，因为这是上级的命令，"斯卡维诺将军打开手帕，擦了擦前额、两鬓和脖子上的汗，"但上级并没有使我们心服口服，上尉。"

"我同这个计划毫无关系，"潘托哈上尉满头大汗，一动不动，"我接到通知的时候也大吃一惊，神父。"

"我是司令，"贝尔特兰神父纠正，"您不会数肩章上的杠杠？"

"对不起，司令，"潘托哈上尉轻轻碰了一下脚跟，"我根本没有参与此事。我向您保证。"

"您不是军需处里想出这个坏点子的智囊吗？"斯卡维诺将军抓起电扇对着自己的面孔、头顶，嗓子发哑，"不管怎么说，有些事情得说清楚，我虽不能阻止这件事的进行，但我要尽量不使陆军受到玷污。谁也玷污不了自从我领导第五军区以来陆军在洛雷托省赢得的光辉形象。"

"这也是我的愿望，"潘托哈上尉越过将军的肩望着混浊的河水、满载香蕉的小船、蔚蓝色的天空、火红的太阳，"我准备尽力而为。"

"如果消息传了出去，此地就会闹翻天，"斯卡维诺将军提高了嗓门，站起来把手撑在窗台上，"利马的战略家们坐在办公室里安安稳稳地想出鬼点子。而如若事发，活受罪的是我斯卡维诺将军！"

"我同意您的看法，您也应该相信我，"潘托哈上尉汗流浃背，祈求道，"我自己是不会要求这种任务的，这同我经常做的工作大不一样。我也不知道能不能胜任。"

"你的父母在木床上交欢造出了你，生你的人在木床上吃力地分开双腿把你生下，"黑暗中，弗朗西斯科兄弟在十字架上哀泣、号叫，"木床感到了她的肉体，被她的血染红，接受了她的眼泪，被她的汗水弄湿。制造这床的木头是神圣的，这木头给我们所有人带来了健康。姐妹们、兄弟们，为了我，张开你们的臂膀吧……"

"这扇门将会有几十人进进出出，这间办公室将会充满抗议的声音、签字的控告书和匿名信。"贝尔特兰神父激动地来回走动，把扇子打开又合上，"整个亚马孙地区就会闹翻了天，就会认为这一丑事是斯卡维诺将军一手搞的。"

"我好像听见辛奇这个煽动者正在麦克风前污蔑我。"斯卡维诺将军转过身，脸色都变了。

"我得到的指示是，服务队必须在极端秘密的情况下进行活动，"潘托哈上尉大胆地脱下军帽，用手帕揩揩前额，擦擦眼睛，"我一定每时每刻遵守这一规定，将军。"

"可我用什么话来平息众怒呢？"斯卡维诺将军叫喊着，围着办公桌转来转去，"利马考虑没考虑我的处境？"

"如果您愿意，我今天就可以请求调走，"潘托哈上尉脸色发白，"我对服务队没有丝毫兴趣。"

"说得多么好听呀！想出这个字眼的人可真是个天才，"贝尔特兰神父脸朝窗子，踮着脚望着粼粼闪光的河水、茅屋和生长着树木的平原，"服务队，服务队！"

"您调走也没用，一个星期之后还会调人来，"斯卡维诺将军又坐了下来，吹着电风扇，揩揩头上的汗水，"这件事对陆军有无损害，可全靠您了。您肩负着比火山还重大的责任呀。"

"您完全可以高枕无忧，将军，"潘托哈上尉立正、挺胸、直视，"我一生中最尊重、最热爱的就是陆军。"

"目前您为陆军服务的最好方式就是远离陆军，"斯卡维诺将军的声音柔和了，做出和蔼的样子，"至少在您领导服务队期间要远离。"

"对不起，您说什么？"潘托哈上尉眨眨眼。

"我希望您不要踏进司令部和伊基托斯的各个军营一步！"斯卡维诺将军把手掌、手背放在嗡嗡作响、看不清的扇片前来回翻动着，"一切正式活动，包括检阅、做祈祷，您都不能参加，也不能穿军装，只能穿便服。"

"我上班也要穿便服吗？"潘托哈上尉还在眨眼。

"您将在远离司令部的地方上班，"斯卡维诺将军用带有疑惑、伤心、同情的眼光看着他，"您不要太天真，伙计，您想，在这儿能给您准备出一间办公室来进行您的组织工作吗？我在伊基托斯郊区的河边已经给您腾出了一间仓库，您就穿着便服到那儿去上班。不能让任何人知道那个地方同陆军有联系，懂了吗？"

"懂了，将军！"潘托哈上尉张大了嘴，连连点头，"不过事情出乎我的意料，我不知道还得隐瞒身份。"

"您要注意，您是情报局百里挑一选中的，"贝尔特兰神父离开窗口，走近他，向他慈祥地笑了笑，"现在就看您有没有能耐隐姓埋名地生活了。"

"我试着去习惯，将军。"潘托哈上尉含混地说。

"另外，您住在陆军住宅区也不合适，所以要在城里找一所房子。"斯卡维诺将军用手帕轻轻地抹着眉毛、耳朵、嘴唇和鼻子，"我还要请求您，不要同军官们发生任何关系。"

"您指的是友谊关系吗，将军？"潘托哈上尉感到有点气喘。

"当然不是爱情关系喽……"贝尔特兰神父不知是笑、嗓子发哑还是咳嗽。

"我也知道，这工作很艰苦，您得付出很大的精力，"斯卡维诺将军和蔼地点点头，"但别无他法，潘托哈。您的使命要求您同亚马孙地区的各色人物打交道，唯一能避免涉及陆军的办法，就是您本人得作出牺牲。"

"简洁地说,我必须隐瞒自己的军官身份,"潘托哈上尉望着远处一个光屁股的小孩在爬树,一只红羽鹭鸶在一瘸一拐地走动,天际一片灌木丛在喷出火焰,"身穿老百姓的服装,同老百姓打交道,像老百姓那样工作。"

"但是要像军人那样思考问题,"斯卡维诺将军在桌上轻轻一击,"我指定了一名中尉做你我之间的联络员,你们每周见面一次。您将通过他向我汇报您的工作情况。"

"您完全不用担心,我一定守口如瓶,"巴卡柯尔索中尉举起啤酒杯,说声"祝您健康","我什么都知道了,上尉。您看我们每星期二见面怎么样?我想我们的会面地点应该在酒吧间、妓院,您现在得经常去这种地方了,对吧?"

"这使得我有一种犯罪的感觉、一种麻风病患者的感觉,"潘托哈上尉逐一观察着猴子、鹦鹉、鸟类的标本及站在柜台前喝酒的人,"一开始,斯卡维诺将军就抵制,我怎么能开展工作?一开始就打击我的情绪,要我进行伪装,不叫我公开露面。"

"你去司令部的时候还挺高兴,怎么现在又是一副垂头丧气的样子了?"波奇塔踮起脚在他面颊上吻了一下,"出了什么事?你迟到了,斯卡维诺将军骂你了?"

"我尽量帮助您,上尉。"巴卡柯尔索中尉夹给他一片煎蛇肉,"我虽说不是专家,但我尽力而为。您的这份美差,换了别的军官还求之不得呢!您想想,行动自由,自排时刻表,自订工作制度,还不算别的外快,上尉。"

"我们就住在这儿?这么个难看的地方!"雷奥诺尔太太看了看斑驳的墙壁、肮脏的地板、布满蜘蛛网的天花板,"为什么不在陆军住宅区给你一所漂亮的房子?你太软弱了,潘达。"

"您不要以为我是个失败主义者,巴卡柯尔索,我只是有点不知怎么办才好。"潘托哈上尉尝了尝，嚼了起来，咽下去，说声好吃，"我是个很好的管理人员，但是不让我干本行。而我对这种事又一窍不通。"

"您去看了您的作战中心了吗?"巴卡柯尔索中尉又斟满酒杯，"斯卡维诺将军签署了一份通告，禁止伊基托斯的任何军官走近依达雅河岸上的那间仓库，违者处以三十天禁闭。"

"还没去看，"潘托哈上尉喝了一口，抹抹嘴，憋出了一个嗝儿，"因为……坦率地说吧，为了按照要求完成任务，我首先得在这方面取得经验。比如说吧，了解了解夜生活，还得喜欢凑热闹。"

"你就这样去司令部吗，潘达?"波奇塔靠近他，摸摸他的无袖衫，闻闻他的蓝色长裤和骑士帽，"你的军装呢?"

"很可惜，这种事我又干不来，"潘托哈上尉发了愁，做了一个不好意思的动作，"我从来不是浪荡公子，年轻的时候也没放荡过。"

"我们不能同军官家属聚会?"雷奥诺尔太太拿起掸子、扫帚、铝桶，又是掸，又是扫，又是擦，最后惊奇地说道，"我们要跟老百姓一样?"

"我当士官生的时候，在外出的日子里，我宁可留在学校学习。"潘托哈上尉无限怀念地回忆着，"特别是啃数学，我最喜欢了。我从不参加什么晚会，说起来您不信，我只学会了最容易的舞步：小博莱罗①和华尔兹舞。"

"连邻居都不能让他们知道你是上尉?"波奇塔擦着玻璃，洗刷地板，粉刷墙壁，最后也吃了一惊。

"这一切对我来说太可怕了，"潘托哈上尉畏畏缩缩地向周围看了一眼，然后凑到中尉的耳朵上说道，"一个人一辈子都未同妓女接触过，怎么能组织服务队呢，巴卡柯尔索?"

---

① 西班牙民间舞蹈。

"一个特殊任务？"波奇塔在门上打蜡，在衣柜上糊纸，在墙上挂画，"你要在情报局工作？啊，我一看你这神秘劲儿就猜出来了，潘达。"

"我一想到成千上万的士兵在期待着，对我抱有如此大的信心，他们数着日子盼着这一天的到来，"潘托哈上尉端详着酒瓶子慢慢激动起来，最后带有睡意地说，"我就坐立不安，巴卡柯尔索。"

"什么军事秘密？屁！"雷奥诺尔太太整衣柜，缝窗帘，掸灯罩，插开关，"对妈妈也保密？哎呀呀，你瞧瞧……"

"我不愿使他们失望，"潘托哈上尉愁眉苦脸的，"可我他妈的从哪儿着手呢？"

"你不告诉我，你也好受不了，"波奇塔整理床铺，铺上台布，油漆家具，把杯子、盘子、餐具摆在食柜里，"以后你就别想让我挠你喜欢的地方，咬你的耳朵。反正随你便，亲爱的。"

"祝您旗开得胜，上尉，"巴卡柯尔索给他打气，建议干杯，"妓女不来找上尉，上尉就去找妓女嘛。我看这最简单不过了。"

"当间谍，潘达？"波奇塔搓着手欣赏着房间，低声说，雷奥诺尔太太，瞧我们把这猪圈收拾得多么好，不是吗？"就像在电影里那样？嗬，亲爱的，太棒了。"

"今晚您就到伊基托斯妓院多的地区溜达溜达，"巴卡柯尔索中尉在餐纸上写下地点：茅茅①、007②、独眼猫、小圣胡安，"熟悉熟悉情况。我倒是很愿意陪您去，但是您知道斯卡维诺的命令严着呢！"

"穿这么漂亮到哪儿去，孩子？"雷奥诺尔太太同时回答波奇塔，是的，房间都认不出来了，我们该受奖赏。"噢哟，瞧你这身打扮，还系领带，不热死你？去参加高级会议？还有晚上开会的？你也能做间谍？太滑稽了，潘达，嘘……我不讲话了。"

---

① 20世纪30年代，肯尼亚反抗英国殖民者的秘密组织。以下均为妓院名。
② 英国间谍电影《007》中的主人公名为詹姆斯·邦德，片名也是其代号。

"到了这几个地方，您就打听一个叫波费里奥的人，"巴卡柯尔索把餐纸折好，放在上尉的衣袋里，"这个人能帮您。我看您还是找几个挨门挨户洗衣服的女郎吧，您知道什么是洗衣女郎吗？"

"他不是被淹死的，也不是被烧死的；不是被绞死的，也不是被乱石打死的，更不是被剥皮而死的。"弗朗西斯科兄弟呻吟、哭泣，脚下的火把噼啪作响，祈祷声嗡嗡一片，"他是被钉死在木头上的，他宁愿死在十字架上。谁愿意听就听吧，谁愿意理解就理解吧。姐妹们，兄弟们，为了我，请你们一起击掌三次……"

"晚上好！嘿……嘿……啊——啊嚏！"潘达雷昂·潘托哈打了个喷嚏，坐在凳子上，靠在栏杆上，"请来瓶啤酒。我是初来乍到伊基托斯，正在熟悉情况。这个地方是叫茅茅吧？门口画着弩箭和图腾呢，我看见了。"

"给您啤酒，凉极了，"侍者端上酒，揩了杯子，向大厅指了指，"对，是叫茅茅。今天是星期一，没有什么顾客。"

"我想打听一下，嘿，嘿……"潘达雷昂·潘托哈干咳了一声，"如果可以……我只是想了解一下……"

"到哪儿找姑娘，对吗？"侍者用拇指和食指比画了一个圈儿，"这儿就有，不过今天都去看十字架圣徒弗朗西斯科兄弟了，听说这个人是从巴西爬着来的，还显奇迹呢。您看，谁来了？喂，波费里奥，来一下，我给你介绍一下这位先生，他是来观光的，想打听一下……"

"打听妓院和夜蝴蝶？"波费里奥朝他挤挤眼，鞠了一躬，伸过手去，"当然可以，先生。两分钟我就能介绍完，您只要请我喝杯啤酒，便宜吧，对不对？"

"非常荣幸。"潘达雷昂·潘托哈指了指旁边的凳子，请他坐下，"当然要请您喝一杯了，不过您别搞错了，我个人并无此雅兴，只是个技术问题而已。"

"技术问题？"侍者作恶心状，"我希望您不是个密探，先生。"

"妓院并不多。"波费里奥伸出三根手指,"祝您健康,生活愉快。有两家相当不错;一家低级一些,是乞丐去的地方。还有些夜蝴蝶是独立营业、走街串户的,这些夜蝴蝶叫洗衣女郎,您知道吗?"

"噢,真的?这太有意思了!"潘达雷昂·潘托哈微笑着鼓励他说下去,"这些地方我都没去过。出于好奇心,请问您有联系方式吗?也就是说您同这些地方有交情、有接触吗?"

"这个波费里奥,凡是有姑娘的地方,他都喜欢去,"侍者笑了,"人们都叫他伯利恒区的富满洲①,对不对,老乡?伯利恒区就是水上居民区,是亚马孙地区的威尼斯,您去参观过没有?"

"我这辈子什么事都干过,可并不富,先生。"波费里奥吹了吹泡沫,喝了一口啤酒,"钱没赚很多,经验倒是不少。在电影院售票、开汽艇、捕蛇出口,都干过。"

"可所有这些地方都因为你爱嫖而把你赶出来了,浪荡哥,兄弟!"侍者给他点了一支烟,"把你妈妈编的歌唱给这位先生听听。"

"'华人天生是穷厮,老鸨小偷干到死②。'"波费里奥一面唱,一面自鸣得意地狂笑,"唉,我漂亮的小妈妈早升天了。人生在世,及时行乐,对不对?再喝一瓶冰镇啤酒凉快凉快怎么样,先生?"

"好的,不过,嘿嘿……"潘达雷昂·潘托哈脸红了,"我有个好想法,咱们换个地方好不好,朋友?"

"潘托哈先生?"秋秋蓓③太太被汗水弄得满面油光,"非常荣幸,请进,宾至如归.我们对顾客一律盛情招待,除了那些臭丘八,他们还想打折扣呢!你好吗,波费里奥?你这个强盗。"

---

① 上世纪 20 年代好莱坞系列电影中的邪恶反派,原型出自英国小说家萨克斯·罗默的《富满洲之血》(*The Blood of Fu Manchu*)。起初并未明确国籍,后来被西方文化用于丑化华人。
② 本故事开始于上世纪 50 年代,当时的南美洲对华人有诸多偏见。
③ 意为毒蛇。

"潘托哈先生刚从利马来，是我的朋友，"波费里奥在她脸上吻了一下，在她屁股上拧了一把，"这位先生要在此地做生意，你知道吗？是豪华的服务业，秋秋蓓。那个矮个子叫秋毕托①，是这儿的宠儿，先生。"

"你还是叫我工头、酒吧老板、保镖的好，妈的！"秋毕托伸手拿起酒瓶，收拾起杯子，打开电唱机，把姑娘们赶到舞池去跳舞，"您还是第一次到秋秋蓓妓馆吧？希望您常来。今天姑娘不多，都去看弗朗西斯科兄弟了，就是在莫罗纳湖边竖了个大十字架的那位兄弟。"

"我也去看过了，简直是人山人海，扒手们可丰收了。"波费里奥向别人打着招呼，"那位兄弟是个呱呱叫的演说家。听不太懂，倒是很感人。"

"无论什么东西，一旦钉在十字架上就是祭品。钉在十字架上就升了天，死在十字架上的那个人就会收到。"弗朗西斯科兄弟唱着圣歌，"清晨起舞的蝴蝶、芬芳四溢的玫瑰、黑夜闪光的蝙蝠、钻进指甲的疥虫，都可以钉上。姐妹们，兄弟们，为了我，竖起十字架吧……"

"这个人怎么这么严肃？严肃的人是不会跟波费里奥混在一起的。"秋秋蓓擦着桌子，让着位子，接着娇声娇气地说，"秋毕托，拿瓶啤酒来，三只杯子。第一轮，本馆请客了。"

"您知道秋秋蓓是什么意思吗？"波费里奥伸出舌尖吹起口哨，"亚马孙地区一种最毒的蛇。您可以想象，这位太太对人类恶毒到什么程度，才能得了这么个绰号。"

"住口，流氓！"秋秋蓓微笑着把他的嘴捂上，斟满杯子，"祝您健康，潘托哈先生，欢迎您来伊基托斯。"

"毒蛇般的舌头，不过倒是我的好朋友。"波弗里奥把墙上男女拥抱着的裸体画、破裂的镜子、红色的灯罩和椅子上五颜六色的流苏指

---

① 意为肿瘤。

给他看，"这家妓馆虽说有年头了，但在伊基托斯仍算是最好的。"

"您可以看看剩下的这几个姑娘，"秋毕托挨个儿指着姑娘，"在挑选姑娘上，秋秋蓓是有眼力的，先生。"

"这音乐太好了，我的脚都发痒了，"波费里奥站起来，扯起一个姑娘的臂膀，抱向舞池跳了起来，"对不起，我得活动活动筋骨了。过来，小屁股。"

"我可以请您喝杯啤酒吗，秋秋蓓太太?"潘达雷昂·潘托哈满脸堆笑，低声说道，"如果不麻烦您，我想向您打听几件事。"

"这个波费里奥又讨厌又可爱。他没有钱，可他一来，这个晚上就热闹了。"秋秋蓓把一张纸揉成一团，向波费里奥扔去，但是落在凳子上了，"我也不明白这些姑娘看上他什么了，都爱他爱得要命。您瞧，他跳得骨头都快散了。"

"我只是想打听一下……有关您的生意……嘿……"潘达雷昂·潘托哈穷追不舍。

"噢，当然可以，"秋秋蓓严肃起来，表示同意，用眼睛打量着他，"不过我想，您不会是到这儿来谈买卖的吧? 可能是另外一件事吧，潘托哈先生?"

"我头疼极了，"潘弟达蜷起身子，盖上毯子，全身都散了架，又冷又热。

"你怎么能不头疼呢? 你怎么能不发寒热呢? 我太高兴了!"波奇塔跺着脚，"快四点了才上床，一到家就跌倒了，白痴!"

"你一连吐了三次，"雷奥诺尔太太在锅子、水池和毛巾架之间跑来跑去，"满屋子都是你的酒味，孩子!"

"这是怎么回事? 你要解释清楚，潘达。"波奇塔双眼冒火地走到床边。

"我不是跟你谈过了嘛，亲爱的，这是工作。"潘弟达在枕边苦苦哀求，"你很清楚，我是从来不喝酒的，也不喜欢在外面熬夜。喝酒、熬夜对我来说也是一种活受罪，亲爱的。"

"这么说你以后还要干?"波奇塔眉眼乱动，马上就要哭出来了，"早上才睡，烂醉如泥。这可不行，潘达，我说这可不行!"

"哎呀，不要吵了!"雷奥诺尔太太小心翼翼地保持托盘上杯子、水壶的平衡，"来，孩子，把这冷毛巾敷上，再把这健胃水喝下去，快，趁还有泡沫，喝下去。"

"这是我的工作，这是上级给我的任务。"潘弟达绝望了、消瘦了、声音嘶哑了，"我也讨厌这工作，你要相信我。可我什么也不能对你说，你也别打听，否则我的前途就完了。请你相信我吧，波恰!"

"你准是跟别的女人在一起了!"波奇塔放声大哭，"男人没有女人就不会喝到天亮。我敢肯定，你一定和女人鬼混了，潘达!"

"波恰，波奇塔，我头都要裂了，腰也疼。"潘弟达一手按着额上的毛巾，一手在床下乱摸，拉过痰盂，呕吐起来，"你别哭，你这一哭我就有犯了罪的感觉，可我没犯罪，我向你保证我没犯罪!"

"闭上眼，张开嘴，"雷奥诺尔太太端着一只热气腾腾的杯子，一面吹着一面走来，"来，把这杯热咖啡喝下去，孩子!"

第二章

SVGPFA①

报　告

（第一号）

事由：陆军驻地、边防哨所及同类部队服务队事宜

内容：指挥所建立、招募人员地点的情况

种类：秘密

日期及地点：1956 年 8 月 12 日于伊基托斯

报告人，秘鲁陆军（军需）上尉潘达雷昂·潘托哈，就负责为亚马孙地区的陆军驻地、边防哨所及同类部队组织服务队并使之进行活动事宜谨向陆军行政、军需、总务处处长费利贝·柯亚索斯将军致敬，并报告如下：

一、报告人甫到伊基托斯，即向第五军区（亚马孙地区）报到，并向总司令罗赫尔·斯卡维诺将军表示了敬意。将军在亲切热烈地接待了报告人之后，即把为了有效地完成报告人肩负的使命所采取的各项措施告知了报告人，即：为了保护陆军的声誉，报告人不得进入司令部和该市各处军营，不得身穿军装，不得在陆军住宅区居住，不得与该司令部军官交往。换言之，报告人必须以老百姓身份进行活动，与报告人交往的人员及其所在（即下等人和妓院）不得知晓与之交往

---

① "陆军驻地、边防哨所及同类部队服务队"的原文缩写。

者乃一陆军上尉。报告人严格地遵守了上述纪律，尽管对隐瞒本人为之感到骄傲的陆军军官身份并远离其亲同手足的战友一事感到不胜悲苦，尽管此举给本人家庭关系造成了微妙的局面，因为报告人必须对其母亲和妻子保守秘密。为此，报告人为了保持家庭和睦并顺利进行工作，不得不终日以谎言度日。但鉴于上级委托的这一任务之紧迫性，鉴于在森林地区最边远地方为祖国服务的士兵们的利益，报告人承受了这一牺牲。

二、报告人接管了位于依达雅河畔的第五军区司令部撤出的阵地，作为指挥所兼服务队的（招募/提供）后勤中心，并录用了斯卡维诺将军指定的两名士兵，此二人一叫辛弗罗索·凯瓜斯，一叫帕洛米诺·里奥阿尔托。上级对此二人印象极佳，故予以选用。此二人品德端正、性格温顺，对异性漠然待之，否则，其工作性质、所处环境的特点定将在彼等身上产生诱惑，给服务队带来麻烦。报告人还愿意报告，指挥所和后勤中心所处之地点拥有最好的条件：首先，地方宽敞、交通方便（靠近依达雅河）；其次，不招眼目，不惹注意，因为距城甚远，而离它最近的有人烟的地方即大棒磨米厂又在对岸（没有桥梁）；另外，此地地形极佳，可建一小型码头，待服务队制定劳军女郎流通制度之后，指挥所还可直接监视人员的来往。

三、报告人在第一周集中时间与精力打扫并布置了指挥所。该地呈半方形，占地1，323平方米（其四分之一为室内面积），围有板壁，开有两扇门，一朝通往伊基托斯之小路，一朝依达雅河。室内部分占地327平方米，木板铺地，共两层，楼上为一带有栏杆的木结构飞阁，有救火梯可上。报告人即在此处设立了指挥所、私人办公室、资金库和档案室。在底楼（从指挥所可随时监视）为辛弗罗索·凯瓜斯和帕洛米诺·里奥阿尔托挂了两张吊床，盖了一间简易厕所（下水道即为依达雅河）。露天部分为一泥土空地，尚留有树木若干。

用一周时间进行布置，看来似乎太长了些，且有不够严肃、懒散之嫌，但该阵地实处无法利用之境地，请恕报告人直言。该阵地曾一度变为罪恶的渊薮。缘由如下：趁我军弃而不管之机，此仓库曾被用来进行各种非法活动，弗朗西斯科兄弟之追随者也曾占据过此地。该兄弟为巴西籍，一种新宗教的创建者，伪称能显奇迹，曾步行或乘木筏跑遍了巴西、哥伦比亚、厄瓜多尔及秘鲁诸国的亚马孙河流域。所到之处，皆竖十字架若干，自钉其上，以此怪态用葡语、西语和琼丘①语进行传道。此人惯于预言灾难，告诫其信徒（此人很有些小聪明，其预言不仅在一般无文化的老百姓中，而且在有教养的人中也取得了效果。不幸的是，报告人的母亲亦属其中之一。为此，天主教、新教对此人疾恶如仇，尽管如此，此人仍拥有无数信徒），舍弃钱财，制作木质十字架，奉上祭品，以防世界末日的到来——据其不惭大言，此日即在眼前。在伊基托斯，弗朗西斯科兄弟所到之处，都建立了为数众多的方舟（此人所创立的宗教庙宇称为方舟，上级如认为适当，报告人以为情报局应对此人严加注意）。一群兄弟姐妹（他们之间如此相称）把仓库改建为方舟并竖立十字架，以举行其不卫生与残忍兼而有之的仪式。在此种仪式上，他们把各种动物钉在十字架上，以使动物之血浴及跪在十字架下的信徒。报告人本人就在该地发现无数猴、狗、乳虎甚至鹦鹉等生灵的尸体。灯笼、血迹到处皆是。毫无疑问，这就是传染病的温床。报告人接管该处之时，不得不借助于公众之力驱走了方舟众兄弟，当时彼等正准备把一只大蜥蜴钉在十字架上。该物现已被没收，送交第五军区军事供应处。

此前，该不祥之处曾被一巫师或郎中之流占用，后又被众兄弟姐妹强力驱逐。巫师蓬西奥每晚在此以草药和死藤②举行仪式。此种药物表面看来颇有疗效，导致幻觉，但不幸的是，也能引起间歇性的全身异变，诸如痰多、尿急、剧泻等。此种秽物，连同其后作为祭品的

---

① 秘鲁印第安人部落之一。
② 一种用于提制麻醉品的植物。

兽尸以及垃圾、腐肉等磁铁般地招来的兀鹰、山猫，把该地变成一座地狱，秽不卒睹，臭不可闻。报告人不得不请辛弗罗索·凯瓜斯和帕洛米诺·里奥阿尔托二位买来铁锹、耙子、扫帚和铁桶（附发票第一、二、三号），在报告人监督下辛勤劳动，烧掉垃圾、冲刷地板、墙壁，用来苏水进行消毒。接着还需在洞穴中放毒或堵塞洞穴，放置鼠夹捕捉啮齿动物。此种动物多不胜数，如入无人之境。毫不夸张地说，它们竟然在报告人的眼皮底下大摇大摆，进进出出，甚至在报告人的脚下撞来撞去。还得以石灰粉刷墙壁，这项工作之所以必须进行，是因为墙壁斑驳不堪，涂满了字迹和淫画（此地可能也曾作为偷欢的场所被利用过），以及兄弟姐妹刻的小十字架。与此同时，还需要在伯利恒区以时价购置办公用具，诸如桌、椅、台板以及指挥所使用的档案柜等（附发票第四、五、六、七号）。至于露天场院，则仍然堆放着许多军队作为仓库使用该场地以来抛弃的废品（诸如罐头盒、损坏的车辆等）。服务队不愿等上级下令之后再予以拆毁，故统统清除一光，冲刷一新（在草丛中甚至发现一条死蛇）。至此，报告人荣幸地报告，七天之中，本人自告奋勇，每日工作十至十二小时，终于把当时接管的难以言状的垃圾堆变成了一个堪可居住的地方。虽简陋，却整洁，甚至令人愉快，符合陆军下属单位的要求，虽然目前此单位尚属秘密性质。

四、阵地布置完毕，报告人即挂起各种地图和表格，以便最确切地辨认服务队的服务地区范围、统计未来服务对象的潜在数字以及制定服务队交通队的行驶路线。从地形上初步估计，可得出下列数字：服务队的服务地区约有四十万平方公里，其中可能接受服务的有八个陆军驻地、二十六个边防哨所和四十五个营地。从指挥所和后勤中心通往上述各处的首要通道是空运和水运（见附图 I），只在个别情况下，才能进行陆运（如伊基托斯近郊，尤其是尤里玛瓜斯、康达玛纳和普卡尔帕）。为了确定服务队服务对象的潜在数字，报告人自作主张

（获第五军区总司令的赞许），向所有陆军驻地、边防哨所及同类部队发出了下列调查书，由连长或在连长缺额的情况下由排长加以填报：

甲、您指挥下的军士①和士兵中有多少是单身汉？

在回答此问题之前，请您注意，为了达到有关目的，调查表中"已婚"一项不仅包括在教堂和民政机关结婚的军士和士兵，也包括有外室者（即同居关系），甚至包括那些在其服役驻地附近保持不合规、时断时续的各种同居关系者。

注意：本调查书的目的是要极为精确地确定您指挥下的人员有多少是根本（包括永久或暂时的）没有性生活经历的。

乙、在精确地调查过您指挥的单身汉的数字之后，请减去那些由于这种或那种原因可归类为不能进行正常性生活的军士和士兵的数字，此类人员包括同性恋者、惯于手淫者、阳痿症患者、性冷淡者。

注意：鉴于一般人都理所当然地对各种议论和偏见敬而远之，而承认本人为上述例外者就会担心成为被嘲弄的对象，故而应提醒负责此项调查的军官，如仅仅相信每个军士和士兵本人的回答，此种排除统计法就有不能贯彻的危险。因此，建议负责此项调查的军官要把被调查者本人的材料同别人的证词（如与其至交战友的私房话）、军官本人的观察与机智大胆的手段结合起来。

丙、做过排除统计法之后，您指挥下的有能力过性生活的单身军士和士兵的数字也就确定了。接着请您以隐蔽而谨慎的方式，在这组人中调查一下，每个人估计或确知为了满足其男性需要，每月所需进行性生活的次数。

注意：本调查书要求分别制作一个最多次数和最少次数的表格，格式如下：

某人 { 每月最多次数：30
每月最少次数：4

---

① 指介于士兵和军官之间的职务。

丁、上述表格制定后，请在您指挥下的这组有能力过性生活的单身军士和士兵中，以同样间接试探、表面偶然提问等方式来确定每人估计或确知其每次性生活持续时间（从准备动作到最后完毕），也请按上述格式制作表格：

某人$\begin{cases}\text{每次最长时间：2 小时}\\\text{每次最短时间：10 分钟}\end{cases}$

注意：请把调查书中丙丁两项调查得出的平均数寄来（不要列出姓名），本调查书将据此确定您指挥下的军士和士兵为满足其男性需要每月所需性生活次数的一般平均数，以及每次性生活所需时间的一般平均时长。

报告人愿为各陆军驻地、边防哨所和营地的军官在回答此调查书时所表现出的热情、快速和高效率作证（只有十五个边防哨所由于传递设备失灵和坏天气等原因造成的通讯障碍而未能进行调查），从而制作出下列表格：

服务队服务对象的潜在数字：8,726 人

每人每月平均所需次数：12 次

每人每次平均所需时间：30 分钟

由此可见，为了充分履行其职能，服务队必须具备满足整个第五军区（亚马孙地区）全部陆军驻地、边防哨所及同类部队所需每月平均 104,712 服务次数的条件，但目前情况距此目标尚属太远。考虑到实际情况，以及"稳扎稳打""欲速则不达"等箴言中所包含的哲理成分，报告人认为，为了及早开始进行服务，宁可把目标定得慎重些、切实可行些。

五、报告人需要知道，在服务队服务对象中，是否应该包括具有中间军衔（即准尉级）者，报告人请求对此予以迅速澄清。如上级回答是肯定的，所获之上述估计将要大大修正。鉴于潜在服务对象数字已然很高，所体现出的要求也与日俱增，报告人冒昧地建议，至少在

服务队活动初期，其服务对象不要包括中间军衔者。

六、与此同时，为了进行招募工作，报告人还着手进行了初步接触。报告人于一偶然机会，在一个叫做茅茅的夜总会结识了波费里奥·黄。在此人的合作下，报告人于夜间拜访了一处神女聚集的娱乐场所，其主持人为雷奥诺尔·库林奇拉太太，别号秋秋蓓。该处一般称作秋秋蓓妓馆，位于通往纳奈疗养地的公路上。上述雷奥诺尔·库林奇拉为波费里奥·黄之挚友，故后者得以把报告人介绍给前者。报告人伪称为一（做进口生意的）商人，刚刚来到伊基托斯，此次出来放松一下。那人称雷奥诺尔·库林奇拉者表示愿意合作，报告人乃得以搜集了有关工作制度和当地人的生活习惯等有趣资料（因此报告人只得解囊饮酒多杯［附发票第八号］）。该秋秋蓓妓馆有十六名姑娘，谓之曰固定成员，因尚有十五到二十人因种种原因（如在营业中染有性病［淋病、花柳等］、临时与人同居及短期受雇［木材商人进山常要人陪伴］），需暂时离职而不能经常来此工作，或三天打鱼、两天晒网。报告人进行拜访的当日只有八人在场，但有其特殊原因，即上文提及之弗朗西斯科兄弟的到来。此八女中，大部分年过二十五岁，此一估计远非确切，因亚马孙地区的女人过于早衰。在街上可常见迷人小妞，肥臀高乳，步姿惹目，以沿海人的标准来看，该女芳龄定为二十或二十有二，实际上却只有十三四岁。再者，报告人的观察乃在半明半暗之中进行，因秋秋蓓妓馆照明极差。此乃由于缺乏技术，或出于狡黠之伎俩，因半暗优于明亮，更富诱惑力。俗语说，"暗中难辨色"，确宜一度春风。如以并非苛求的实用主义观点进行评论，这些女人，大部分虽说年近三十，但远远看去，可以说全都是体态圆突引人，特别是臀、乳部分在祖国的此地尤为丰满发达。脸蛋也尚属漂亮，但走近观察不无缺欠，然此丑相并非天生，乃面疮、天花、掉齿所致，皆因亚马孙地区气候恶劣，不忌饮食，故掉齿乃该地区之常见病。此八女大部分是具有森林地区土著特征的白皮肤姑娘。其次为黑白混血姑娘，还有几个东方姑娘。八女平均身高稍矮，性格一般说来都具有当地人活泼可爱之特点。报告人在该妓馆拜访期间看到，在未进行服务的时候，姑娘们又唱又跳，兴高采烈，毫无疲倦、颓丧之意；打情骂俏、搔首弄姿更是此种场合合乎情理的行为。与此同时，从雷奥诺尔·库林奇拉和波费里奥·黄口中透露出的情况来看，毫不夸张地说，该妓馆发生过若干次意外事故和流血事件。

此外，报告人在上面提及的秋秋蓓的帮助下，得以了解，服务的收价并不一律。收入的三分之二为服务人员所有，余下的三分之一为妓馆的佣金。价格上的差别同姑娘的外形迷人程度及服务持续的时间有关（有的嫖客如愿同其接待者交欢多次或过夜，当然得比只满足于迅速解决生理需要的人付出更多的钞票），特别是同姑娘的专业水平和耐力有关。同报告人天真的想法相反，库林奇拉太太解释说，不是大部分而是极小部分的嫖客，仅仅满足于一次简单的正常性服务（每次15至20分钟，收金50索尔①），更多的嫖客则要求一系列的花样，如挖空心思想出来的动作、附加动作、异常动作、复杂动作等，一言以蔽之，即所谓异常性行为。在此类各具特色的服务中，从一般的自渎（由姑娘进行手淫，50索尔；口淫［即所谓吹号］，200索尔）到变态性行为（俗称口交或脏事，250索尔）、69玩法（200索尔）、萨福②表演（或称烙饼，200索尔左右），无不应有尽有。嫖客要求鞭打姑娘或受姑娘鞭打，双方化装交欢，要求受宠、受辱等特异行为亦很常见。这些性异常行为收费在300至600索尔之间。考虑到我国通行的性道德标准和服务队的有限经费，报告人决定把要求于劳军女郎的服务项目和服务对象的愿望局限于简单的正常性服务，从而排除了上述等等性异常行为。服务队将在此前提下招募人员，规定服务持续的时间与价格。当然，这并不排除在数量上完全满足要求之后，在经费

---

① 秘鲁货币名。
② 希腊女诗人（Sáfico，公元前 625—前 580）。

有所增加的情况下，在我国道德标准有所放松的时候，考虑在服务质量上引进多样化原则，以照顾特殊情况、特殊想象力和特殊需要（如果上级同意并批准）。

报告人未能以概率论和市场统计学（即市场调查）所要求的精确度计算出每位劳军女郎平均每日服务的次数（此其一）及其作战能力（此其二），以对其每日收入有个初步的看法，因为在这方面是最难以估计的。一个姑娘在一星期之内可以赚取的酬金，以后很可能在两个月中也赚不到。这里面有着各种各样的因素，其中甚至包括气候因素、星相因素（对男性内分泌和性冲动的影响等），这些就不去管它了。但是，报告人通过开玩笑和机智的提问，至少摸清了如下情况：最干练、效率最高的姑娘在一个工作夜（星期六或节日前夕）可以服务二十余次而不至于筋疲力尽。据此又可得出如下算式：一个由从效率最高的姑娘中挑选出的 10 名劳军女郎组成的支队，在全日工作、没有意外的情况下，能够每月（按每周六日算）提供 4,800 次服务。换言之，为了达到每月服务104,712次的最高目标，则需要一支由能全日工作、不出意外、属于最高等级的 2,115 名劳军女郎组成的固定队伍。自然，这种可能性也许并不存在。

其次，除了在妓院（在城里，除了秋秋蓓妓馆，另外还有两家似乎低一档的同类去处）工作的姑娘，在伊基托斯还有一大批姑娘以流动方式操皮肉生涯，即所谓洗衣女郎。彼等挨门串户提供服务，特别是在警察监视减少的黄昏和黎明之际，有的则伫立于 7 月 20 日广场、公墓周围等处猎取嫖客。由此看来，劳军服务队的招募工作显然并不困难，当地的劳动力在一定范围内是完全可以满足初步需求的。不论是秋秋蓓妓馆和同类场所的女性工作人员，还是独立经营的洗衣女郎，都有其异性保护人（即所谓老鸨）。一般说来，此类人等都各有其不光彩的经历，其中有的则在法律上欠有债务。为此，姑娘们必须把自己收入的一部分或全部交给他们（当然不少姑娘是自愿的）。这一情况（指保护人行业的存在），服务队在招募人员时应加以注意，因为此类人等可能会制造麻烦。但是，报告人自当上士官生的难忘岁月起就清楚地知道，没有不困难的任务。只要有精力、意志和努力，就没有不可克服的困难。

秋秋蓓妓馆的管理和维持只靠两个人的努力来进行，一为老板娘雷奥诺尔·库林奇拉，一为形似侏儒的矮个男人，此人名叫胡安·里维拉，别号秋毕托，年龄极难确定，乃一印欧混血儿。此人从招待到清扫无所不干，同女性人员插科打诨，极为狎昵，而后者对此人也百般顺从；同时此人极受嫖客欢迎。这一情况使报告人受到启发，即服务队初具规模之后，只需用最低限度的管理人员即可运转。由于拜访了这个可供招募人员的地点，报告人对进行活动所必需之环境以及近期计划之设想，有了一个大概的轮廓。计划一旦制订，将立即提请上级通过、修正或否决。

七、报告人渴望获得广泛的科学知识，以更好地达到目标，并掌握达成目标的方式方法，乃千方百计企图从伊基托斯各图书馆和书店获得一批与服务队业务有关的书籍、小册子和杂志。但不得不遗憾地向上级报告，报告人此举全属徒劳。因伊基托斯两大图书馆，即市立图书馆和圣阿古斯丁中学图书馆，连一本（一般性的也好，专门性的也好）专门涉及报告人感兴趣的问题（即性和有关性问题）的书都没有。报告人在询问时处境极为尴尬，因为管理人员的回答甚为尖刻。在圣阿古斯丁中学，一教徒甚至无礼地把报告人称为堕落分子。只在本市鲁克斯、罗德里盖斯和梅夏西亚三家书店（尚有第四家，乃属七日圣降教①，不值一问），报告人才得以找到此类资料。但由于书价昂贵（附发票第九、十号），仅购得廉价简装教科书若干，即《男性性冲动之发展》《春药和爱情的秘密》《性问题二十讲》等。有了上述

---

① 美国新教教派之一。

书籍，服务队图书室方可勉强建立。上级如以为然，报告人则恳请上级从利马选购一些有关男女性生活的理论性或实用性之专门作品和有关性病及其预防、性变态等基本知识的专著。毋庸置疑，此举定将使服务队受益匪浅。

八、最后，为了缓和本报告令人不快之感，报告人愿冒昧地讲述一令人莞尔之私人事件。报告人对秋秋蓓妓馆进行的访问一直持续到翌日清晨四时。当时报告人不得不多饮几杯。报告人本不喜饮酒，加上医生禁止（幸好报告人痔疮已割），实感不太习惯。结果引发肠胃功能严重失常。报告人碍于所得指示，不得去军区诊所，只得就医于一民间医生（附发票第十一号）。凌晨四时回家，加之神态失常，亦给报告人招致不少家庭麻烦。

愿上帝保佑阁下。

秘鲁陆军（军需）上尉

潘达雷昂·潘托哈（签字）

抄送：第五军区（亚马孙地区）总司令罗赫尔·斯卡维诺

附：发票十一张、地图一幅

1956 年 8 月 16 日夜晚至 17 日[①]

在耀眼的阳光下，起床号吹响了奇柯拉约大本营一天的生活。班内振奋喧闹，畜栏众马欢嘶，棉花般的片片炊烟从厨房烟囱中袅袅升起。几秒钟的时间里，整个大本营都醒过来了，到处一片热烈、互助、兴奋、紧张、活泼的气氛。细心、凛然又准时的潘托哈中尉嘴里还哑着浓羊奶咖啡、烤面包和李子酱的味道，在操练场上走过。操练

---

① 此节描写的是潘托哈的梦境，故显得语言无伦次。

场上，军乐队为准备国庆游行正在排练。四周一个连队的队伍正身体笔直、热情高涨地练习走步。潘托哈中尉正在神情严肃地观看班长给士兵分早餐，嘴里不出声地数着，眼看数到第120名，只见班长倒出了最后一滴咖啡，把最后一块面包分给第120号士兵，把最后一个橘子递给第120号士兵。潘托哈中尉又笔挺地站在那里，监视着几个士兵从卡车上卸下食物麻袋，手指随着卸货动着，仿佛管弦乐队指挥在为一首交响曲打着节拍。他的背后出现了一个男性的坚定、柔和但细得只有手术刀般的尖耳朵才能听到的声音："难道还有比奇柯拉约更好的饮食吗？连中国饭、法国饭都比不上，先生们。光烤鸭拌饭就有十七种，谁比得上？"潘托哈中尉此时又在不动声色、仔仔细细地品尝着厨房锅里的饭食。厨房里的中士班长、黑人昌费纳的眼睛盯着军官，满头大汗，紧张害怕，嘴唇直发抖。潘托哈中尉此时又在面无表情地仔细地检查洗衣房送回的衣服，两名士兵正在把衣服叠放在塑料口袋里。潘托哈中尉在以牧师的姿态主持给新兵发放短筒靴。潘托哈中尉的脸色此时才有点儿兴奋，近乎热情地在几幅地图上插小旗、修改黑板上的统计曲线、在一块镶板的表格上添加数字。大本营的军乐队正在起劲地演奏一首愉快的玛利内拉①舞曲。

空气中浸满了令人忆起故乡的湿气，乌云遮住了太阳，长号、钹、小鼓的声音也停了下来。他感到手指处有一种水流的感觉、沙土渗掉唾液的感觉、悲哀到顶了的感觉。这时军号声（起床号？开饭号？熄灯号？）又一次冲破了温和的空气（早晨的空气？黄昏的空气？夜晚的空气？）。他感到右耳越来越痒，很快整个耳垂痒了起来，最后传到脖颈，绕过脖颈，传到左耳，左耳也隐隐约约地感到发痒，耳上的汗毛动了起来，无数的毛孔贪婪地张开来寻找、要求着这种痒劲。顽固的思乡症、残酷的忧郁症之后，接踵而至的是一种不可言状的发

---

① 秘鲁的一种民间舞曲。

烧、一种说不清的疑惧、一种病人特有的疑惧心理、一种噬人的恐惧。但是中尉丝毫不露声色,逐个监视着排队准备走进服装仓库的士兵们。这时,好像有什么事情使站在仓库房顶附近高处张望着的军官们发出了一阵嬉笑。那高处搭起了国庆检阅主席台,孟德斯上校在场吗?在。老虎柯亚索斯呢?在。维多利亚将军呢?在。洛佩斯·洛佩斯上校呢?也在。他们把头扭向旁边的人,用棕色手套捂着嘴,丝毫没有恶意地笑了起来。他们在私语?潘托哈中尉心里很清楚他们笑的是什么、怎么个笑法。他不想看那些等待哨声进入仓库领取新军装交出旧军装的士兵,因为,他估计、晓得或猜到,他只要一看、一证实,雷奥诺尔太太也就知道了,波奇塔也一定会知道。此时他的神色表明,他突然改变了主意,他仔细地听着队伍中的声音:哈哈……一阵嬉笑。唉!真不好意思,但事情确实发生了。他望着士兵们,耻辱感像热血一样涌上脸。他打了一个寒噤,极力掩饰着自己的感情。瞧士兵们走步是什么样子,她们的胸脯、肩头、胯部、大腿等圆突部分在军装中显露出来,头发也从船形帽下披散了下来,她们的面孔也变得柔和、甜蜜、笑眯眯的了。这时男人们的眼神也变得和颜悦色,带有嘲笑和不怀好意的意味了。一种带有反抗的、伤人的、荒唐可笑的感觉战胜了中尉的恐惧心理。他毅然决定孤注一掷。他微一挺胸,发出了命令:"把衬衣解开,他娘的!"于是士兵们在他的眼皮下走过时,扣眼空了,扣子解开了,缝在衬衣边上的饰边摆来摆去,高耸的乳头钻了出来,微微颤动的雪白的胸脯、平板而呈褐色的胸脯随着行进的节拍晃荡着。潘托哈中尉走在这支连队的前面,背部笔挺,表情严肃,仰头直视,信心十足地踏地而行:一、二,一、二。谁也不知道他正在诅咒自己的命运。他感到痛苦,感到受鄙视,感到无比耻辱,因为他身后的新兵步伐疲软无力,像母马陷进了泥泞。这些士兵连束胸压乳、选穿遮丑的衬衣都不会,既不按规定把头发剪到五厘米长,也不剪掉长指甲。他感到这些士兵在他身后走着,猜想这些士兵根本没有装出男人的样子，反而大大方方地露出了自己女人的特点：挺出胸脯，扭腰摆臀，晃动长发（他打了一个冷战，差点把小便尿在短裤里，雷奥诺尔太太熨衣服时肯定会发现，波奇塔缝肩章时也会发笑）。在行进中，他必须像小鹿一样小心地忍着，因为马上就要走过检阅台了。老虎柯亚索斯仍然神情庄严，维多利亚将军在打哈欠，洛佩斯·洛佩斯上校甚至高兴得连连点头，表示赞许。看来，要不是斯卡维诺将军躲在角落里警告般地用愁苦、恼怒、失望的眼光看着他，这杯苦酒不一定那么难喝。

此时他不那么在乎了，耳朵又痒得厉害起来。反正孤注一掷了，他命令连队："跑步——走！"他身先士卒，快速而和谐地跑了起来，身后响起了热烈好客、富于弹性的跑步声。此时，他感到一种类似装在盘子里刚出锅的烤鸭拌饭的蒸汽那样的暖洋洋的感觉从体内升起。这时潘托哈中尉突然停下步来，他身后那令人神魂颠倒的连队也跟着停了下来。他面颊微红，打了一个含糊的手势，然而大家都懂得这是什么意思。一切机器都运转起来了，盼望已久的检阅仪式开始了。在他面前走过的是第一排，波费里奥·黄少尉把军装搞得窝窝囊囊的，太气人了。他暗忖，此人必须被斥责一顿，需要教训他如何穿军装。这时士兵们过来了。虽然在他面前经过时，士兵们都迅速解开上衣，露出火辣辣的胸脯，伸手爱抚地去挠他的耳朵、耳垂的上部分，并一个接着一个地把头伸过来，轻轻地咬他的耳朵，但他仍然挺立不动，面不改色，只是低下头使她们便于行事。士兵们抓挠、抚摸，咬着潘托哈中尉的耳边。此时，一种贪婪的快感、兽性的满足、被接触时感到的愉快驱走了恐惧、思念和被嘲笑的感觉。但是，士兵中有几张熟悉的面孔，使他感到一阵阵如芒刺在背，冻结了这幸福的感觉。雷奥诺尔·库林奇拉粗俗地穿着军装走来了，秋毕托戴着值星班长的袖章、打着旗子走过了。这时，最后一排的最后一个士兵的面孔还未看清，但一阵阵的痛苦犹如石油喷发般冒了出来，控制了潘托哈中尉的肉体和精神。令人窒息的恐惧、折磨人的被嘲之感、令人眩晕的忧郁感又回来了。他知道那是佩戴徽章、头戴船形帽、穿着大口袋长裤和斜纹布衬衣的波奇塔在哭泣。军号吹走了调，雷奥诺尔太太低声说道："你的烤鸭米饭做好了，潘弟达。"

SAGPFA

报　告

（第二号）

事由：陆军驻地、边防哨所及同类部队服务队事宜

内容：对估计数字的修正、第一次招募人员、服务队的标记

日期及地点：1956 年 8 月 22 日于伊基托斯

报告人，服务队负责人、秘鲁陆军（军需）上尉潘达雷昂·潘托哈谨向陆军行政、军需、总务处处长费利贝·柯亚索斯将军致敬，并报告如下：

一、在 8 月 12 日第一号报告中的有关段落内，根据市场（请上级准许使用这一术语）粗略估计的初步判断，为满足每月所需之104,712 次的服务，报告人估计服务队需要有一支由能全日工作、不出意外、"属于最高等级（即每日能服务二十次者）的 2,115 名劳军女郎组成的固定队伍"。此统计的缺点在于，其中有一严重错误，对此错误唯一应负有责任者乃报告人本人。因报告人只以男性的观点来进行此一人道主义之工作，乃至不可原谅地疏忽了女性的某种特殊情况。在此情况下，不得不对上述统计作出明确的修正，而不幸的是，此一修正对服务队并非有利。在劳军女郎的工作中，报告人忘掉了应该减去妇女每月出血的那五六天时间（即所谓月经期）。在此期间应

认为是不能胜任服务工作的，因为男性的普遍习惯是在女性月经来潮时不与之相交，又因为在我国此隅，有一固守不移的传说、禁忌或谓之曰违背科学的说法，即与出血之妇女相交会导致男性阳痿症。此情况显然对前述判断有所影响。考虑到此一因素，并按每位劳军女郎平均每月胜任22个工作日计算（即除去五天月经期和三个星期天［如以每月有一个星期天与月经期相抵而估计，则不能说不是愚蠢的］），服务队则必须有一支由能全日工作、不发生意外情况、最高水平的2,271名劳军女郎组成的队伍，即比前次报告中的错误估计多需156名。

二、报告人已着手从第一号报告中所提及的若干人员中招募了首批民间合作者，即波费里奥·黄、雷奥诺尔·库林奇拉（别号秋秋蓓）和胡安·里维拉（别号秋毕托）。三位中，第一位将领取基本工资2,000索尔及用于去农村活动的津贴300索尔。此人将担任招募者的职务，因此人不论是在有去处的神女中还是在洗衣女郎中均交游颇广，甚宜担任此职；此外还将兼任保卫和监视运送劳军女郎去服务对象所在地的支队队长职务。雇用雷奥诺尔·库林奇拉及其同居者（此即库林奇拉与秋毕托之关系）一事，远比报告人在建议此二人于业余时间与服务队进行合作时所设想的要容易，因报告人拜访秋秋蓓妓馆时即已营造了相互信任的坦率气氛。雷奥诺尔·库林奇拉向报告人透露，该馆几濒破产，一段时期以来，已在考虑转让事宜。此举绝非缺乏顾客之故。顾客与日俱增，但该馆向警察当局交纳之捐税实在是名目繁多，比如每年均需去宪警司令部更换营业执照一次；除了合法税款，雷奥诺尔·库林奇拉还得付巨款为礼，赠予妓院、酒吧科诸科长以取得办理手续上的方便。此外，本市侦缉警察成员（共三十多名）以及为数不少的宪警司令部军官，亦都染上了要求提供免费服务的恶习，即吃酒不花钱，床上服务也不花钱，否则该馆就要被指控为伤风败俗之场所而遭勒令关闭之灾。除此经济上的不断损失，雷奥诺尔·库林奇拉还得忍受房租之暴涨（该馆址所有者并非他人，乃本省警察局局长是也），否则就会被扫地出门。最后，雷奥诺尔·库林奇拉亦对其工作所要求的精神紧张、疲于奔命、无规律可言（不得睡眠、有毒空气侵害、争执威吓、敲诈勒索、无假期、无星期日）感到厌烦，而此类牺牲又不能带来可观的收益。由于以上种种原因，库林奇拉欣然接受了与服务队合作共事的建议，并主动提出，此工作不宜时断时续，而应该专门化、常态化。总之，库林奇拉得知服务队的性质之后，表现出了极大的兴趣和热情。由于同朋恰纳区一娱乐场所的主人洪伯托·西帕（别号莫基多斯①）就转让秋秋蓓妓馆事宜已经达成协议，雷奥诺尔·库林奇拉将在下列条件下为服务队工作：工资每月 4,000 索尔和农村活动津贴 300 索尔，并从经其介绍而雇用的劳军女郎收入中提取 3%之佣金，此项权利为期一年。其职务将为人事负责人，负责招募、制定时刻表及支队调度表，监督服务的进行，监视女性人员。秋毕托的薪金将为 2,000 索尔和农村活动津贴 300 索尔，将负责后勤中心的工作（配有两名助手：辛弗罗索·凯瓜斯和帕洛米诺·里奥阿尔托），兼支队队长。此三位合作者已于 8 月 12 日（星期一）上午八时来此就职。

三、报告人希望服务队有一徽记，饰之以代表身份，使其在对外不透露活动内情的情况下，至少能互相辨认，并使其成员、地点、车辆及附属机构能为人所识。报告人乃指定绿、红二色为服务队的徽记颜色：

甲、绿色象征决定其命运的亚马孙地区茂密而美丽的自然景色；

乙、红色象征即将被服务队扑灭的陆军军士和士兵身上的男性欲火。

报告人还派人去"铁皮天堂"铁铺定做了价值 180 索尔（附发

---

① 同后文的"莫柯斯"一样，意为鼻涕。

票）的小型绿、红二色的胸饰两打（当然，胸饰上不带任何字样）。男性可饰于扣眼处，劳军女郎可饰于衬衣、外衣上。此徽章与要求并不有违服务队的谨慎态度，反之，还可代替有幸或即将有幸加入服务队的人员的制服和证件。

愿上帝保佑阁下！

秘鲁陆军（军需）上尉

潘达雷昂·潘托哈（签字）

抄送：第五军区（亚马孙地区）总司令罗赫尔·斯卡维诺将军

附：发票一张

第三章

亲爱的琦琦：

　　很久没有给你写信了，请原谅。你一定在背后说特别爱你的姐姐的坏话了，一定恼怒了，说波恰这傻瓜，为什么不来信谈谈那边的情况？亚马孙地区是什么样子呢？说真的，琦琦塔①，自从来到此地，我一直在想念你、怀念你，但实在没有时间给你写信，也没有这个心思（你不会生气吧）。现在我可以告诉你为什么了。琦琦塔，归根到底，是伊基托斯待你姐姐不好，我对搬到这儿来住并不满意，这儿的事情进行得也并不如意，而且令人奇怪。我不是说这个城市不如奇柯拉约美，不是的，正好相反。伊基托斯城市虽小，但很可爱，这里最美的是森林和亚马孙河。我一直听说这条河大得像海洋，一眼望不到对岸，等等，等等。到近处实地一看，你简直想象不出，确实美极了。我告诉你，我们乘滑板（此地人把小船称为滑板）漫游了几次。一个星期天，我们一直划到唐希雅哥，那是亚马孙河下游的一座小镇。另一个星期天，我们划到了一座名字极其滑稽的小镇，叫做圣胡安·德·慕尼黑。还有一次我们划到了印第安纳，那也是下游的一座小镇，是几位加拿大神父和嬷嬷建立起来的，真了不起。你不这样觉得吗？他们不远千里来到这炎热而偏僻的地方，给森林里的琼丘人带来了文明。那几次，我们都是同我婆婆一起去的，以后我们再也不带她乘滑板了。游了三次，她都吓得要命，抓住潘达不放，哭哭啼啼，唠唠叨叨，说什么要翻船了，你们会游泳可以得救，而我就得沉底喂

----

　　① 琦琦的爱称。

皮腊鱼①了（但愿如此，不过这样一来，可怜的皮腊鱼可要中毒了）。回家的时候，她被长脚蚊和旱蚊子叮得也是一路叫苦。琦琦塔，我告诉你，这儿有一些最可怕的东西就是长脚蚊和旱蚊子（这种蚊子藏在草地里），整天咬得你浑身红肿，所以一天到晚都得轰着蚊子，抓挠痒处。因此，一个人最好不要生得细皮嫩肉的，否则就会招小虫子咬（哈哈）。

　　这次来到伊基托斯，对我来说固然并不美妙，但对我婆婆来说尤其糟糕。在奇柯拉约时她很满意，你是知道的，她很爱交际，同陆军住宅区的老太婆们都有交往，每天一到下午就打牌，听起广播剧来哭得像个泪人，还经常举行茶会。可在这儿，她喜欢的那一套，连我们抱怨过的修道院式生活的那一套（唉！琦琦塔，我一想起奇柯拉约就伤心得要死）都没有了，于是她就从宗教里——不如说是从巫术里去寻求慰藉。你听好，这是因为我们不能住进陆军住宅区，也不能和军官家属来往。这是向我泼来的第一瓢冷水，不巧这也是雷奥诺尔太太所害怕的，因为她是抱着要同第五军区司令的太太结成至交、来炫耀一番的幻想来此地的。在奇柯拉约，她就曾同孟德斯上校的太太是要好的朋友来自我炫耀，两个老太婆就差睡一个被窝了（你可别往坏处想，只是为了方便搬弄是非、背后议论）。琦琦塔，你还记得那个笑话吗？小何塞问小卡洛斯：你想让我外婆像狼那样叫一声吗？想。你有多长时间没跟外公干那事儿了，外婆？呜——②反正有了这道命令，我们就倒大霉了。琦琦，伊基托斯唯一现代化、舒适的住宅都属于陆军、海军和航空大队的住宅区，城里的房子都老掉牙了，又难看又不舒适。我们在劳莱斯大街找了一所房子，是20世纪初叶橡胶业鼎盛时期建造的，很有特色。迎面的大门是用葡萄牙花砖砌的，

---

　　① 此处为音译，指亚马孙河中一种食肉的鱼。
　　② 破折号表示时间很长，拟声词表示像狼叫。

阳台是木结构的，很大。从窗子望出去，可以看到亚马孙河。当然喽，和陆军住宅区的房子比起来就差远了。我最生气的是，我们连在陆军住宅区里的游泳池乃至海军、空军的游泳池里游泳也不行，而伊基托斯只有一座市立游泳池，简直吓死人，什么人都能进去。有一次我去了，差不多有千把人，真叫人恶心，不少家伙像饿虎似的专门等女人下水后借着挤劲扑上去，你就想想吧。以后我就再也不去了，我宁可洗淋浴。一想到随便什么臭中尉的老婆在这时都可以到陆军住宅区去游泳、洗澡，听着收音机又冲又洗，我就气不打一处来。可我呢？为了不热死，就成天吹风扇。我发誓，我真想把斯卡维诺的那玩意儿割下来（哈哈）。还有呢，我连去陆军小卖部买东西也不行。小卖部的东西跟任何军方小卖部一样，比街上的商店便宜一半，但就是不准我们去买，好像潘达是个老百姓似的。我们就得这样生活。除了工资，上级发了他两千索尔作为津贴，这又管什么用？琦琦，你看，"经济，经济，波奇塔感到了拮据"（我顺口诌了一句打油诗，我的兴致倒还没失掉）。

潘达呢？一天到晚穿着便服，军装放在箱子里都生虫子了。他喜欢穿军装，但就是不许他穿。我们大家都得说潘达是个商人，是到伊基托斯来做生意的。滑稽的是，我和我婆婆在邻里关系上出了不少麻烦事。我们一时一个说法，有时还说漏嘴，回忆起奇柯拉约的军队生活来，这反倒引起了邻居们的好奇心，所以我们就成了全区出名的、来历不明的、奇特的一户人家了。我想你大概急得在床上直蹦，骂我，说这个傻瓜为什么搞得这么神秘、为什么不索性告诉我到底出了什么事。不过，琦琦，我什么也不能说，这是军事秘密，要是有人知道了潘达有一丝一毫的透露，他就得以背叛祖国罪论处。哎呀，我多傻呀，我把秘密告诉你了，唉，可我也懒得把这信撕掉重写。琦琦塔，你得发誓绝不向任何人透露半个字，要不然我非杀了你不可！再说，你也不愿意由于你的过错，使你亲爱的姐夫被关进监牢或被枪毙，对吧？那你就得保持沉默，也不要告诉你那快嘴的朋友桑达纳姐妹。潘达当上了间谍，你说滑稽不滑稽？我跟你讲，雷奥诺尔太太和我都心痒死了，总想知道他在伊基托斯到底侦察些什么，我们问呀问的，要么就套他的话。可是，你是了解他的，他死也不说一个字。不过等着瞧，你亲爱的姐姐是个比驴子还固执的人，看看到底谁胜谁负！不过我告诉你，即使我调查出来潘达在干什么，也不会对你讲的，尽管你也是一个好奇心极重的人。

陆军情报局给他这个任务倒是很令人振奋，这可能对他的前途有好处，琦琦塔。不过我这个人你是知道的，我对此事并不高兴。首先，我几乎一天到晚跟他不照面。你知道潘达对工作的责任心很强，有一股蛮劲，什么事一交给他，他就认真去办，不吃、不睡、不生活也得完成任务。在奇柯拉约，他还有个固定的值勤时间表，我还能知道他何时出、何时归，可是在这儿，他一天到晚在外面混，什么时候回来没人知道，回家时那副样子就不用提了。我告诉你，我对他穿便服很看不惯。短外套、蓝色牛仔裤、骑师帽，不知他怎么想得出要这样打扮，我好像换了一个丈夫。当然这不是唯一的原因（哎呀，真不好意思，琦琦，这事我可就不敢告诉你）。他要是光在白天工作，我倒还满意，可他连晚上都得出去，有时很晚才回家。有三次回家时喝得醉醺醺的，衣服都得我给他脱。第二天，他那位妈咪得给他在额上敷毛巾，给他煮马黛茶。琦琦，我看得见你在感到奇怪，信不信由你。潘达本来是滴酒不沾的，自从得了痔疮以后就光喝汽水了，可现在醉得歪歪斜斜，连舌头都短了。现在想起来，我直发笑，可当时看到他跌跌撞撞地回到家来的那副样子，听到他嘴里哎呀哎呀的叫声，我真是气得要死，真想把他那玩意儿割下来（幸亏没割，不然我要守活寡了，哈哈）。他向我发誓，指天指地地发誓说他夜间外出是因为工作的关系，说他必须寻找几个在酒吧间过活的家伙，说在酒吧间约谈可以不被人发现，等等。这也许是真话（侦探电影里不就是这样嘛），不过，要是你的丈夫在酒吧间过夜，你能无所谓吗？肯定不会。妹妹，我再傻也不会相信酒吧间里只有男人，肯定有女人凑上去跟他没话找话，只有上帝知道会不会还有别的事。我跟他大闹了几场，他答应我，除非到了生死攸关的时刻，他再也不在夜间出去了。我还用放大镜在他所有的口袋里、衬衣和内衣上东寻西找。我告诉你，要是找到哪怕很小的证据证明他跟别的女人在一起了，那我就要对不起了，可怜的潘达。幸好他那位妈咪也帮我找，她对儿子夜游和酗酒也害怕了，本来她一直认为她的儿子是个圣人，可结果并非如此（嘚！我要是告诉你，非把你羞死不可）。

还有，为了完成这该死的任务，他还得同那些叫人一听就毛骨悚然的人混在一起。有一天下午，我同一位邻居去看晚场电影。这位邻居是我新交上的朋友，名叫阿丽西娅，是个很可爱的洛雷托人，在我们搬家时帮了大忙，她丈夫在亚马孙银行工作。我们到至上电影院去看罗克·哈森①（抓住我，我要为他昏倒了）主演的一部影片，散场后我们溜达溜达，喝点冷饮，路过一家叫卡姆卡姆的酒吧间的时候，我看见了潘达。他坐在角落的一张桌子旁，旁边还有一男一女，简直吓死人了，我好像受到了一次冲击，琦琦。那女的简直就像一只杂毛鹦鹉，脸上涂满了脂粉，连耳朵上都没有空地方了，胸脯、屁股肥得都挤出了座位。那男的是个矮个儿，矮得坐着的时候都碰不到地，然而却是一副施刑人的气派。潘达就坐在这两个人中间，谈得可热乎了，像老朋友一样。我对阿丽西娅说，你瞧，我的丈夫。她紧张得一下子抓起我的胳膊说，过来，波恰，我们快走吧，你可别走近他们，我们赶快离开吧！你猜猜那两个人是谁？那个杂毛鹦鹉是伊基托斯臭名昭著的鸨母，是每个家庭的第一号敌人，人称秋秋蓓，在纳奈公路上开着一家妓院。那个侏儒是她的情夫。只要想想她同这个奇形怪状

---

① 美国电影演员。

的男人行事时的样子，你一定会笑破肚皮。女的一定很骚，男的也好不到哪儿去，你说呢？后来我对潘达挑明了，看他有什么脸见我。他顿时呆若木鸡、张口结舌了，但他不敢否认，承认那一对是品行不端的人。他说由于工作的关系，他才去找他们，还说以后再也不跟他们在一起了。说我们要是看见他们在一起，最好不要走近，特别是他的妈妈。我告诉他，随便他跟什么人在一起，不过他要是钻进杂毛鹦鹉在纳奈公路上开的那家妓院，我们的夫妻关系就危险了，潘达。不，亲爱的妹妹，要是潘达总跟这种人在一起亮相，你想想，我的名声会好吗？跟他混在一起的另外一个人是个外国人①，我一直认为那个国家的人都很斯文，可是这位是个弗兰肯斯坦②。阿丽西娅还觉得他的长相不错呢，洛雷托女人的口味真怪，亲爱的妹妹。那一天我是到莫罗纳湖水族馆去看观赏鱼（我跟你说，那些鱼太美丽了，我刚要伸手去摸一条电鳗，它用尾巴一扫，电了我一下，我差点跌倒在地）的时候碰上的，雷奥诺尔太太在一家小酒馆里也看到过那个外国人，阿丽西娅看见过他俩在阿玛斯广场③溜达。通过阿丽西娅，我了解到那个外国人是个逃犯，他剥削女人，是个浪荡哥儿、流氓。你瞧你这位姐夫交的都是些什么朋友！我跟他吵了一架。雷奥诺尔太太比我吵得还要凶，她儿子这样鬼混，她比我还不舒服，特别是在她认为世界末日即将来临的时刻。潘达答应她不再同杂毛鹦鹉、侏儒及那外国人在街上亮相了，不过总得同他们偷偷地见面，因为这是他工作的一部分。我也不知道这项任务要到什么时候才算结束，琦琦塔，你知道这种交往把我搞得神经都错乱了，脾气也暴躁了。

但是说到他忠实与否，我实际上不应该暴跳如雷，因为……我要不要对你说呢，亲爱的妹妹？你不知道潘达在那件事上变化可大呢，

---

①　指波费里奥。
②　根据传说，是丑人的典型，其故事曾被拍成科幻电影。
③　伊基托斯的中心广场。

你还记得吗？我们结婚以来，他一直很规矩，你还嘲笑过他呢。你对我说，波恰，我敢说你跟潘弟达在一起一定实行斋戒了。可你现在再也不能在这方面嘲笑你姐夫了，烂舌头根的。他自从来到伊基托斯，简直成了一头野兽，太可怕了，琦琦，有时我都吓坏了。我甚至想，这会不会是一种病？你想想，我对你讲过，他从前每十天到十五天才跟我来一次（琦琦，对你讲这种事真不好意思），可现在这强盗每两三天就要来。我不得不控制他的冲动，这也不是事儿呀！这儿天气又炎热，潮湿得身体发黏，对吗？再说，我想这对他的身体也不好，听说这会影响脑子。大家不是都说，普尔皮托·卡腊斯柯的丈夫正是因为跟她干这事太多了才变成傻子吗？潘达说都怪这儿的气候。在利马的时候，一位将军曾经提醒他，说森林会把男人变成一团火。我跟你讲，看到你姐夫那副猴急的样子，我真想笑。有时他异想天开，大白天的，吃过午饭借口睡午觉就要来。我当然不肯。还有的时候，天刚蒙蒙亮，我就被他那股疯狂劲弄醒了。你想想，一天夜里，他正跟我干那事，我偷眼一看，他正用一个计时器看时间。我问他干什么，他狼狈极了。后来他供认，他需要了解一对正常的男女干一次要多长时间。他真的堕落了吗？谁能相信他的工作需要他了解这种脏事？我对他说，潘达，我简直认不出你来了，你以前是那么有教养，可现在我觉得你在给另一个潘达戴绿帽子。亲爱的妹妹，还是别提这些脏事了，你还是个大姑娘呢。我发誓，你要是兴致来了，万一跟别人，特别是跟桑达纳那对疯姐妹议论这事儿，我非跟你翻脸不可！

就这方面来讲，潘达在干这事儿上变得可恶起来，反倒使我放心了，这也就是说他爱自己的老婆（嘿嘿），用不着到街上去乱搞。虽说如此，琦琦，对伊基托斯的女人可得认真对待。你知道你的这位姐夫想来就来时找的是什么借口吗？要生个小潘弟达！是的，琦琦，就是这么回事。他终于想有个孩子了。他曾答应过我，一旦混上三条杠就生一个。他正在兑现诺言。不过他现在的脾气变得太厉害了，不知是为了讨好我，还是染上了日夜都干的恶习。我跟你讲，简直乐死人了，每天回到家里就像个电老鼠那样围着我转，转来转去，直到放开胆子提出要求：今天晚上我们要不要订一个小士官生，波恰？你瞧多有意思，我真爱他（我不知道怎样向你讲这种脏事，你还是个大姑娘呢）。到目前为止，一点消息也没有。订货次数不少，但总没结果。昨天我月经又来了，真叫人恼火。我本来以为这个月会有消息的。如果我肚子大了，你会来照顾你的姐姐吗，琦琦？啊，最好你明天就来，最好你已经来了，我真想有你在身边好海阔天空地聊聊。不过洛雷托的男人会使你失望的，找个帅小伙子困难得就像在杂草里找根针。反正我会替你留意的，免得你来了感到无聊。（你瞧这封信一写就是几米长，你给我回信也要这么多页，好吗？）我是不是不能生育，琦琦？我怕极了，我每天都在求上帝随便怎么惩罚我，但别用不能生育来惩罚我。我要是不能生个一男半女，会伤心死的。医生说我完全正常，我想等下个月看看会不会有。你知道吗？男人每干一次要流出一百万个精子，其中只有一个能进入女人的卵子，这就形成了小宝宝。我正在读医生给我的一本小册子，里面解释得可清楚了。你也会对这种生命的奇迹感到惊奇的。你如果想看，我就寄给你。在这方面，你也得长长知识，好在你头脑清醒过来结了婚、失掉童贞时能够了解其中的秘密，我的瘦妹妹，你这个强盗。我希望到时候我不至于变丑，琦琦，有些女人一怀孕简直吓死人，胖起来像个蛤蟆，静脉也扩张了，真叫人恶心。到那时，你的热情的姐夫就不喜欢我了，就要到街上寻花问柳了。我跟你说，我真不知道怎么办才好。这儿的天气这么热、这么湿，怀了孕一定不好受，特别是在我们现在住的地方而不是在陆军住宅区。瞧我们这运气。我告诉你，这件事也愁得我白了头发。有个宝宝，我会很幸福，但你那个忘恩负义的姐夫要是借口我发胖了而去拈花惹草，我怎么办？尤其是现在。现在他异想天开地连在睡着了的时候都要干那事儿。哎呀，我饿死了，琦琦，这封信我写了两个小时。雷奥诺尔太太把午饭端上来了。你可以想象一下，我婆婆抱上孙子一定会很高兴。我去吃饭了，吃完饭再写。你可别自杀，我还没跟你告别呢。一会儿见，亲爱的妹妹！

　　我回来了，琦琦，我耽搁得太久了吗？现在快六点了，因为我必须睡午觉，我吃太多了，像条蟒蛇。你瞧，阿丽西娅给我们送来了一盘达卡乔，这是本地的风味菜。她多么客气呀，不是吗？幸好我在伊基托斯遇上了这么个好朋友。我早就听说达卡乔这道名菜了，是把绿香蕉切烂加上猪肉做成的，只有到伯利恒商场里的阿拉丁神灯①餐馆才能吃到。那儿有位好厨师，我一直缠着潘达去吃。有一天他带我们去了，一大早我们就去了，商场开门早，打烊也早。伯利恒是此地最有特色的地区，全区的房子都是木头的，建在河上，人们乘小船来来往往。我告诉你，真有点儿独特之处，人们称它为亚马孙地区的威尼斯。不过看得出，山区相当贫困。到商场去逛逛，买买水果、鱼和部落生产的漂亮项链和镯子倒不坏，但是去吃饭就不行了，琦琦。我们一走进神灯餐馆就吓坏了，你简直想象不出那股脏劲儿，苍蝇如云。给我们端上来的菜都黑了，原来上面全是苍蝇，轰跑了，马上又飞回来，还直往人眼里、嘴里钻。最后我和雷奥诺尔太太一口也没沾，恶心死了。可潘达这个野人连吃了三盘，还吃了腌肉。阿拉丁先生坚持说，吃达卡乔非得和腌肉一道吃才好。我把这次受骗经历告诉了阿丽西娅，她说，等找一天我给你做一盘，你就会说好吃了。于是她今天给我们送来了一盘。味道美极了，亲爱的妹妹，跟北方的煎香蕉差不多，虽说没有煎香蕉那么好吃。这儿的香蕉味道不一样，油太重了，所以我们睡一会儿消化消化。我婆婆胃痛得直不起腰来，肚子里咕噜咕噜直响，忍不住当着我的面放了几个小屁，羞得她脸都发绿了。最

————————

　　①　取名自《一千零一夜》中的故事。

好让她撑死升天，噢，不，我太坏了。可怜的雷奥诺尔太太心肠是好的，唯一令我讨厌的是她总把自己的儿子像个吃奶的孩子那样对待，把自己的儿子说得像一位圣徒。这老太婆太傻了，对吗？

这老太婆后来拿迷信活动当作消遣，这事我前面对你讲过了吧？她把我们家搞得像个垃圾堆。我们来到这里没几天，来了弗朗西斯科兄弟，把全市闹得翻天覆地。你大概早就听说此人了，我是到了这儿以后才知道的。在亚马孙地区，这位兄弟比马龙·白兰度①还出名。他创立了一个宗教，叫做方舟兄弟会。他爬行着到处周游，每到一处就竖立一个大十字架，建造一个方舟，这就是他们的教堂。这位兄弟有许多信徒，特别是在小镇上。神父们似乎对他发动的竞争感到很恼火，但到目前为止还没放一个屁。有一天，我和我婆婆到莫罗纳湖去听传教，简直是人山人海。令人印象最深的是，他像基督那样钉在十字架上讲话。他宣称世界末日即将来临，要求人们为最后的审判奉上祭品和牺牲。他的话不太好懂。他讲的西班牙语太难懂了，但是人们像中了催眠术般地听着，妇女们流着泪跪在地上。我也受了感染，热泪盈眶，更不用说我那位婆婆，哭得可伤心了，劝都劝不住。那巫师把她迷住了，琦琦。回到家里，她把这位兄弟说得可神了，第二天又到莫罗纳湖方舟去跟兄弟姐妹谈话。现在这老太婆也变成姐妹了。你瞧，事情就是那么怪，她对真正的宗教从不理会，最后却信起邪门歪道来了。你想想吧，她的房间里摆满了木头做的小十字架。要是仅仅如此，她自己消遣消遣倒也罢了，可我每天早晨总是在她的十字架上看到钉有蟑螂、飞蛾、蜘蛛之类的东西，有一天甚至钉了一只小老鼠，真恶心透了。有一次，我拿起一个这种臭东西就丢进了垃圾箱，结果我俩大吵了一架。这还仅仅是冷盘，暴风雨刚刚开始呢。老太婆每时每刻都要发抖，她说这就是世界末日。她还要潘达派人给她做一

---

① 美国电影演员。

个大十字架放在门口。你瞧，这么短的时间里，我的家里竟发生了这么大的变化。

我刚才停笔去吃午饭的时候跟你正讲的是什么来着？噢，对了，讲的是洛雷托女人。唉，琦琦，人们讲的都是真的，事情还不少呢。我每天都能发现点新鲜事儿，都晕头转向了，这可怎么办呀？伊基托斯该是全秘鲁（包括利马在内）最腐化、最堕落的城市了，也许真的是这样。和气候也有很大关系，我是指对女人的那股可怕劲头。你知道，潘达一踏上这森林地区就变成了一座火山。但最糟的是，这里的女人长得都非常俊俏。男人长得很丑，也没有风度，可女人个个光彩照人。我不是言过其实，琦琦，我认为全秘鲁的女人（当然除了写信人和她的妹妹）要数伊基托斯的最漂亮了，而且都那么漂亮——有钱人家的、小镇上的，都一样漂亮。我要说，最漂亮的可能就是那些爱打扮的姑娘了。瞧那一身曲线，一扭一摆卖弄风骚的走路姿态，屁股扭得妙极了。为了使胸脯显得高突，还故意把肩膀往后挺。有些胆子大的，穿着包得像手套一样紧的裤子。男人要是向她们调戏几句，你以为她们会躲开？才不呢，她们马上搭茬儿，盯着男人的眼睛，一副不要脸的腔调，叫人真想去抓她们的头发。噢，我告诉你一件事，我昨天到创纪录百货公司（这家百货公司实行 3×4 制度，买三样东西，就白送一样，够劲儿吧？）去买东西，听到两个年轻姑娘在谈话。一个问："你跟军人接过吻吗？""没有，你问我这个干什么？""跟军人接吻妙极了。"我直想笑。她说这话带有洛雷托口音，声音很大，根本不在乎旁边有人听到。洛雷托女人就是这样，琦琦，这种不要脸的姑娘真是少见。你以为光是接吻？才不呢，阿丽西娅告诉我，这些小姑娘上中学的时候就开始乱来了，而且学会了不致怀孕的办法。等到结婚了，那些最狡猾的姑娘就装模作样地演戏了，结果丈夫真的以为是第一次。有的姑娘常去找制毒的老太婆（这些巫婆用死藤——你听说过吗？——制作一种药汁，人吃了就会做各种离奇的梦），让老太婆想办法使她再变成处女。你想想,你想想,我每次同阿丽西娅一起去买东西或看电影总是被她讲的事情臊得脸红而归。她每同一个女友打招呼,我一问是什么人,她就给我讲一个污秽的故事。你想想吧,这儿的女人至少得有好几个情夫,所有结了婚的女人差不多都同陆军、海军、飞行员有过瓜葛,特别是陆军,在女人中最受欢迎。亲爱的妹妹,幸好潘达不能穿军装。这些疯女人只要丈夫一不小心就钻空子,给丈夫戴绿帽子,真叫人害怕,我的瘦妹妹。你以为她们干那事都正正规规、在床上、盖着被子吗?阿丽西娅对我说,你要是有兴趣,我们到莫罗纳湖去逛逛,你就会看到那儿有许多小汽车,一对对的男女,一对挨着一对,就在汽车里干(而且是真干,唉)。你想想吧,有一次,一个女人跟一名宪警中尉在鲍洛涅希①电影院的最后一排干那事,结果被发现了。据说人们没有看成电影,灯亮了,野鸳鸯被架走了。这对可怜虫,你可以想象灯光一亮,他们(尤其是女的)会给吓成什么样子。原来电影院的最后一排不是椅子,而是长凳,于是这一对就加以利用,睡了下去。这丑事闹得满城风雨,好像中尉的老婆还差点杀了那个女人。亚马孙广播电台的一名播音员是一位可敬的人物,什么事都如实报道,把这次事件巨细靡遗地广播了出来。中尉最后也被赶出了伊基托斯。我本来不相信会有这种风流事,但是阿丽西娅在街上把那女的指给我看了。那是一个身段很漂亮的黑发女郎,小脸蛋上一副天真的模样。我看了看,对阿丽西娅说,你骗我,在放电影的时候干那事?既不舒服又担心被人发现。她说,你说得似乎有道理,但事实确是如此,那女郎连短裤都没穿就被架出来了,中尉那鸟儿还露在外面也被架出来了。伊基托斯是紧跟在巴黎之后最腐化的城市了,我的瘦妹妹。你别以为阿丽西娅专爱传播流言蜚语,我是出于好奇心,也是为了提防,才套她讲出来的。在这个城市里,一

---

① 秘鲁军人,在与智利的战争中战死。

个人得眼观六路、三头六臂，才能对付这些洛雷托女人。你一转身，丈夫就不见了。阿丽西娅虽然很漂亮，但人很正派，虽说有时也穿手套似的长裤，但并不去挑逗男人，不像她的同乡那样不要脸地盯着男人。

我真傻，谈起洛雷托女人的骚劲儿，我倒忘了告诉你一件最滑稽、最有意思（不如说是最没意思）的事呢。我们布置新居时，刚布置了一半，你简直想象不出我们当时那尴尬的样子。你以前听说过著名的伊基托斯洗衣女郎没有？所有人都对我说，波恰，你以前住在什么地方？你是从天下掉下来的吗？全世界都知道什么是伊基托斯著名的洗衣女郎。我大概就是那么傻，连鸟窝从树上掉下来都觉不到，亲爱的妹妹。不过，我在奇柯拉约、在依卡、在利马确实没听说过伊基托斯有洗衣女郎这回事。那时，我们刚搬进新居没几天。我们的卧室比街面低一些，窗子正好朝向大街。那时我们没有女佣（现在有了一个，虽然干活心不在焉，却是个好人），在一个很奇怪的时刻，突然有人敲窗，只听一个女人的声音说道："洗衣服的，有衣服要洗吗？"我连窗子也没开就说："没有，多谢了。"真怪，我没想到在伊基托斯的街上洗衣服的这么多，而找个女佣却那么难。我在门口贴了一张条子：招聘女佣。但是来试工的寥寥无几。简短地说吧。有一天，天还很早，我们还睡着，我听见有人轻轻地敲窗："洗衣服的，有衣服要洗吗？"我当时积了一大堆脏衣服。我跟你讲，这儿的天气热得可怕，成天汗流浃背，每天得换两次甚至三次衣服。于是我想，只要不贵，让她洗洗也不错。我叫住她：等一等。我穿着睡衣就起来了，走出房门把大门打开，在门口就发觉有点不对头。那姑娘根本不像洗衣妇，可我还傻乎乎地蒙在鼓里呢。那是个爱打扮的姑娘，相当俊俏，腰身束得细细的，把全身的曲线都突出来了，还染着指甲，打扮得非常漂亮。她上下打量着我，一副惊奇的样子。我想，这姑娘怎么了？我有什么好看的，这样盯着我看？我请她进来，她一下子就钻了进来。没等我说话，她一看到卧室的门、看到潘达躺在床上就刷地一下冲了进去，二话不说地站在你姐夫面前，斗鸡似的双腿叉开，一手叉腰。这副姿势真叫人吃惊。潘达一下子坐起来，被这女人的出现吓得眼珠子都瞪出来了。没等我和潘达醒过神请她在外面等一下、问她到卧室里来干什么，她就开口说话了。你猜猜，她说的是什么？她一张口就讲价钱，说什么我们应该付双倍的钱，说什么她不习惯跟别的女人一起干，说话间朝我指指点点，说要想痛痛快快地乐一下得多付钱。还有许多难听的话，瘦妹妹，你听了非吓死不可。后来我才恍然大悟，两条腿也抖起来了，琦琦，这女人原来是个婊子。她们借口洗衣服，走街串巷，上门服务。你说伊基托斯是不是世界上道德最败坏的城市，亲爱的妹妹？潘达最后也明白过来，开始叫起来：滚出去，婊子！你是什么人？我叫人把你抓起来。那女人大吃一惊，发现找错了门儿，于是跌跌撞撞地冲了出去。你瞧这场笑话闹的。她呢？一开始还以为我们俩在鬼混，我叫她进来是为了三人同床共欢。后来潘达开玩笑说：谁晓得呢？也许值得试试呢！我不是跟你说他变了嘛！事情过去了，我也笑了，还说说笑话。我跟你说，当时我可尴尬极了。想着这场面，我整天都臊得要死。你瞧，这个城市就是这样，亲爱的妹妹。在这里，不是娼妓的女人拼命想当娼妓，你一不小心就会失掉丈夫。你瞧，我简直掉进了黑窝。

　　我的手都麻了，琦琦，天也黑下来了，该很晚了。看来我得用一只箱子来装这封信寄给你。希望你尽快回信，也像这封信这么长，有这么多的笑话。罗贝托还是你的情人吗？你没换一个？把一切都告诉我吧。我保证以后不断地给你写信。

　　拼命地吻你，琦琦！

爱你、想你的波奇塔
1956 年 8 月 26 日于伊基托斯

1956 年 8 月 29 日夜晚至 30 日 [1]

你们想想吧，多么不好意思，那折磨人的一阵阵奇痒，这个地方发炎有年头了。在建军节豪华而庄严的检阅式上，乔里约斯军事学院毕业班的士官生潘达雷昂·潘托哈正在弗朗西斯科·鲍洛涅希纪念碑前雄赳赳地正步走着，突然感到肛门、直肠仿佛掉进了蜂巢，全身心陷入了地狱，无数根针在刺他那湿渍渍的、见不得人的地方。他咬紧牙关，冷汗淋淋地跟上步伐。为纪念阿方索·乌佳德 [2] 而提升一批人员后，玛西亚尔·库穆西奥上校举行了一个愉快而热闹的晚会。晚会上，刚被提升为少尉的年轻人潘达雷昂·潘托哈搂着库穆西奥上校那经验丰富的夫人，手臂感到发热。华尔兹舞曲刚刚开始，他突然感到脚趾发麻。早在上校那并不轻盈的夫人宣布晚会开始的时候，他就感到奇痒难熬了。一阵阵的麻痹不停地、有规律地、越来越剧烈地骚扰着他，还不断地扩展、胀开、刺激他的直肠和肛门。军需少尉潘托哈眼含热泪地搂着上校夫人的腰，握着上校夫人的胖手，既不放松也不搂紧，憋着气，一言不发，继续跳着。

在奇柯拉约，在第十七团队参谋部野外营地的帐篷中，听着附近汽车的吼叫声、前卫连队年终演习开始时的机枪嗒嗒声和子弹的噗噗声，中尉潘达雷昂·潘托哈站在黑板和地图前，以铿锵有力的声调向军官们讲解着存货分配制度和军用品的保管及供应。他倏地一震，原来一阵火辣辣的刺激和痉挛使得他的肛门和直肠发烧、发红、发胀，越来越疼。他疼得发疯了，像是有一只大蜘蛛夹在两臀之间。他突然脸色发紫，冷汗直冒，但他一夹肛门，直挺挺地站住了。虽然声音抖得几乎听不到，但他仍然讲着数字，写着算式，又加又减。"潘达，你必须动手术。"雷奥诺尔太太慈祥地低声说道。"去动手术吧，亲爱

---

    ①   此节是潘托哈的梦境。
    ②   秘鲁军人，在同智利的战争中战死。

的，"波奇塔也这么说，"还是来个一劳永逸吧。"路易斯·嫩希弗·弗洛尔中尉也附和说："这比割包皮容易多了，这地方并不影响生殖。"卫生所的安迪帕·内格隆少校哈哈大笑："我一刀就能把你那三块痔疮像砍奶油做的小孩头一样割下来，亲爱的潘达雷昂。"

手术台周围一片忙乱，又是混合药液，又是准备手术，这些医生、护士穿着白鞋走来走去，比无影灯的刺眼光线还使他心烦。"你不会感到疼的，潘托哈先生。"① 老虎柯亚索斯给他打气。他不仅是口音，连细长的眼睛、微颤的手指、笑眯眯的样子都像波费里奥。"比拔牙还容易、还快，更无后遗症。"一个像雷奥诺尔太太的女人说道，她的臀部、下巴肉和乳房膨胀起来，最后同雷奥诺尔·库林奇拉的这几个部位混淆起来。人们把他抬到手术台上，叫他像女人生孩子那样双腿分开，安迪帕·内格隆医生接着用手术刀、药棉、剪刀和盛器工作。手术台前还有两个女人俯身看着他，像二重唱一样既不相同又不分开、总是围着他转、使他回想起童年时代和少年时代初期的两个女人（她们大概是劳莱与哈台②、曼德拉克和洛塔里奥③、泰山和珍妮④）：一堆脂肪胡乱地裹在西班牙式头巾中；一个老少年留着刘海，满脸雀斑，穿着蓝色牛仔裤。他不明白她们在干什么，也不知道她们是什么人（但模模糊糊地有一个印象，好像在什么地方的人群中见过她们）。他愁苦无比，不顾一切地哭了起来。在自己又伤心又响亮的哭声中，他听到有人说："别怕，这些都是服务队的首批新兵，您难道认不出贝秋佳和桑德拉了吗？我不是那天晚上在秋秋蓓妓馆已经给您介绍过了吗？"胡安·里维拉、著名的秋毕托安慰他。秋毕托今天好像个头儿又小了，像小猴子一样趴在愁容满面的波奇塔那浑

① 这句话是用外国口音讲的。
② 20世纪30年代美国喜剧演员，一胖一瘦。
③ 美国连环画中的魔术家及其助手。
④ 美国电影《人猿泰山》中的男女主角。

圆、柔弱的赤裸肩膀上。他恼羞成怒，又气又急，想喊："你怎么胆敢在我妈妈和妻子面前泄露机密？侏儒、怪胎！你竟敢在我妻子和我已故父亲的遗孀面前谈起劳军女郎来！"但他张不开口，只是出汗、忍痛。内格隆医生做完了手术，手中拿着几块血淋淋的东西。他赶快闭上眼睛，所以只看了一眼。他越来越感到因受到伤害、侮辱而恐惧。老虎柯亚索斯哈哈大笑："要面对现实，直言不讳。士兵需要同女人睡觉，您就得想办法，不然我们就拿精子当炮弹把您轰死。""我们选定了奥贡内斯哨所作为服务队航行演习的起点。"维多利亚将军口齿流利地通知他。尽管他指着雷奥诺尔太太和柔弱苗条的波奇塔请求将军讲话慎重，注意保密，忘掉此事，以后再说，但维多利亚将军还是不停地说："我们了解到，除了桑德拉和贝秋佳，您还雇用了依丽斯和拉丽达，四个火枪手①万岁！"他感到无能为力，又哭了起来。

此时他刚做完手术，躺在病床上。雷奥诺尔太太亲热而温情地看着他，丝毫没有恶意，也没感到惊奇。她们的眼光显然表明，她们毫不知情。这使他感到神奇：她们什么也不知道。他全身都感到一种嘲讽和愉快。他对自己开玩笑地说："事情还没办，我们还没离开奇柯拉约，她们怎么会知道有服务队呢？"这时，内格隆医生在一名微笑着的年轻护士的陪同下进来了（他认出来了，护士是波恰的好朋友阿丽西娅）。护士像抱小孩一样抱着一个灌注器。波奇塔和雷奥诺尔太太忧愁地向他告别，走出了病房。"两膝分开，嘴贴枕头，屁股朝上。"安迪帕·内格隆医生命令道，并解释说，"二十四小时到了，现在灌肠。这两公斤盐水能把你肚子里的那些一生中可原谅的、不可原谅的罪孽统统洗出来，中尉。"尽管灌注器上抹了凡士林，医生也有着魔术家的熟练技巧，但是灌注器一插入直肠还是痛得他大叫起来。不过此时液体正在缓缓注入，已经不痛了，甚至还感到舒适。液体汩

---

① 此处以大仲马作品《三个火枪手》中的四个人物比喻劳军女郎。

洄地灌了一分钟，他的肚皮胀了起来。他闭上眼睛故意想着："服务队？不疼，不疼……"接着他又疼得喊了一声。原来内格隆医生把灌注器拔了出来，并在两腿之间给他夹了一块药棉。护士拿着灌注器走了出去。"您到现在还没感到手术后的疼痛，对吗？"医生问道。"是的，少校。"潘托哈中尉回答。他困难地蜷起身子坐起来，下了地，一只手捂在屁股间的药棉上揉着，光着下身，撅着屁股，僵挺地向盥洗间走去。医生慈祥地甚至同情地搀着他的手。一股热气直冲直肠，腹部一阵绞痛，浑身一阵痉挛，脊背打了一个寒噤。医生帮他坐在马桶上，在他肩上拍了一下，带有哲学意味地说："你要想到，吃了这次苦，以后生活中无论发生什么事，都比这好受。"医生走了出去，随手带上盥洗间的门。潘托哈中尉把一条毛巾放在嘴里，使劲地咬。他闭上眼睛，手指甲嵌进膝盖的肉里，全身千百万毛孔都像窗子一样张开了。他汗水直淌，接着又来一阵。他实在绝望了："我可屙不出来劳军女郎！我可屙不出来劳军女郎！"但是两升液体开始下降、滑下、落到直肠，一闯而出，火辣辣地、邪恶地、背叛地、魔鬼般地、恶毒地把硬东西拖了出来，如火烧、刀割、针刺般地疼。他把毛巾从嘴里吐出来，大喊一声，像狮子吼叫、肥猪哼哼，也像鬣狗惨笑。

第四章

关于动用秘鲁海军舰帕奇德亚号的机密决定

亚马孙地区水上武装司令，海军少将佩德罗·卡里约考虑到：

一、本人收到陆军为解决在偏远地区服役之军士和士兵心理及生理上的需要而建立的陆军驻地、边防哨所及同类部队服务队队长、秘鲁陆军（军需）上尉潘达雷昂·潘托哈的请求信，该信请求亚马孙地区水上武装为其在该队指挥所和后勤中心与服务对象所在地之间组织运输系统提供协助和方便。

二、上述请求信有陆军行政、军需和总务处（费利贝·柯亚索斯将军）及第五军区（亚马孙军区）司令部（罗赫尔·斯卡维诺将军）的签可。

三、海军总参谋部行政首脑机关对此请求表示赞同，并指出因海军同陆军军士和士兵一样，亦有促使建立服务队之需要与愿望，故该服务队宜将其服务范围扩大到海军在亚马孙地区偏远地带所建立之各基地。

四、就此问题经过协商后，秘鲁陆军（军需）上尉潘达雷昂·潘托哈回复本人，表示服务队认为同意上述建议并无不宜，并为此要求亚马孙地区水上武装在其森林地区之基地就确定服务队在秘鲁海军存在的潜在服务对象数字做一调查。此项调查已由负责军官快速而细致地完成，即潜在服务对象为 327 人，每人每月所需服务次数为 10 次，每人每次所需时间为 35 分钟。

兹决定：

一、临时指定原诊疗舰帕奇德亚号作为在亚马孙流域各河上往返于后勤中心与服务对象所在地之间的运输工具，拨服务队使用，并配备固定人员四名，由一级准尉卡洛斯·罗德里盖斯·萨腊维亚指挥。

二、秘鲁海军舰帕奇德亚号自首次杰出地参加了 1910 年同哥伦比亚发生之冲突以来，曾为海军服务、连续航行达半世纪之久，后被撤至圣克劳迪德基地保修。此次在驶离该基地之前应拔除旗帜，抹去徽记及一切证明其为秘鲁海军舰的标记，并涂以秘鲁陆军（军需）上尉潘达雷昂·潘托哈所指定之颜色，但不得为秘鲁海军舰之专色，即铁灰与云白二色，并应把船头及指挥台上之原名"帕奇德亚"抹去，代之以"夏娃"字样。此乃服务队为其选定之舰名。

三、卡洛斯·罗德里盖斯·萨腊维亚一级准尉以及所属人员在就任新职前，应听取上级就下列问题所做之训导：其即将执行之任务具有的微妙性；在执行任务期间需穿便服、隐瞒其海军人员身份的必要性；对其活动过程中所闻所见保守秘密之必要性。总之，应避免对为之效劳的服务队的性质做任何些微的私下议论或透露。

四、原秘鲁海军舰帕奇德亚号在执行新任务期间所需之燃料，应由海军与陆军根据服务队分别为双方服务而使用之次数按比例分摊。此比例可根据供服务队使用之秘鲁海军舰每月为各方提供服务之次数或往返于陆军驻地与海军基地之次数来确定。

五、此项决定为机密性质，不得在《每日通报》上刊登，不得在基地中张贴，仅通知指定执行此项决定的有关军官。

亚马孙地区水上武装司令

海军少将佩德罗·卡里约（签字）

1956 年 8 月 16 日于

圣克劳迪德基地

抄送：秘鲁海军总参谋部、陆军行政军需总务处及第五军区（亚马孙地区）司令部

SVGPFA

报　告

（第三号）

事由：陆军驻地、边防哨所及同类部队服务队之事宜

内容：红种江猪、秋秋瓦希、柯柯勃洛、克拉勃瓦斯卡、瓦卡布鲁纳、依普鲁罗和维勃腊恰多①等春药的特性及其对服务队的影响；报告人亲自实践后所提出的建议。

种类：秘密

日期及地点：1956 年 9 月 8 日于伊基托斯

报告人，服务队队长、秘鲁陆军（军需）上尉潘达雷昂·潘托哈谨向陆军行政、军需、总务处处长费利贝·柯亚索斯将军致敬，并报告如下：

一、在亚马孙地区有一传说，即红种江猪（亚马孙流域各支流中所产的一种河豚）在性方面有着相当可观的威力，这种威力刺激该动物在魔鬼和恶煞的帮助下去抢掠为数众多的妇女来满足自己的本能。为此目的，该动物化作人形，雄伟英俊，任何妇女见了都要情不自禁。上述传说又引起下列说法：江猪油脂能刺激性冲动，使男性在女人面前不能自己，因而这种产品在商店和市场上供不应求。报告人意欲亲自证实一下，以便确定这一民间说法（或是迷信，或是科学事

_____

①　上述各词的音译，均系亚马孙地区的动植物名称与药物名称。

实）对服务队到底具有何种影响。报告人立即行动，借口医生处方之需要，请其母亲和妻子于一周之内每餐以江猪油脂做菜，其结果如下：

二、从第二天开始，报告人即感到性欲骤强。此种异变与日俱增，以致到了该周最后两日，报告人白天黑夜（连睡觉、做梦）每时每刻都想与异性接触、进行性行为。因此思想不能集中，严重影响了整个神经系统及工作效率。作为后果，报告人在该周内有求于其妻之房事竟达平均每日两次，致使其妻大为惊讶、厌烦。因报告人来伊基托斯前的习惯是每十日进行一次夫妻生活，而到达本市后，随即增至三次，无疑是上级指出的因素（天气炎热、空气潮湿）使报告人一进入亚马孙地区就有性冲动增强之感。与此同时，报告人还能证实，江猪油脂的春药作用仅对男性有效，不过也不能排除其配偶也受其刺激，只不过巧于掩饰，因堪称贵妇人者，出于羞耻心和所受之教养，均善此术。报告人骄傲地报告，贱内即属此种情况。

三、为了更好地完成上级交给的任务，报告人不遗余力，不顾健康关系和家庭不睦，乃决定亲自品尝洛雷托省民间智慧及民间淫风为恢复和加强男性性欲所提供的药方若干。此等处方俗称（请恕直言）"起死回生"，更有甚者，或称"鸡巴灵"。报告人称"若干"，乃因祖国之此隔对一切有关性问题的关切极为热诚，考虑极为周到，故此类药方粗看有千余种。一个人动机虽好，甚至愿意为此贡献一生，也不可能遍尝。报告人必须承认，此乃民间智慧之结晶，确非迷信活动。用某种树（诸如秋秋瓦希、柯柯勃洛、克拉勃瓦斯卡、瓦卡布鲁纳等）皮所制之药汁掺酒饮下，即能引起下部不歇之阵痒，唯有进行显示男性威力的行为，才能得以缓和。有一药名曰依普鲁罗，掺烧酒饮下具有奇效，以飞行之速度，须臾之间即在繁殖中心产生效力。报告人饮之后，当即产生不可掩饰之火辣感觉。说来甚为脸红，不幸此事不是发生在家中，而是发生在纳奈疗养地之云雾夜总会。更有甚者，维勃腊恰多更为恶作剧，此饮料乃用毒蛇浸泡，为下等人所偏爱，比起前者，药效更为剧烈。一次，报告人在伊基托斯另一夜中心森林夜总会偶饮此药，即感下部火热难忍、硬挺如铁，乃迫不及待地速至远非适宜的盥洗室，求助于孩提时代就已放弃的自渎行为，才得以恢复正常。

四、综上所述，报告人冒昧地建议上级向各陆军驻地、边防哨所及同类部队发布命令，严禁使用红种江猪的油脂为军士及士兵做饭，严禁部队中的个人食用此类油脂。同时，立即禁止吞服秋秋瓦希、柯柯勃洛、克拉勃瓦斯卡、瓦卡布鲁纳、依普鲁罗及维勃腊恰多等。单独吞服、掺酒吞服、丸剂、水剂均在禁止之列，违者处以禁闭。否则，对服务队本已令人瞠目、难以应付之需求，将会有增无减，将似炸弹般暴击。

五、报告人恳请对本号报告严加保密（如可能，请阅后即焚），皆因报告内容涉及报告人家庭生活之隐私。报告人从陆军所赋予的复杂任务出发，不得不做此报告。然心情极为不安，唯恐此报告一旦外传，即招致同僚的恶意嘲笑。

愿上帝保佑阁下！

> 秘鲁陆军（军需）上尉
> 潘达雷昂·潘托哈（签字）

抄送：第五军区（亚马孙地区）总司令罗赫尔·斯卡维诺将军

批示：

1、根据潘达雷昂·潘托哈上尉的建议，以明文规定并通知第五军区（亚马孙地区）各营地、驻地及哨所长官，即日起在做饭时严禁使用上述报告指出的佐料、饮料和香料。

2、同意潘达雷昂·潘托哈上尉的请求，因服务队第三号报告直接涉及其家庭生活和本人生活，应予以焚毁。

陆军行政、军需、总务处处长

费利贝·柯亚索斯将军（签字）

1956 年 9 月 18 日于利马

关于秘鲁空军所属第 37 号水上飞机列克纳号的秘密决定

　　亚马孙地区第四十二空军大队司令、秘鲁空军上校安德烈斯·萨尔缅托·塞哥维亚考虑到：

　　一、秘鲁陆军（军需）上尉潘达雷昂·潘托哈在陆军各上级机关的批准与赞许下，曾向我第四十二空军大队请求支援，以便经常把新建的服务队从其位于依达雅河畔之后勤中心运往服务对象所在地。因其中不少所在地地处僻境，尤其在雨季，更陷于孤立无援之境，唯一可达的交通工具乃空中工具，返程亦然。

　　二、为尊重陆军起见，秘鲁空军总参谋部行政、宗教司令部批准同意该项请求。但对服务队之性质则正式表示保留态度，因运载该服务队同空军应执行的任务毫不相容，并有损空军的名声与威望。然此乃一单纯提醒，绝无干涉兄弟单位内部活动之意。

　　兹决定：

　　一、一俟亚马孙地区第四十二空军大队技术机械科将第 37 号水上飞机列克纳号修理完毕、可供飞行时，即将该机借予服务队执行上述运输任务。

　　二、在从莫罗纳湖空军基地起飞之前，秘鲁空军第 37 号水上飞机应进行应有之伪装，在为服务队服务期间，不得被认出为秘鲁空军所属。为此目的，应把机身、机翼之颜色（蓝色改为绿色，加红色镶边）以及名称（根据潘托哈上尉表示的愿意，把"列克纳"改为"达丽拉"① ）加以改变。

三、指定第四十二空军大队准尉阿隆索·潘迪纳亚驾驶第37号水上飞机，因据其服役证上记载，今年以来，此人所受处分和警告次数最多。

四、鉴于秘鲁空军第37号水上飞机由于长年服役而处于机件不佳状态，应由亚马孙地区第四十二空军大队指定技师每周检修一次，该技师进入服务队后勤中心时应身着便装，行动谨慎。

五、强烈要求潘托哈上尉命令服务队对第37号水上飞机备加爱护，因此机乃秘鲁空军之历史文物。路易斯·佩德腊萨·罗梅罗中尉曾驾驶此机开辟了伊基托斯与尤里玛瓜斯二市之间的直达航线。

六、秘鲁空军第37号水上飞机维修、使用所需之燃料及其他一切开支，应由服务队独自负担。

七、本决定只通知有关或提及的人员。因事关机密，凡向非上述人员传播、泄露本决定内容者，一律处以六十天禁闭。

安德烈斯·萨尔缅托·塞哥维亚上校（签字）

1956 年 8 月 7 日于莫罗纳湖空军基地

抄送：秘鲁空军参谋部行政、宗教司令部
　　　陆军行政、军需、总务处
　　　第五军区（亚马孙地区）司令部

---

① 达丽拉为引诱并出卖参孙的妓女。见《圣经·旧约·士师记》。

瓦尔加斯·盖腊陆军营地卫生所的内部规定

瓦尔加斯·盖腊陆军营地卫生所所长、秘鲁陆军（卫生）司令罗贝托·基斯贝·萨拉斯根据第五军区（亚马孙地区）总司令下达的机密指令，特作如下安排：

一、秘鲁陆军（卫生）少校安迪帕·内格隆·阿兹皮尔古埃达应在"感染-传染"科的护士、实习人员中挑选一名被认为在科学、道德上最为训练有素的人员去担任第五军区（亚马孙地区）司令部为未来的服务队所设立的卫生员职务。

二、内格隆·阿兹皮尔古埃达少校应在本周内对所选护士或实习人员进行一次理论-实践上的速成训练，以期使之胜任其在服务队所执行的任务。此项任务基本包括：发现虱卵、臭虫、头虱、虱子及一般壁虱之巢穴以及在服务队出发前往服务对象所在地之前，发现各支队成员有无性病、阴门阴道感染与传染病症。

三、内格隆·阿兹皮尔古埃达少校应向卫生员提供必备之药箱一只，内中应包括：探针、压舌板、检查阴道的乳胶手指套、两件白色罩衣、两双胶制手套以及数量足够的记事本。卫生员应利用此记事本每周向瓦尔加斯·盖腊营地卫生所汇报服务队所属卫生所进行的活动的性质及人次。

四、此项安排只通知有关人员，并以机密类归档。

秘鲁陆军（卫生）司令

罗贝托·基斯贝·萨拉斯（签字）

1956 年 9 月 1 日于瓦尔加斯·盖腊营地

抄送：第五军区（亚马孙地区）总司令部服务队队长、秘鲁陆军（军需）上尉潘达雷昂·潘托哈

阿尔贝托·桑达纳少尉就服务队在其指挥下的奥贡内斯哨所
进行示范演习的情况给第五军区（亚马孙地区）总司令部的报告

阿尔贝托·桑达纳少尉根据所接指示，荣幸地向第五军区（亚马孙地区）总司令部就有关在其指挥下的位于纳波河岸的哨所内发生的事件作如下陈述：

接到上级关于奥贡内斯哨所被选定为服务队首次服务试验地点的通知之后，本少尉立即准备提供各种方便，以使演习顺利进行，并通过电台向潘达雷昂·潘托哈上尉询问奥贡内斯为此次示范演习应作何种事先安排。潘达雷昂·潘托哈上尉通知，无须作任何事先安排，上尉本人将亲自抵达纳波河岸视察准备工作及试验进行情况。

9月12日（星期一）上午十时三十分许，一架水上飞机果然在哨所前的纳波河水面降落。飞机机身涂着绿色，标有红色的"达丽拉"字样。驾驶员为一绰号为疯子者。乘客有身着便装的潘托哈上尉和一位人称秋秋蓓的太太。此女因处于昏迷状态，乃由人搀下飞机。因飞机在依达雅河与纳波河之间飞行时，风打机身，颠簸极烈；又据该太太讲，驾驶员为了吓人取乐，耍起危险而无益之杂技，该太太不胜恐惧，乃至昏迷。该太太恢复正常后，即以污秽之言词加表情臭骂驾驶员。最后由潘托哈上尉出面干涉，此场风波才得以平息。

情绪稳定、稍事休息后，潘托哈上尉及其合作者立即着手进行试验的准备工作。试验应于翌日9月13日（星期二）进行，准备工作从参加者与地形两个方面进行。在参加者方面，潘托哈上尉在本报告人的协助下列了一张服务对象名单，向本哨所22名军士和士兵（准尉级被排除在外）逐个询问是否愿意成为服务队的受益者。为此，上尉还特地向他们说明了服务队的性质。这些人的第一个反应是怀疑和不相信，回答是拒绝参加试验，因为他们以为同上次一样又是骗局。上次，上级发出命令：愿去伊基托斯者出列！结果，凡是向前一步走者，均被派去打扫厕所。于是，不得不由上文提及的秋秋蓓出面与众人谈话，该女用词甚为戏谑。最后，怀疑、不信任之感情被嬉笑声代替，随即又爆发了激动，以致众准尉和本报告人不得不费极大力气才予以平息。22 名军士和士兵中，有 21 名被列为服务对象候选人加以登记。其例外乃一下等兵塞贡多·帕恰斯，该士兵声称，演习于 13 日（星期二）进行，而他本人极其迷信，认为该日参加试验将会招致厄运①，故愿例外。此外，根据奥贡内斯哨所卫生员的证词，又从服务对象候选人名单中抹去了下士乌隆迪诺·奇柯德。该下士患有癣疥出脓，极易通过劳军女郎传染给其他士兵。在此情况下，最后确定了一份 20 名服务对象的名单。经过协商，此 20 名服务对象同意从其饷金中扣除同服务队规定之价格一致的金额，作为其应付的服务费用。

　　地形方面的准备工作，主要包括为服务队布置四个场所。此项工作由别号秋秋蓓太太之女士专门领导。秋秋蓓指出，为防下雨，各场所应为室内；为避免听觉上的干扰和互相竞赛，四个场所最好不要紧挨在一起——此项要求不幸并未完全办到。正如上级所知，本哨所之非露天设施极为缺乏。逐一检查之后，乃选定粮仓、广播站和卫生所作为最适宜之场所。粮仓由于太大，乃用食品箱隔为两间。随后，秋秋蓓太太要求在上述每个场所内放置带有草垫或胶垫的木床各一张（如无木床，吊床亦可），且铺以不透水之油布，以防渗水，损坏床垫。于是立即着手从部队各班中（通过抓阄选定）搬来四张木床，分别置于上述场所之中；但由于无法搞到所需之油布，乃以下雨时覆盖机器和武器之帆布代替。把帆布铺在床垫上之后，又着手架起蚊帐，以免此季节繁多的蚊虫妨碍服务工作的进行。由于本哨所并不配备尿盂，不能以此器皿装备场所，乃提供饲料桶四只。每个场所分别用盛

---

① 据西方迷信说法，"13" 为不祥数字。

器装配三个盥洗台一事并未遇到困难，配备四把梳子、放置衣服的箱子和长凳、两卷卫生纸也甚容易，但本报告人恳请上级命令军需官尽早对上述最后物资予以补充，因上述最后物资于本哨所之存货刚刚够用，在此偏远地区，又无报纸和包装纸代替。此前，因用树叶代替，部队曾出现过荨麻疹及严重的皮肤发炎。那位人称秋秋蓓者指出，在此场所还需挂有窗帘，既能遮住阳光，又不致使室内全黑，而是若明若暗。根据其本人经验，此乃进行服务之最佳气氛。秋秋蓓太太建议的印花窗帘实难获得，但并未构成障碍，因上士埃德万·桑多腊巧妙地用毛毯及斗篷做了许多窗帘，起了很好的作用，遂使此场所得以处在所需之半明半暗状态。此外，为防止演习结束前即已天黑，秋秋蓓太太命人在场所油灯上覆以红布一块。该太太宣称，此种红色气氛最宜服务之进行。最后，该太太坚持场所必须有一定的女性氛围，乃在两名士兵的协助下亲自攀摘了野花、叶、茎，制作了几束花束，并甚为艺术化地置于每个场所中的床头。至此，准备工作宣告完毕，只等支队到来。

第二天，9月13日（星期二）下午四时十五分，服务队第一支队抵达奥贡内斯哨所码头。运输舰（新漆成绿色，船头为红色，写有舰名"夏娃"两个大字）一露头，部队立即停止了日常工作，爆发出一阵阵热烈的欢呼声，把船形帽抛向天空表示欢迎。根据潘托哈上尉的指示，立即加强了警戒，以防止在进行示范演习时有民众走进哨所。然而此危险实为多虑，因距离奥贡内斯哨所最近的居民点乃一印第安之克楚亚部落，且需沿纳波河上行二日才能到达。由于士兵们的通力合作，登陆演习进行得十分正常。夏娃号运输舰由卡洛斯·罗德里盖斯·萨腊维亚（伪装为老百姓的海军准尉）指挥，配有四名船员。此四人按潘托哈上尉的命令，于夏娃号在奥贡内斯逗留期间一直留在舰上。四名劳军女郎在码头阶梯上一出现，士兵们即掌声雷动，表示热烈欢迎。该四位劳军女郎分别叫做拉丽达、依丽斯、贝秋佳和桑德拉（彼等拒绝透露姓氏）。四位女郎立即由人称秋毕托和秋秋蓓者集中在粮仓休息，接受指示。人称波费里奥·黄者留在门外警戒。考虑到劳军女郎的到来在哨所人员中引发的骚动，乃及时地把女郎们关了起来，直至确定之演习开始之时（下午五时）。因此，在劳军女郎内部引起了一小小意外事故。恢复旅途疲劳之时一过，该四位劳军女郎意欲离开哨所到附近看看，在哨所散散步。此意图未被其负责人允许。女郎们乃破口大骂，吵吵嚷嚷，表示抗议，甚至企图破门而出。为了使女郎们集中不动，潘托哈上尉不得不亲自出面来到粮仓。还有一事也需一提，因下等兵塞贡多·帕恰斯在支队到达后不久，表示准备不顾招致厄运，要求将其列入服务对象名单。但名单已最终确定，此一要求遭到拒绝。

　　下午五时差五分，潘托哈上尉命令劳军女郎分别进入各自阵地。经过抓阄，场所分配如下：粮仓，拉丽达和贝秋佳；广播站，桑德拉；卫生所，依丽斯。作为监督，潘托哈上尉本人守在粮仓门口，本报告人守在广播站门口，马可·玛腊维亚·腊莫斯准尉守在卫生所门口。三人手中各执计时器一枚。下午五时整，部队一收队（警戒人员除外），立即命令该20名服务对象列队，命其指出中意之劳军女郎。这时出现了第一个重大难题。因20名服务对象中，18人坚持要求人称贝秋佳者，其余2人要求依丽斯，因此剩下两名女郎则无对象可供服务。究竟如何决定？与潘托哈上尉商量时，上尉提出下列解决办法，由本报告人负责执行：据服役证载明，本月表现最好的5人被领至最受欢迎的贝秋佳的场所；受处分、警告次数最多的5人被领至桑德拉的场所，此女郎在四人中外形最差（天花痕迹极多）；其余10人平均分为两组，通过抓阄被分别领至依丽斯和拉丽达的场所。如此，每组5人，共四组。排好队后，即向其说明，在场所逗留之时间至多不得超过20分钟（此乃服务队规定的正常服务的最长时限），并命令排队等候者保持最大限度的安静和稳重，以免有碍战友之行动。此时出现了第二个重大难题，即每个人都争先恐后地想排在本组第一位，想首先得到劳军女郎的服务，结果你推我挤、出言不逊。最后乃下令使之安静，再进行一次抓阄，排定次序。演习为此耽搁了15分钟。

五时十五分，下令启动。此时可以说，就整体来讲，此次示范演习十分顺利，而且差不多是按规定时间完成的，只发生了一些小小的意外。在每个服务对象同劳军女郎接触的时间上，潘托哈上尉曾担心，完成一次满意而完整的服务，此规定时间是否太短？但结果证明是太长了。比如，本报告人曾记下桑德拉一组5人所用的时间：第一人，8分钟；第二人，12分钟；第三人，16分钟；第四人，10分钟；第五人则创下仅3分钟的记录。另外三组的服务对象所用时长也大体接近。尽管如此，潘托哈上尉还是提请注意，此记录只能作为一般情况，相对地说来还是可以的，因奥贡内斯地处偏远，服务对象长期关在哨所内（其中有些长达六个月之久），故有迫不及待之感，接受服务时行动较快，此情况并非正常。由于两次服务之间需有几分钟的等待间隔，在此期间，秋毕托、秋秋蓓二人要为每个场所的盛器换水，故演习从开始到结束所需时间实际不到两小时。在示范演习过程中也发生了一些意外，但远非严重，相反，却很令人开心，对稍微缓和排队等候者的紧张情绪不无助益。比如，广播站每日都要收听伊基托斯亚马孙广播电台的《辛奇之声》节目，用扬声器转播。但由于广播站人员的疏忽，钟打六时，播音员辛奇的声音不合时宜地在奥贡内斯哨所大作，因为哨所电台是自动开关的。此事引起了等候人员的哄堂大笑，不无轻松之感，尤其当众人看到女郎桑德拉身穿裹衣同上士埃斯德万·桑多腊双双出现在门口时。此二人是在广播站进行演习的，广播声一响，吓得魂飞魄散。另一小小意外是在粮仓发生的。下等兵阿梅利奥·希丰德斯本排在拉丽达组中，但此人利用拉丽达和贝秋佳在相邻场所服务之便，企图钻入绰号贝秋佳之女郎的场所，可见此女郎最博奥贡内斯人员之好感。上级对此已早有预见，潘托哈上尉当场发现士兵希丰德斯之狡猾伎俩，乃予以严斥。粮仓中还发生了一起事故。在服务队支队离去之后，本报告人发现，在服务期间，或更早些时候，当劳军女郎于粮仓集中的时候，有人乘机打开一包食品，盗去金枪鱼罐头七盒、水质饼干四包、泡沫饼干两包，至今尚未查出盗窃者。总之，到下午七时，除上述种种小事故外，演习胜利结束，在整个哨所的军士和士兵中间充满了平静、愉快、满意的气氛。还有一事，本报告人忘记提出，即若干服务对象在各自行动完毕后询问能否再排队一次（本组或另外一组），以获得第二次服务，遭到潘托哈上尉的拒绝。上尉解释说，一俟服务队可提供最高服务量，将立即研究重复服务次数之可能性。

示范演习结束后，四位劳军女郎和三位地方上的合作者秋毕托、秋秋蓓及波费里奥·黄即乘夏娃号驶返依达雅河畔之后勤中心，只有潘托哈上尉一人乘达丽拉号飞去。因秋秋蓓不管驾驶员如何保证将规规矩矩地驾驶、不再重复前次事故，仍拒绝乘飞机返回。在飞离奥贡内斯之前，潘托哈上尉在军士和士兵的掌声与感激声中，为本报告人所提供之方便、为其对服务队顺利进行示范演习所作的贡献向本报告人表示感谢。并指出这次实践对其本人甚为有益，将使其有可能去完善并详细制定关于运营、监督及调整服务队的制度。

最后，同本报告（但愿对上级有所裨益）一道，还有一事提请上级加以考虑，即奥贡内斯哨所四名准尉联名要求，希望将来准许具有中间军衔者成为服务队的服务对象。由于此次试验正在军士和士兵中显现出良好的心理及生理效果，本报告人建议采纳此项要求。

愿上帝保佑阁下！

纳波河畔奥贡内斯哨所所长

少校阿尔贝托·桑达纳（签字）

1956 年 9 月 16 日

陆军行政、军需、总务处财务会计科
第 096 号绝密决议

第五军区（亚马孙地区）军需科负责军官及各营地、驻地及哨所负责军需工作之各准尉，被授权从即日（1956 年 9 月 14 日）起，从士兵津贴和军士饷金中扣除与服务队提供的服务价格相应的金额，此项扣除应严格遵守下列规定：

一、服务队在上级批准下所规定的价格在任何情况下只应有两种：

普通士兵：每次 20 索尔。

军士（从下士到上士）：每次 30 索尔。

二、每月最多只准接受服务 8 次，最少次数不予规定。

三、所扣除之金额由军需科军官或负责军需之准尉交付服务队。该队应根据服务次数，按月支付劳军女郎工资。

四、应按下列手续对此扣除制度进行审核和监督：军需科军官或负责军需的准尉，同本决议一起，将收到适当数量的票本两种。每种只印有服务队之代表颜色之一而无任何文字：红色票本用于士兵，因而每张价值 20 索尔；绿色票本用于军士，因而每张代表 30 索尔。每月第一日应发给每个军士和士兵相当于其有权接受最多服务次数之张数，即 8 张。票证应由服务对象在每次接受服务时交给女郎；每月最后一日，军士和士兵应把未用之票证退还军需科。军需科根据票的数目做出相应的扣除（如票证误给或遗失，损失由劳军女郎负担，而不应由服务队负担）。

五、由于事关体面和道德，必须对此项会计业务的性质严加保密。在各营地、驻地和哨所的账目上，对服务队服务费用之扣除一项，应以暗号伪装。为此，负责军需的军官或准尉级军官可采用下列各项目中之任何一种作为暗号：

1、扣除服装费用；

2、扣除武器损坏罚款；

3、预支家属调动费用；

4、扣除体育活动费用；

5、扣除伙食超支；

第096号决议不得在本单位张贴，不得以通报形式或在《每日通报》上加以宣扬。负责军需之军官或准尉级军官应以口头形式通知本单位军士和士兵，并指示彼等对此严加保密，以防使军方丢脸，招致恶意批评。

财务会计科科长

埃塞盖尔·洛佩斯·洛佩斯上校（签字）

照此执行，并下达。

费利贝·柯亚索斯将军

1956年9月14日于利马

驻康达玛纳之阿方索·乌佳德第七骑兵部队

随军神父（随军神父团）上尉阿尔修·罗哈斯

致第五军区（亚马孙地区）随军神父团领导人的函件

洛雷托省伊基托斯市

陆军神父团司令

哥多弗莱多·贝尔特兰·卡里拉启

司令，亲爱的朋友：

　　本人为履行职责计，特向阁下报告：本月内，本部队接连两次接待了一批娼妓的访问。该批娼妓乃伊基托斯当地妇女，乘船至此，被安排在军营落脚，并在军官的同意下，明目张胆地同部队人员大搞皮肉生意。据本人了解，率领该批妓女两次至此者为一畸形矮子。据悉，此人在伊基托斯娼妓界以其别名秋包或普包①而闻名。上述种种因系耳闻，加之值此两次之际，本人均被塞佳腊·阿瓦洛斯少校刻意遣离此地，故不能向阁下提供有关此事的更多详情。第一次，该少校全然不顾本人肝炎（正如阁下所熟知，此乃饮酒过度在本人机体内引发的病痛）尚在恢复期间，竟派本人去为部队的供应者，一伪称垂死之渔人施行临终涂油礼。此渔人住处距部队需步行八小时，且只有一烂泥小路相通。但本人发现该渔人只是饮醉而已，仅在臂上有微不足道的伤口一处，系为猴子所咬。第二次，该少校派本人去为一勘探者的野外营地施祝福礼，该营地距部队乘船沿瓦亚佳河上行需十四小时。阁下一定会谴责此任务之荒唐，在陆军史上，从未有过陆军为此种非固定设施做祝福之习惯。此两次派遣显然系一借口，以防本人看到第七骑兵部队变成娼寨。尽管如此，我向阁下保证，对本人来讲，不管此种拙劣表演如何令人痛心，但此两次无益之行军并未给本人造成体力上的疲乏或心理上的失望。

　　亲爱的、尊敬的司令，本人冒昧地再次恳请阁下，请阁下运用您以崇高的威望而理所当然赢得的举足轻重的影响，支持本人要求调至一尚可忍受之部队的申请。那时本人才能以更好的精神执行上帝之子的使命、灵魂牧师的使命。本人甘冒使阁下厌烦之风险，再次指出，任何精神堡垒、神经系统都不能忍受本人在此地所承受的来自军官和整个部队的无穷嘲弄和不断恶谑，似乎全体人员都以为本牧师是部队

---

　　①　均指秋毕托。秋包意为疖疮，普包意为肚脐。

的取乐对象、活宝一个，无日不以丑恶手段相戏，实非虔诚信徒之所为。比如，本人曾在主持弥撒之际，发现圣餐杯中盛的不是圣饼，而是老鼠一只。又如，本人走路时，所到之处无不引起哄堂大笑，原来有人趁本人不备之际，在背后贴上淫秽图画一张。再如，本人应邀喝啤酒，但最后发现所饮之物乃系马尿，如此等等。还有别种更甚之侮辱、诽谤甚至有损健康之事。本人猜想，塞佳腊·阿瓦洛斯少校本人就是此种虐行的教唆者，此种猜测现已证实。

本人把此类事件告知阁下，请阁下指示，本人是否应向第五军区总司令部揭发妓女来访一事，抑或由阁下本人处理，抑或以最高利益为重、对此事保持善心的沉默？

敬候阁下明智的指示。祝愿阁下身体健康、精神旺盛！

此致

敬礼！

您的下级和朋友

第五军区驻康达玛纳之阿方索·乌佳德第七骑兵部队

随军神父（随军神父团）上尉

阿尔修·罗哈斯

1956 年 11 月 12 日于康达玛纳

第五军区（亚马孙地区）随军神父团团长、司令

哥多弗莱多·贝尔特兰·卡里拉致驻康达玛纳之阿方索·乌佳德

第七骑兵部队神父、（随军神父团）上尉阿尔修·罗哈斯的函件

洛雷托省康达玛纳市

随军神父团上尉

阿尔修·罗哈斯启

上尉：

我应再次对您的昏庸无知表示遗憾。访问阿方索·乌佳德第七骑兵部队的妇女代表团乃属陆军驻地、边防哨所及同类部队服务队，该组织系由陆军建立并管理。此情况我已于若干月以前用第04606号通报形式向您及我领导下的所有神父作了通知。随军神父团，特别是我本人，对服务队之存在绝无好感，但无须提醒，您应该知道我军是由上尉们而不是我们指挥的，故此只能闭起眼睛祈求上帝对我们的上级加以启示，使其在天主教教义和军队道德的光辉照耀下，修正这一只能被认为是严重错误的做法。

至于您在信中其他部分所发的牢骚，我只能加以严厉的斥责。对于委托给塞佳腊·阿瓦洛斯上校的任务，能够判断其有益与无益的，只能是少校本人而非您。少校的责任是尽可能迅速而有效地执行此项任务。对您所受的嘲弄，我当然表示同情。但我以为，与其归咎于他人的恶意，不如归咎于您软弱的性格。首先是您本人，而不是他人，应以自己的行动使别人对您神职人员和士兵的双重身份加以尊重，这难道还需要我提醒您吗？我的一生中只有一次，即十五年前，受到过一次不尊重的对待。我敢肯定，那大胆妄为之徒至今还在揉着自己的嘴巴。罗哈斯上尉，在陆军中，我们不能容忍神父带有女人气。我很遗憾，由于您对福音书中主张温顺一事的错误理解，加上也许是由于您的怯懦，您加深了这样一种卑鄙的看法，即我们宗教人士不是货真价实的男子汉，我们这种人胸上无毛，不能学习耶稣基督的榜样，向亵渎神殿的商贩执鞭猛击①。

拿出尊严和勇气吧，罗哈斯上尉！

您的朋友

第五军区随军神父团

团长、司令

哥多弗莱多·贝尔特兰·卡里拉

1956 年 12 月 2 日于伊基托斯

---

① 见《圣经·新约·马太福音》第 21 章，文字略有出入。

第五章

"喂，醒醒，潘达，"波奇塔说道，"潘达，六点了。"

"小士官生有动静了吗？"潘达揉了揉眼睛，"让我摸摸肚皮。"①

"你别像个白痴那样讲话好不好？你怎么学起外国人口音来了？"波奇塔做了个厌恶的表情，"没动，没动静。你摸摸，摸到什么了？"

"这些痴人般的兄弟姐妹，这下子事情可闹大了，"巴卡柯尔索中尉激动了，"您没看见他们在莫罗纳湖的所作所为吗？给他们吃颗子弹都不冤。娘的，幸好警察正在依法围捕他们。"

"醒醒吧，士官生小潘托哈，"潘达把耳朵贴在波奇塔的肚脐上，"您没听见起床号吗？您还等什么？醒醒，醒来吧。"②

"我不喜欢你这样讲话，你没看见我直到现在对莫罗纳湖那小孩的事还感到紧张吗？"波奇塔厌恶地说，"别使劲压我肚子，宝宝会被你碰坏的！"

"亲爱的，我是在开玩笑，"潘达用两根手指拉着眼角②，"我的一个助手把这口音传染给我了，你不会对这怪声怪调生气吧？来，吻我一下。"

"我怕小士官生死在肚子里，"波奇塔揉着肚皮，"昨天晚上没动，今天早晨也没动。会不会出事了，潘达？"

"我还从来没见过如此正常的怀孕呢，潘托哈太太，"阿里斯孟迪医生安慰着波奇塔，"一切正常，不用担心，只要注意神经不要紧张就行了。所以不要想也不要谈论莫罗纳湖那桩悲剧。"

---

① ② 这两句话模仿外国人讲西班牙语的口音。

② 这个动作是为了把眼睛拉得细长，一般认为东方人的眼睛是细长的。

"好，起床，做操，潘托哈先生，"潘达跳下床，"起床，起床！"

"我恨死你了，你怎么老惹我生气！"波奇塔把一只枕头向他抛去，"别学外国人讲话吧，潘达！"

"因为我太高兴了，亲爱的，事情进行得很顺利，"潘达双臂一合、一张，起立、蹲下，"我还一直认为陆军给我的这个任务不会有什么作为呢，可现在只用了六个月就有了这么大的进展，我自己都感到惊奇。"

"一开始你还讨厌当间谍呢，总做噩梦，睡着了还又哭又喊的。"波奇塔向他吐了吐舌头，"现在我发现你迷上了这份情报工作。"

"这件可怕的事我当然知道了。"潘托哈上尉点头说道，"你想想，我那可怜的母亲也看到了那副惨相，巴卡柯尔索。她吓得一下子昏了过去，后来在卫生所里治了三天，神经都吓坏了。"

"你不是说六点半要出去吗，孩子？"雷奥诺尔太太把头伸进来，"你的早饭摆好了。"

"我洗个淋浴就来，妈咪，"潘达做着柔软操，同自己的影子练习拳击、跳绳，"早上好，雷奥诺尔太太。"①

"我说你的丈夫是怎么了？怎么这样了？"雷奥诺尔太太吃了一惊，"这个城市里的事情把我的魂都快吓掉了，可他倒快活得像只百灵鸟。"

"秘密就在于巴西女郎。"波费里奥咕哝着，"我发誓，他是昨天晚上在阿拉丁那儿认识她的，秋秋蓓。他都看直眼了，脸皮真厚，眼睛都快瞪出来了。这回他算是堕入情网了，秋秋蓓！"

"她还是那么漂亮吗？没走样？"秋秋蓓说道，"她去玛纳奥之前我就没同她见面了。那时她不叫巴西女郎，而是叫奥尔姬塔②。"

"漂亮得简直令人心醉神迷，眼睛、乳房、大腿简直是橱窗展品，

---

① 这句话是用外国口音讲的。

② 奥尔姬塔是奥尔佳的昵称。

还有那屁股，妙极了，"波费里奥吹了声口哨，在空中做出抚摸的样子，"听说有两个家伙为她自杀了呢！"

"两个？"秋秋蓓摇摇头，"据我所知，只有那个美国传教士。"

"还有那个大学生呢，妈咪，"秋毕托抠着鼻子，"就是警察局长的儿子，在莫罗纳湖投水的那个，也是为她自杀的。"

"哼，那是失足落水，"秋秋蓓把他的手从鼻子上拉下来，递给他一块手帕，"那个还淌鼻涕的小伙子早把她忘了，还到秋秋蓓妓馆来了呢，跟姑娘们玩得可痛快了。"

"可是在床上，他都管她们叫做奥尔姬塔，"秋毕托擤了擤鼻子，把手帕还给她，"你不记得我们偷看的时候直发笑吗？他跪着吻姑娘们的脚，想象着是奥尔姬塔的脚。我敢肯定他是为了爱情而自杀。"

"我知道你为什么总是对这事表示怀疑，你这个冷酷的女人，"波费里奥在胸口拍了一下，"因为你缺少的正是我和秋邦①绰绰有余的——良心啊！"

"真可怜，雷奥诺尔太太，我很同情您，"波奇塔打了一个寒噤，"要是我，对这种罪行光是听说、光是看报纸就得做噩梦，醒来时还以为他们正在把我的小士官生钉在十字架上呢！何况您还亲眼看见了那小孩，怎么能不吓得半疯？哎，雷奥诺尔太太，我跟您讲，我光是谈起这件事就浑身直起鸡皮疙瘩。"

"可怜的奥尔姬塔，一辈子净遭难，"秋秋蓓说话带有哲学味儿，"刚从玛纳奥回国，就被人撞见跟一名宪警中尉在鲍洛涅希电影院放夜场电影时干那件事。可以想象她在巴西都干了些什么事。"

"真是个了不起的女人！我就喜欢这种女人，"秋毕托咬了咬嘴唇，"到哪儿都吃得开，个子高，体如细柳，人又聪明。"

"你要我把你丢到河里淹死吗，臭屎蛋？"秋秋蓓推了他一下。

---

① 即秋毕托。

"我是开玩笑气气你，妈咪，"秋毕托跳起来吻了她一下，爆发一阵大笑，"我心里只有你一个，对别的女人只是以职业的眼光看待。"

"潘托哈上尉雇她了吗?"秋秋蓓问道，"看到他终于堕入情网，倒挺有意思的，动了情的人总会软下来。他太死板了，就需要来这么一下。"

"他肯定愿意，只是钱不够。"波费里奥打了个哈欠，"噢，我太困了。在服务队，我最不喜欢的就是早起。姑娘们来了，秋邦。"

"我一下汽车就发现不对头，"雷奥诺尔太太牙直打战，"可我没注意，波奇塔，虽说我发现方舟里比往常人多，而且都处于半歇斯底里状态，又是祈祷又是哭叫。空气中充满了电流，后来又雷电交加。"

"早上好，满意而快活的劳军女郎们，"秋毕托唱歌似的说道，"请排队进行体检吧。按先来后到，不要争，就像在军营里那样。潘-潘最喜欢那一套。"

"瞧你的眼睛，又是一夜没睡，皮秋莎，"波费里奥在她面颊上拧了一下，"看样子，光是服务队你还不满足。"

"你要是再继续独自干下去，你在这儿的日子就不会长了，"秋秋蓓警告说，"你也听到潘-潘说过好几次了。"

"劳军女郎和婊子是两回事，请原谅我用这个词儿，"潘托哈先生训斥说，"你们是陆军的文职人员，不是做皮肉生意的婊子。"

"我的确什么也没干，秋秋蓓，"皮秋莎把手向波费里奥一推，又在自己的屁股上拍了一掌，踩脚说道，"我脸色不好是因为感冒了，夜里睡不好觉。"

"别再讲这事了，雷奥诺尔太太，"波奇塔抱住她，"医生嘱咐您不要想那孩子，他也是这么嘱咐我的，您可得记好。上帝啊，可怜的孩子。您看见的时候，孩子肯定死了吗? 还是在挣扎?"

"我发过誓，再也不体检了，所以这次我不去。"贝秋佳握起拳放在自己的胯部，"那卫生员是个坏蛋。我不愿再让他碰我一下了!"

"那么我来给你检查,"秋毕托喊了起来,"你没看见这块标语牌吗?念念,念念,那上面写的是什么?"

"'服从命令,不准怀疑,不准背后议论。'"秋秋蓓念了起来。

"你没读过那另一块牌子吗?"波费里奥喊道,"在那儿都挂一个月了。"

"'对命令要先执行,再提意见。'"秋秋蓓又读了起来。

"我没念过书,不识字,"贝秋佳笑了,"而且不胜荣幸。"

"贝秋佳说得对,秋秋蓓,"贝露迪塔抢着说,"那卫生员是个流氓,总是利用体检占便宜。说什么检查性病,把手都伸到人家那玩意儿里来了。"

"最近一次,我不得已给了他一耳光,"柯卡挠着自己的脊背,"他在这儿咬了我一口,就在我抽筋的地方。这病您是知道的。"

"排队去,排队去,别发牢骚了,你们要知道,卫生员也是人。"秋秋蓓微笑着拍打着众女郎,"别那么没良心。服务队给你们体检,关心你们的身体健康,还要怎样?"

"排好队,一个一个地来,小秋秋蓓们!潘-潘说了,他希望他一到,各支队就能作好出发的准备。"

"我想是死了。不是有人说雨一下起来就把孩子钉上了吗?"雷奥诺尔太太的声音发抖,"至少在我看到的时候,孩子不动也不哭了。你想想,我是从很远的地方看见的。"

"您把我的请求转达给斯卡维诺将军了吗?"潘托哈上尉朝一只栖在树枝上晒太阳的苍鹭瞄准,开枪,没打中,"他同意接见我吗?"

"早晨十点,他在司令部等您,"巴卡柯尔索中尉望见树枝上的苍鹭猛烈地扇动翅膀飞走了,"不过,他同意得很勉强。您知道,他一直不赞成搞服务队。"

"这我很清楚,七个月里我只见到过他一次,"潘托哈上尉又举起猎枪向一只空龟壳开了一枪,龟壳在尘土中跳了起来,"您认为这公平吗，巴卡柯尔索？这任务很艰巨，斯卡维诺还拿白眼看我，认为我是个坏人，好像这服务队是我出的点子。"

"不是您出的点子，可是您在这件事上创造了奇迹，上尉，"巴卡柯尔索中尉捂起耳朵，"服务队已经成为事实，在陆军各驻地中不仅获得了赞同，而且获得了欢呼。您该对您的事业满意了。"

"还不能满意，不能这样想，"潘托哈上尉丢掉空弹壳，指指前额，又在猎枪中装上子弹，"您没注意到吗？情况富于戏剧性。我们费了不少财力、精力，才能保证每周五百次服务，真叫人头痛、苦闷。您知道我们应该满足的需求是多少吗？一万次，巴卡柯尔索！"

"慢慢来嘛，"巴卡柯尔索中尉朝一棵小树抬手放了一枪，打中了一只鸽子，"我相信，以您坚韧不拔的毅力和工作方式，最后会达成每周服务一万次这个目标，上尉。"

"每周一万次？"斯卡维诺皱起眉头，"这简直是说梦话，潘托哈。"

"不，这不是梦话，将军。"潘托哈上尉脸红了，"这是科学的统计。您瞧这张表格，这还是慎重的统计呢。更确切地说，是保守的统计。您看这儿：每周一万次只能满足'最基本的心理和生理需求'，如果我们想'充分'满足军士和士兵们的'男性需求'，这个数字就得是每周五万三千次。"

"那可怜的小天使的手、脚真的还在流血吗，太太？"波奇塔瞠目结舌，结结巴巴地说，"兄弟姐妹都被那小身体流出的血弄湿了吗？"

"我快要昏厥过去了，"贝尔特兰神父喘着粗气，"是谁把这种离经叛道的想法装进您的脑子里去的？是谁告诉您只有性交才能'充分'满足'男性需求'？"

"是最杰出的性学专家、生物学家和心理学家告诉我的，神父。"

"我早跟您说过，要叫我司令，见鬼！"贝尔特兰神父吼了起来。

"对不起，司令。"潘托哈上尉脚跟一碰，昏昏然打开皮包，抽出几张纸，"我冒昧地带来了这些报告。这是从弗洛伊德、哈维洛克·

埃利斯、维尔里姆·斯特克的作品、选集以及我们的同胞阿尔贝托·塞金等许多名家名作中摘要出来的。我喜欢参考各种书籍，我们后勤中心的图书室里还有几本书。"

"因此您除了派发女人，还在营地分发淫书，"贝尔特兰神父在桌上击了一掌，"我了解得很清楚，潘托哈上尉。在博尔哈驻地，您那个矮子助手就发放过诸如《快活的两夜》《毒蜘蛛玛丽娅的生活》《激情与恋爱》之类的脏东西。"

"这是为了加快勃起，争取时间，神父，"潘托哈上尉解释道，"现在我们是定期分发的。问题是没有足够的书籍，而且装订很差，一碰就散掉了。"

"那孩子闭着眼睛，脑袋耷拉在胸前，真像小耶稣。"雷奥诺尔太太合起双手，"从远处看像只猴子，身体惨白。这引起了我的注意，我就凑近去看。到了十字架跟前我才发现，哎呀……波奇塔，我快要死了，我好像又看见那可怜的小天使……"

"这样说来，分发淫书不止一次，也不是那魔鬼矮子自作主张，"贝尔特兰神父直喘气、出汗、透不过气，"是服务队把书赠送给士兵？"

"只是借给他们，我们还没有这笔经费。"潘托哈上尉加以澄清，"一支三四人组成的支队，一个工作日要打发五十到八十名士兵，那些书能起到很好的作用，所以我们决定使用。一名边排队边阅读此类书籍的士兵要比不阅读的士兵提早二三分钟完事。这都写在服务队的报告上了，司令。"

"看样子在我死前什么怪事都得听听，我的上帝啊！"贝尔特兰神父摸索着衣架，拿起军帽戴在头上，立正、行礼，"我没想到，我的祖国的陆军竟糜烂到这种程度！这种会议对我很有害，请允许我退席，将军。"

"您请便，司令。"斯卡维诺还礼，"潘托哈，您瞧您那倒霉的服务队把贝尔特兰气成什么样子了。当然他是有道理的。我请您今后把您工作中的那些下流的细节省略不讲。"

"对你婆婆的事，我很同情，波奇塔，"阿丽西娅掀起锅盖，用舌头舔尝了一下勺尖，笑了笑，关上炉门，"对她来说，简直是太可怕了。她还是姐妹吗？没找她麻烦吗？为了查出罪犯，警察好像把所有方舟的人都关起来了。"

"您要求这次接见到底有什么事？我不愿在此地看到您，您是知道的。"斯卡维诺将军看了看表，"越简明扼要越好。"

"我们实在承受不了了，"潘托哈上尉难过了，"为了担此重任，我们做到了鞠躬尽瘁，但还是满足不了需求。无线电、电话、信件应接不暇，我们没法满足他们的需求。"

"他妈的，怎么了？三个星期了，怎么一个服务支队也没到博尔哈来？"彼德·卡萨汪基上校暴跳如雷，摇着电话筒大喊大叫，"您让我的人等死了，潘托哈上尉，我要到上级那儿去告您！"

"我要求来一个支队，您却给我送来了两个样品，"玛克西莫·达维拉上校愤怒地咬着小手指的指甲，吐了一口唾沫，"您想，一百三十名士兵、十八名军士，只有两位劳军女郎，能照顾过来吗？"

"能服务的姑娘就这么多，你叫我怎么办？"秋秋蓓摇着手，唾沫星四溅，直喷无线电话筒，"雇婊子像鸡下蛋那么容易？再说我们虽然只派去两名，但其中一个是贝秋佳呀，她一个顶十个。最后我问你，什么时候你跟我您呀您地讲过话，鳄鱼？"

"你们厚此薄彼，我要到第五军区司令部去告状，句点。接着写，"奥古斯托·瓦尔德斯上校在口授，"圣地亚哥河驻军每周接待一个支队，而我们却一个月接待一个，句点。如果您以为炮兵不如步兵有男子气，逗点。我准备让您看看事情并非如此，逗点。潘托哈上尉，句点。"

"没有，警察没找我婆婆的麻烦。不过潘达去了警察局一趟，向他们说明雷奥诺尔太太与罪行无关。"波奇塔也尝了尝汤，大声说，

"阿丽西娅，你真有两下子！来了一个警察，向我婆婆就她看到的事实进行了审问。别说当姐妹了，她连方舟两个字都不敢听了。为了那次受惊，她还想把弗朗西斯科兄弟钉在十字架上呢！"

"这一切我都清楚，也深感不安，"斯卡维诺将军点点头，"但我并不奇怪，这叫做玩火者必自焚。人们染上了恶习，自然越陷越深。错在当初根本就不应该这样搞，现在当然阻止不了这场暴风雨了。需求简直与日俱增！"

"而我的服务队是与日俱减，将军，"潘托哈上尉愁容满面，"我的共事者们已经筋疲力竭，不能对她们再提出更多的要求了。我甚至有失去她们的危险。服务队必须增加编制，我求您批准本部队扩大到十五人。"

"就我个人来讲，我拒绝这个请求，"斯卡维若身子一挺，面容严厉，摸着秃顶，"可惜最后的决定权在利马的战略家们那里。我将转达您的请求，但附以个人的反对意见。十名领取陆军工资的娼妇绰绰有余了。"

"我给您准备了一份关于扩大服务队的报告、预算和表格，"潘托哈上尉打开文件夹，又指又画，热切地说，"这是一个很慎重的调查，是我几夜未眠搞出来的。您看，将军，只要增加百分之二十二的经费，我们就可以使服务效率提高百分之六十，即从每月五百次增加到八百次。"

"完全同意，斯卡维诺，"老虎柯亚索斯作了决定，"这项投资完全值得，比在伙食里加溴化物更便宜①、更有效。在伙食里加溴化物根本不管用。报告里讲，自从服务队开始工作以来，各地的强奸事件大为减少，部队也满意。让他再招募五名劳军女郎吧！"

"那么空军的意见呢，老虎？"斯卡维诺在椅子里动来动去，坐立

---

① 指为了减弱士兵的性欲而在伙食上采取的措施。

不安，"你没看见整个空军都反对吗？他们通知我们好几次了，说不赞成搞服务队。陆军、海军中也有些军官不赞成，他们认为军队里不宜有这一级组织。"

"我可怜的老母亲曾经同方舟那些疯子打得火热，"潘托哈上尉羞愧地点点头，"经常去莫罗纳湖看望他们，送衣服给他们的孩子穿。事情很怪，您知道我母亲从不信教……但出了这件事之后，她确实变了。"

"你给他拨款吧，我的好心人，别总那么别别扭扭的，"老虎柯亚索斯笑了，"潘托哈工作出色，你应该支持他。请你告诉他，招募新女郎要挑些漂亮的、招人喜欢的。可别忘了！"

"您给我带来了一个非常令人愉快的消息，巴卡柯尔索，"潘托哈上尉深深地舒了一口气，"这一后援部队可给服务队解了围。工作过度，我们都差点得了虚脱症。"

"您瞧，这下您可称心如意了，可以再雇五名。"巴卡柯尔索把通知书递给他，叫他在回票上签了字，"像柯亚索斯、维多利亚这些利马的大头头都给您撑腰，您还在乎斯卡维诺和贝尔特兰的反对？"

"自然，我们不会再麻烦令堂了，请您放心吧，上尉，"警察局长搀起他的胳膊，把他送到门口，握了手，道了再见，"我得承认，找到钉小孩的人很难。我们拘留了一百五十名兄弟、七十六名姐妹，但回答都是一个口径。'你知道是谁钉死孩子的吗？''知道。''谁？''我！'一人为大家，大家为一人。坎丁弗拉斯①主演的影片《三个火枪手》里就是这么说的，您没看过这部电影吗？"

"另外，这也使我能够把服务队来个质的提升，"潘托哈上尉对这通知读了又读、摸了又摸、嗅了又嗅，"到目前为止，我们挑选人员只考虑功能因素，只考虑工作效率。现在，第一次，美学-艺术因素

---

① 即墨西哥演员马里奥·莫雷诺。

要起作用了。"

"一举两得，"巴卡柯尔索鼓起掌来，"难道您在伊基托斯这儿遇到了维纳斯？"

"一个有胳膊的、能使死人复活的维纳斯。"潘托哈干咳了一声，眨眨眼，抓耳挠腮，"请原谅，我得走了，我太太正在产科大夫那儿。我想知道她的情况如何，离小士官生诞生只差两个月了。"

"如果不是一个小士官生而是一个小劳军女郎呢，潘托哈先生？"秋秋蓓哈哈大笑，但立刻戛然而止，惊呆了，"您别介意，别这样瞪着我，不能跟您开玩笑吗？您太严肃了，跟您的岁数多不相称呀！"

"你没有念过那条标语吗？你在这儿应该以身作则。"潘托哈先生指指墙壁。

"'服务期间不准玩笑戏耍'，妈咪。"秋毕托念了出来。

"部队为什么还没准备好接受检阅？"潘托哈先生左看右看，咂着舌头，"体检完了吗？你们还等什么？还不排队接受检阅？"

"女郎们，集合排队！"秋毕托以手作话筒状。

"快，快点，小妈妈们！"波费里奥加入合唱。

"现在报名、报数！"秋毕托在女郎队列前把脚跟一碰，"快！报名、报数一起来！"

"一号，丽达！"

"二号，佩内洛普①！"

"三号，柯卡！"

"四号，皮秋莎！"

"五号，贝秋佳！"

"六号，拉丽达！"

"七号，桑德拉！"

---

① 名字出自荷马史诗《奥德赛》主人公之妻，以贞洁著称。

"八号，玛柯洛维娅！"

"九号，依丽斯！"

"十号，贝露迪塔！"

"一个不缺，全到了，潘托哈先生。"波费里奥深深鞠了一躬。

"这回她倒是不迷信了，不过反而更加信教了，潘达。"波奇塔在空中画了个十字，"你知道你妈妈现在总到哪儿去消遣吗？圣奥古斯丁教堂。奇怪吧？"

"宣读体检报告。"潘达雷昂·潘托哈下命令。

"'经过检查，全体劳军女郎均具备外出行动的条件，'"秋毕托念道，"'只有一自称柯卡者，背部和臂部有些微出血，疑因工作过多所致。服务队卫生员（签字）'。"

"撒谎，那坏蛋因为我给了他一耳光，他想报复，"柯卡拉下拉链，露出肩膀、手臂，仇恨地望着卫生所，"这是我那只猫抓的印子，潘托哈先生。"

"好了，这总比以前那样好，亲爱的，"潘达在被子下蜷曲着身子，"如果说年纪大了要信教，最好还是信真的宗教，不要尽搞迷信活动。"

"一只叫华尼托·玛尔卡诺的猫，跟那个叫豪尔赫·米斯特拉尔的长得一模一样。"贝秋佳在丽达耳边低声说道。

"你要想跟他来，就来，过过国庆节也好嘛。"柯卡像蛇似的扭着，"母猪似的大乳头。"

"在队中随便讲话，柯卡、贝秋佳各罚款十索尔，"潘托哈先生不动声色地掏出铅笔、本子，"柯卡，你如果认为自己具备跟支队一起出发的条件，可以去，卫生所没说不同意。你用不着那么歇斯底里。现在宣布本工作日的工作计划。"

"三个支队，其中两个支队工作四十八小时，一个支队今晚就得返回。"秋秋蓓从队伍后钻出来，"我抽了签，潘托哈先生，一个由三名姑娘组成的支队去莫罗纳河畔的阿美利卡哨所营地。"

"谁带队？由哪些人组成？"潘达雷昂·潘托哈舔舔铅笔头，在本子上记着。

"本人带队，柯卡、皮秋莎和桑德拉随我去。"秋毕托指出三名女郎，"疯子在给达丽拉号喂奶①，我们十分钟后就能出发。"

"让疯子老实点儿，别像往常那样调皮，潘-潘先生，"桑德拉指了指停在河上摆来摆去的水上飞机和飞机上的人影，"我要是死了，您也就完了。我把女儿都留给您当作遗产，一共六个。"

"同前述二女郎同样的理由，桑德拉罚款十索尔。"潘达雷昂·潘托哈翘起食指记下来，"秋毕托，把你的支队带到码头上去。姑娘们，一路顺风！精神百倍、满怀信心地去工作吧！"

"我们去了，支队向阿美利卡哨所挺进，"秋毕托下命令，"拿起箱子，向达丽拉号前进！快，快点，小秋秋蓓们。"

"一小时后，第二、三支队乘夏娃号出发，"秋秋蓓报告说，"第二支队由芭芭拉②、贝露迪塔、佩内洛普和拉丽达组成，由我率领，去玛珊河畔的鲍洛涅希驻地。"

"我被那钉在十字架上的小孩吓坏了。一受惊，小士官生生下来是个怪胎怎么办？"波奇塔一脸哭相，"那可就是一场悲剧了，潘达。"

"第三支队随我沿河上行，去雅瓦利驻地，"波费里奥用手在空中一划，"星期四中午返回，潘托哈先生。"

"好，姑娘们，上船吧，要老老实实地按要求行事。"潘达雷昂·潘托哈向女郎们告别，"波费里奥和秋秋蓓，你们俩先到我办公室来一下，我有话要跟你们说。"

"再招五个姑娘？真是个好消息，潘托哈先生，"秋秋蓓搓着手，"我带这个支队一回来就给您找，不费吹灰之力，申请人多如牛毛。

---

① 指加油。
② 上文报名时十名女郎中没有此名字，疑为作者之误。

我早就说过，我们出名了!"

"这很不好，我们还不能脱离秘密状态，"潘达雷昂·潘托哈指了指标语牌上的谚语，"'病从口入，祸从口出'，我希望你先给我找十个候选人，我从里面挑五个，不，四个。另一个我找好了……"

"巴西女郎，奥尔姬塔!"波费里奥盛赞她的乳房、臀部和大腿，唾沫星四溅，"一个明智的想法，潘-潘先生，这宝物会使我们出名的。我出差回来的路上就同支队姑娘们去找她。"

"现在就去，把她给我带来就行了，"潘达雷昂·潘托哈的脸红了，声音也变了，"要赶在莫基托斯把她弄进他的妓院之前。还有一个小时，波费里奥。"

"哟，您可真着急呀，潘托哈先生!"秋秋蓓满嘴甜言蜜语，大夸奥尔姬塔，口水都流了出来，"我真想再欣赏欣赏奥尔姬塔那漂亮的脸蛋。"

"安静点儿，亲爱的，别再想那事了，"潘达也怕了，他拿过一张纸板，剪齐，在上面写了几个字，挂在墙上，"从现在起，严禁在此谈论被钉儿童及方舟疯人。也为了怕你忘记，妈妈，我在墙上钉上标语。"

"很高兴再次见到您，潘托哈先生，"巴西女郎鸟儿唱歌般地说道，眼睛贪婪地看着周围的一切，扭腰摆臀，带来阵阵香风，"这么说，这儿就是大名鼎鼎的潘达乐园? 久仰大名，但想象不出是什么样子的。"

"大名鼎鼎的什么?"潘达雷昂·潘托哈把头凑上去，拉过一把椅子，"请坐。"

"潘达乐园呀，人们都这样叫。"巴西女郎轻舒玉臀，露出拔过毛的腋窝，笑了起来，"不光是伊基托斯，到处都这么叫，我在玛纳奥就听说了。这名字真怪，是从迪士尼乐园来的吧?"

"恐怕不如说是从潘达来的吧。"潘托哈先生上下左右地打量着她，朝她微笑，绷起脸，又笑了笑，出汗了，"至少从你的口音听来，你不是巴西人，而是秘鲁人，对吧？"

"我是秘鲁人，人们叫我巴西女郎，是因为我在玛纳奥侨居过，"巴西女郎坐下来，把裙子向上拉拉，拿出粉盒，在鼻子上和面颊的酒窝上擦粉，"不过，您瞧，正像一支华尔兹舞曲所唱的那样，人们总是要落叶归根的。"

"你最好把这标语牌取下来，孩子，"雷奥诺尔太太把眼睛捂起来，"一天到晚总是看着'禁止谈论死孩子'，反倒使我和波奇塔不谈别的了。亏你想得出，孩子。"

"人们对潘达乐园都说些什么？"潘达雷昂·潘托哈在桌子上敲着手指，手在椅子里摆来摆去，不知放在哪儿好，"你在那儿都听到了什么？"

"有点言过其实，对人们的话不能全信，"巴西女郎一面谈话，一面把双腿、双臂交叉起来，做出一副娇媚的样子，眨眨眼，舔湿樱唇，"您想想吧，在玛纳奥，人们说潘达乐园是一座拥有几条街区、有武装守卫的城市呢！"

"好吧，你不要失望，我们这是刚刚开始，"潘达雷昂·潘托哈笑了笑，装出和气、善于交际聊天的样子，"我告诉你，眼下我们拥有一艘舰船、一架水上飞机。不过我可不喜欢这种国际性的广告。"

"还说潘达乐园里人人有工作，生活条件无比优越，"巴西女郎耸耸肩，摆弄着手指，眨动着睫毛，摇晃着脖颈，摆动着长发，"因此我就抱着幻想乘船来了。我来的时候，在玛纳奥一家极好的妓院里还有八个女友，也正打点行装准备到潘达乐园来呢。她们会和我一样感到失望的。"

"你要是不介意，我请你不要把这地方叫做潘达乐园，应叫做后勤中心。"潘达雷昂·潘托哈极力装出严肃、自信、公事公办的样子，"波费里奥对你说明我请你的意图了吗？"

"跟我谈了一点儿，"巴西女郎翘翘鼻子，闪闪睫毛，眯起眼，眼神发亮，"这儿真的有可能给我工作吗？"

"对，我们要扩大服务队。"潘达雷昂·潘托哈望着挂表格的木板，骄傲地说，"我们一开始只有四人，后来增加到六人、八人、十人。现在要增加到十五人。有一天会成为人们所说的乐园，也未可知。"

"那我太高兴了。我一看这儿的情况并不乐观，本来想回去了。"巴西女郎咬咬樱唇，揩揩唇角，看看指甲，把裙子上的粉屑拂掉，"我觉得我们在阿拉丁神灯餐馆见面的那天，您对我的印象并不好。"

"你弄错了，我对你很满意，很满意。"潘达雷昂·潘托哈整理铅笔、文件夹，把写字台的抽屉打开又关上，干咳了几声，"本来早就应该雇用你了，可是当时没有经费。"

"能不能知道一下工资和工作内容，潘托哈先生？"巴西女郎伸长了脖子，捧起双手作花束状，又鸟儿般地唱起来。

"每周有三个支队去营地服务。两个支队乘飞机、一个支队乘船。"潘达雷昂·潘托哈数着，"每次外出至少要服务十次。"

"支队到营地去？"巴西女郎先是一惊，接着手一拍，放声大笑，调皮地挤挤眼，媚态百生，"那服务就是……哎哟，笑死人了！"

"现在我告诉你一件事，阿丽西娅，"雷奥诺尔太太吻着殉教童子的画像，"他们确确实实干了一件残忍的事。但是从内心讲，他们不是出于恶意，而是由于害怕。他们被那场大雨吓坏了，以为牺牲了孩子就可以推迟世界末日的降临。他们的本意不是伤害孩子，以为这样做是直接送孩子进天堂。你没看见警察发现在所有的方舟里都给他设了祭坛吗？"

"至于比例嘛，从军士和士兵的饷银扣除的金额中，百分之五十归你，"潘达雷昂·潘托哈在一张纸上写了几个字交给她，"另外的百分之五十用于维持服务队。虽然你的情况是明摆着的，因而也是不必要的，嗯……但我还是得照章办事。请你把衣服脱下来一会儿。"

"哟，太不是时候了，"巴西女郎装出遗憾的样子站起身来，模仿时装模特儿走了几步，噘起小嘴，"我身上的来了，潘托哈先生，恰好是昨天来的。这次走走后门，您不在乎吧？在巴西，人们可喜欢走后门了，甚至专走后门。"

"我只是想看看你，使手续完备，"潘达雷昂·潘托哈严肃起来，脸色发白，皱起眉头，口吃地说，"这是一种外形考试，所有人都得考。你的想象力太丰富了。"

"哦，原来是这样。我本来想，这儿连地毯都没有，到哪儿去行事呢？"巴西女郎跺了一下地板，松了一口气，接着嫣然一笑，脱下衣服，折好，摆好了姿势，"还好吧？我就是有点儿瘦，不过只要一个星期，我就能恢复体重。你认为我会受到士兵的欢迎吗？"

"毫无疑问，"潘达雷昂·潘托哈看着她，点头称是，他浑身战栗，嗓子发哑，"你会比我们的明星贝秋佳更受欢迎。好了，你通过了，可以把衣服穿起来了。"

"不仅如此，雷奥诺尔太太，"阿丽西娅看着图像，在胸前画了个十字，"您想想吧，除了给殉教童子印画像、写祷词，现在又出现了塑像。方舟兄弟姐妹不仅没有减少，反而比以前多起来。"

"你们在那儿干什么？"潘达雷昂·潘托哈一下子从椅子上跳起来，三步两步走到楼梯口，大发雷霆，"你们得到谁的允许了？你们不知道在考试的时候不准登上指挥所吗？"

"是这样的，潘托哈先生，有位自称辛奇的先生找您，"辛弗罗索·凯瓜斯张大了嘴结结巴巴地说道。

"他说有急事，很重要，潘托哈先生，"帕洛米诺·里奥阿尔托像被施了催眠术般盯着看。

"你俩都出去！"潘达雷昂·潘托哈用身子挡住他们的视线，拍拍栏杆，伸出手臂一指，"叫那家伙等着。快出去，不准看！"

"啊哈，没关系，我不在乎，反正看不坏。"巴西女郎慢慢地穿上衬裙、衬衣、裙子，"这么说您就是潘达？我现在才明白潘达乐园是这么回事。唉，人们可真想得出。"

"我的教名是潘达雷昂，跟我的父亲、祖父，两位著名的军人同名，"潘达雷昂·潘托哈激动了，凑近巴西女郎，向她的衬衣扣子上伸出两个指头，"来，我帮你扣。"

"你能不能给我把比例提高到百分之七十？"巴西女郎像猫一样咕噜着向前凑了凑，贴在他身上，气息喷在他脸上，还用手摸索着，最后捏住了某个突出部位，"服务队里有我，肯定能赚钱。等我身上的缺点过去了，你会看到的。通点儿人情，潘达，你不会后悔的。"

"放开，放开！别抓我这儿！"潘达雷昂·潘托哈一跳，脸红了、害臊了、发火了，"我要提醒你两件事：第一，跟我讲话不能你呀你的，要用您；第二，以后不能跟我这么随便。"

"可您刚才裤裆都胀起来了，所以我想为您做做好事，完全不是为了冒犯您，"巴西女郎懊悔了、难过了、害怕了，"请原谅，潘托哈先生，下次再也不敢了。"

"作为极其特殊的例外，考虑到你本身作为对服务队的一个特殊贡献，我给你百分之六十，"潘达雷昂·潘托哈也后悔了，镇定了一下，把她送到楼梯口，"再说你是远道而来。不过，你不能泄露一个字，否则就会在我和你的同伴之间引起纠纷。"

"我不会讲出去的，潘托哈先生，这是我俩之间的秘密，多谢了！"巴西女郎恢复了笑容、媚态和俏劲，走下楼梯，"我走了，您有客人。没别人的时候，我能叫您潘弟达先生吗？这名字比潘达雷昂和潘托哈都好听。再会，一会儿见。"

"我当然觉得他们干的事很吓人，波奇塔。"雷奥诺尔太太举起苍蝇拍，等了几秒钟，啪地打了下去，看到一只死苍蝇落在地上，"不过，你要是像我一样了解他们，就会发现他们本质上不是坏人。他们愚昧无知，但不是恶棍。我到他们家里拜访过，跟他们谈过话，都是些鞋匠、木匠、泥瓦匠，大多不识字。自从当了兄弟，就不酗酒了，也不欺骗老婆了，连肉食和米饭都不吃了。"

"见到您很高兴、很荣幸。握握手吧，"辛奇行了个日本礼，皇帝似的走进了指挥所，吸了一口雪茄，喷出烟雾，"愿供驱策，为您效劳。"

"您好，"潘达雷昂·潘托哈闻着空气，有些头昏，突然一阵咳嗽，"请坐，您有何见教？"

"刚才我在门口碰到的那位绝代美人真令人神魂颠倒，"辛奇指了指楼梯口，吹了一声口哨，兴奋地又吸了一口烟，"嗬，怪不得人们说潘达乐园是女人的天堂，果然不假。您这花园里的花儿太美了，潘托哈先生。"

"我很忙，不能浪费时间，请您有话快讲，"潘达雷昂·潘托哈不耐烦地拿起文件夹，想把周围的烟雾驱散，"至于所谓潘达乐园，我并不觉得有什么好笑的。我可没有幽默感。"

"这名字不是我取的，是人民的想象力，"辛奇张开双臂，好像在吵嚷的人群中发表演说，"是洛雷托人那尖锐、智慧、风趣的想象力。您别往坏处想，潘托哈先生，要对人民的创造性保持敏感。"

"您在吓唬我，雷奥诺尔太太，"波奇塔摸了摸自己的肚子，"您虽然离开了方舟，可内心深处还是个姐妹。瞧您谈到他们的时候多么亲热。您可别异想天开，也把小士官生钉在十字架上。"

"您不是主持亚马孙广播电台的一个专栏节目吗？"潘达雷昂·潘托哈咳了几声，感到窒息，擦了擦流泪的眼睛，"每天六点半？"

"正是本人，在您面前的正是远近闻名的《辛奇之声》。"辛奇作抓起话筒状，以高傲的嗓音朗诵起来，"腐化的当局对我惧怕，爱赌的法官遭我斥责，一切不公平的都将被我扫荡。我的声音集中着人民的心声，并通过电波传播。"

"对，您的节目我听过几次，相当受欢迎，对吧？"潘达雷昂·潘托哈站起来，寻找新鲜空气，深深地吸了一口，"对您的光临至感荣幸。请问有何贵干？"

"我是个跟得上时代的人，没有偏见，倾向进步，因此我是来帮您一把的。"辛奇也站了起来，随在他的身后，向他喷着浓烟，伸出干瘪的手指，"此外，我觉得您非常和蔼可亲，潘托哈先生。我相信我们会成为好朋友，我相信一见倾心之说，我的嗅觉是不会错的。我愿意为您效劳。"

"非常感谢，"潘达雷昂·潘托哈被他摇着手、拍着肩，只得回到写字台前，但又咳嗽起来，"老实说，我不需要您效劳，至少目前不需要。"

"这是您的想法，淳朴天真的人啊，"辛奇向上张开双臂，半严肃半开玩笑地作惊讶状，"您在这片爱情的世外桃源远离世俗的闲言碎语，所以您显然还不知道发生了什么事。您对大街小巷的议论和您所处的危险境地还蒙在鼓里呢！"

"我的时间很少，先生，"潘达雷昂·潘托哈不耐烦地看了看手表，"干脆点儿，您到底想干什么？要不就请您出去。"

"你别叫她给我道歉，我也不再进这个家了。"雷奥诺尔太太哭着把自己关在房里，不出来吃饭，"说我要把自己的孙子钉在十字架上？虽说她怀了孕，心情不好，可你想我能容忍这种没教养的人吗？"

"我现在承受的压力很大，"辛奇把雪茄在烟灰缸里掐熄、碾碎，愁苦地说，"又是家庭主妇、良家妇女，又是中学、文化机构、各种色彩的教会，甚至还有女巫、制毒者。我也是人，是有极限的。"

"什么乱七八糟的，您在说些什么呀？"潘达雷昂·潘托哈笑了，把最后一缕烟雾驱散，"我一个字也听不懂。请您说明白，开门见山。"

"全市人民希望我把本市的奇耻大辱——潘达乐园——搞垮，把您搞破产。"辛奇笑容满面地说出了结论，"您不知道伊基托斯是个外表道貌岸然、骨子里男盗女娼的城市吗？服务队是丑事，只有我这个时髦派、进步人士才能接受，全市其他人都被这件丑事震动了。坦率地说，他们要我把您搞垮！"

"要搞垮我？"潘达雷昂·潘托哈绷起脸来，"要搞垮我，还是要搞垮服务队？"

"对《辛奇之声》来讲，整个亚马孙地区没有任何坚不可摧的东西。"辛奇用手指在空中一弹，喘着气吹嘘，"我只要对准服务队，它就会在一星期之内垮掉，您就会一声呼哨地被赶出伊基托斯。这就是并不美妙的现实，我的朋友。"

"您这是在威胁我！"潘达雷昂·潘托哈把身子一挺。

"完全不是，恰恰相反，"辛奇仿佛是向幽灵击了一剑，像男高音那样双手握在胸前，数起并不存在的钞票，"到目前为止，我一直在顶着来自各方面的压力，这是因为我有战斗精神，而这是个原则问题。不过以后就很难说了，因为我也要吃饭，不能靠空气过活。我这样做的目的是想得到些微补偿而已。您不以为然吗？"

"您这是来敲竹杠！"潘达雷昂·潘托哈站了起来，脸色发黄，踢翻字纸篓，跑到楼梯口。

"不，不，我是来帮助您的。您只要打听一下就知道我的广播具有多大的威力了。"辛奇露出一脸横肉，也站了起来，来回走动，挤眉弄眼，"我的广播可以搞垮法官，推翻警察局副局长，毁掉婚约，声音所到之处玉石俱焚。您用不了花费很多，我就会准备坚决保卫服务队及其创建者。我将为您而战斗，潘托哈先生！"

"这老太婆要我给她道歉？她根本不懂开玩笑，"波奇塔将杯碗乱摔，扑倒在床上，对潘达乱抓乱挠，委屈得哭起来，"你和她非把我气得失去孩子不可。你也认为我跟她是认真讲的吗，白痴？她说谎，我是开玩笑！"

"辛弗罗索、帕洛米诺！"潘达雷昂·潘托哈拍了拍手掌叫起来。

"您这是怎么了？别紧张嘛，冷静点儿，"辛奇停止走动，声音软了下来，警惕地看了看四周，"不用立即回答我，您可以再同别人商量商量，调查调查我是什么人。下星期我们再谈。"

"把这个坏蛋给我拉出去按到河里！"潘达雷昂·潘托哈向跑步来到楼梯口的两个人下达命令，"以后不要再放他进入后勤中心！"

"喂，您这可是在自杀，要不就是丧失了理智，我在伊基托斯是个超人！"辛奇双手乱舞，又推又挡，进行抵抗，滑了一跤，逃了、消失了、看不见了，"放开我，您这是什么意思？喂，您要后悔的，潘托哈先生，我真的是来帮助您的，我是您的朋友……"

"是个无耻小人，不过他的节目连石头都愿意听。"巴卡柯尔索中尉翻着鲁乔酒吧间里放在桌子上的一份杂志，"但愿这次把他扔进伊基托斯河不会引起麻烦，上尉。"

"我宁愿找麻烦也不愿对他肮脏的讹诈行为让步！"杂志的标题《您知道鲛人是什么、它在干什么吗?》引起了潘托哈上尉的好奇，"我已经打报告给柯亚索斯了，我想他会理解的。我担心的倒是另外一件事，巴卡柯尔索。"

"那一万次的服务，上尉?"巴卡柯尔索中尉透过手指缝看到：它是水中的王子或魔王，在河中兴风作浪。"天气热了，是不是上升到一万五千次了?"

"不，是那些流言蜚语。"一幅插图上写着：它骑在鳄鱼背上或大河蟒的皮上。潘托哈上尉探头去看插图："在伊基托斯，真有那么多的流言蜚语针对服务队和我?"

"昨天晚上我又梦见了，潘达。"波奇塔按着太阳穴，"你和我被钉在一个十字架上，一面一个。雷奥诺尔太太走过去在我肚子上扎了一枪，在你那鸟儿上扎了一枪。这梦真怪，对吗，亲爱的?"

"您现在无疑是成了本市的名人了，"巴卡柯尔索用肘部遮住的句子是：它脚穿龟壳。"您最为妇女所恨，最为男人所嫉。潘达乐园，噢，对不起，成了话题的中心。不过反正谁也看不见您，您是为服务队工作的。您在乎什么？"

"我本人倒无所谓。我考虑的是家庭，"潘托哈上尉终于看到了：它夜间盖着蝴蝶翼做的布帘睡觉。"我的妻子很敏感，又怀了孕。她要是知道了，肯定会受到严重的刺激，更不用说我的母亲了。"

"说起流言蜚语，"巴尔柯尔索中尉把杂志抛在地上，转过身，想起了一件事，"我告诉您一件好笑的事：斯卡维诺接见了一个以瑙达市市长为首的当地知名人士代表团，代表团还递交了一份备忘录，哈哈！"

"我们认为，服务队专为陆军驻地和海军基地服务是滥用特权。"派瓦·鲁努伊市长透过眼镜看了看代表团成员，做了个庄重的姿态，开始念道，"我们要求，亚马孙地区各偏远市镇达到服役年龄的公民也有权享受该队的服务，价格应同士兵一样便宜。"

"所谓服务队是你们那腐化的脑子里凭空想出来的，朋友们。"斯卡维诺将军打断他，向众人笑了笑，善意地看了看众人，"你们倒想得出为此蠢事请求接见。要是媒体知道了这种请求，您这市长就当不长了，派瓦·鲁努伊先生。"

"我们把诱惑带到了《圣经》般纯洁的城镇，为老百姓做了个坏榜样，"贝尔特兰神父的脸色变了，"我希望利马的战略家们看了这份备忘录，应该感到羞愧！"

"你听了这份备忘录，就会昏倒在地，老虎，"斯卡维诺紧抓电话，恼怒地念着，"到处都流传着这种消息。你听听瑙达市这些家伙们的请求吧，我早就警告过，丑事就要落在我的头上了！"

"您用手指计算什么？"巴卡柯尔索中尉抓起小鸡啃了一口，"斯卡维诺说过，你们这些军需处的人非叫数学运算搞疯了不可。"

"去他的！以前士兵强奸妇女，他们抗议；现在没有妇女被强奸，他们也抗议，"老虎柯亚索斯摆弄着吸水板，"怎么都不能使他们满意，他们就喜欢抗议。把他们赶到街上去，别理他们的请求，斯卡维诺!"

"这太可怕了,"潘托哈上尉把餐巾挂在胸前，把油、醋洒在色拉上，拿起叉子吃了起来，"如果把服务扩大到老百姓，男性居民这么多，每月的服务次数至少得从一万次上升到一百万次。"

"那时您就从国外进口女郎,"巴卡柯尔索中尉消灭了最后一点余肉，放下白骨，喝了一口啤酒，擦擦嘴和手，说起梦话，"整个森林地区就会成为一家大妓院。您就在依达雅河边盖一幢办公楼，买一百万只计时器，计算洪水般的服务时间。这您肯定高兴，承认吧，上尉。"

"你猜我看到什么了，波奇塔?"阿丽西娅把篮子放在食品橱里，拿出一包东西递给她，"在阿卜东·拉古纳兄弟的面包店里开始制作莫罗纳湖殉教童子式样的面包了，人们管它叫做死孩面包，成堆成堆地卖。我给你买了一个，你看。"

"我让你找十名来，你却带来了二十名,"潘达雷昂·潘托哈倚在栏杆上看着那些直发的、鬈发的、黑发的、红发的、棕发的姑娘，"你以为我会浪费一天的时间来给这些申请人考试吗，秋秋蓓?"

"这不能怪我,"秋秋蓓扶着楼梯扶手走下去，"我们传话说只有四个名额，可是姑娘们从各区像苍蝇似的跑来了，甚至还有从圣胡安·德·慕尼黑和唐希雅哥来的呢。有什么法子呢，潘托哈先生? 伊基托斯的姑娘都愿意同我们共事。"

"我真不明白,"潘达雷昂·潘托哈一面跟在她身后下楼，一面打量着众女郎那健壮的背部、多脂肪的臀部和青筋累累的小腿肚子，"这儿的工资低、任务重，是什么蜜糖引来这么多人? 是因为波费里奥长得漂亮?"

"这儿保证有工作，潘托哈先生,"秋秋蓓指了指一堆堆衣着花哨、蜂群般嗡嗡讲话的姑娘，"在街上就没有保证了。洗衣女郎的生意也是一天好、三天坏，没有假期，星期天也不休息。"

"莫柯斯在妓院里是个吸血鬼，"秋毕托吹了一声口哨，叫她们安静下来，做手势让她们走近，"都快把她们饿死了。还虐待她们，一出错就赶出去，根本不尊重、不人道。"

"这儿就不一样了，"秋秋蓓拍打着自己的口袋，甜言蜜语地说，"顾客不断，八小时工作制，一切都组织得井井有条，女郎们可满意了。您没看见连罚款她们都毫无怨言吗？"

"老实说，第一天我真的有点儿不相信，"雷奥诺尔太太切下一片面包，抹上黄油、果酱，尝了一口，大嚼起来，"但有什么法子呢？伊基托斯的死孩面包就是好吃。你说呢，孩子？"

"好吧，我们来挑选四个，"潘达雷昂·潘托哈下了决心，"还等什么，波费里奥？叫她们站队。"

"分开点儿，姑娘们，好显露显露自己，"波费里奥在姑娘们中间又是拉胳膊又是拍背，推过去、拉过来、侧身、正身地量身长，"矮个子在前，高个子在后。"

"站好队了，潘托哈先生，"秋毕托来回跳着，叫姑娘们安静，叫她们表情要严肃，最后列好了队，"排整齐，正经点儿，姑娘们，向右转。对，好极了。现在向左转，把你们美丽的侧面显出来。"

"让她们一个一个地上楼到您办公室里脱光考试吗？"波费里奥凑近他的耳根低声说道。

"那可不行，那我就要浪费整整一个上午的时间了。"潘达雷昂·潘托哈看看手表，想了一会儿，有办法了。他向前跨了一步，面对姑娘们说："为了节省时间，我要进行集体考试。全体人员听好，谁反对当众脱光就走出来，以后再说。没有？太好了。"

"男人都出去，"秋秋蓓打开朝码头的大门，推搡着把他们轰出去后又转回身，"快点儿，懒鬼们，没听见吗？辛弗罗索、帕洛米诺、卫生员、波费里奥，还有你，秋邦。把门关上，皮秋莎。"

"请诸位脱下裙子、衬衣、乳罩，"潘达雷昂·潘托哈倒背双手，庄重地走来走去，打量着、思忖着、比较着，"穿着短裤的人可以不必脱下。现在，原地半身转，好，就这样。我们来看看……要一个红发的，你；要一个黑发的，你；一个东方型的，你；一个黑白混血儿，你。好了，名额满了，其余的可以把地址留给秋秋蓓，也许很快还有机会。多谢诸位，再见。"

"当选人明日早晨九点整在此进行体检。"秋秋蓓记下街道、门牌号，把四名姑娘送到门口，告别了，"可要洗洗干净，姑娘们。"

"尝尝，尝尝，要趁热喝，汤一冷就不好喝了。"雷奥诺尔太太分着一盘盘热气腾腾的鱼汤，"这就是洛雷托著名的鱼汤，我兴致一来，做了这种汤。你觉得味道怎么样，波恰？"

"您的口味真好，选中了这四位姑娘，潘-潘先生。"巴西女郎调皮地笑了笑，双眼秋波闪闪，唱歌似的说道，"各种发色和味道的都有。我有一个好奇的问题：您不怕一天到晚看惯了裸体女人，弄到最后同女人在一起都不动心了吗？听说有些医生就是这样。"

"太好吃了，雷奥诺尔太太，"波奇塔用舌尖尝尝冷热，喝了一匙，"很像咱们沿海地区叫做奇尔卡诺的那种汤。"

"你想寻我开心，巴西女郎？"潘达雷昂·潘托哈皱起眉头，"我提醒你，严肃的人不一定傻，你可别搞错了。"

"不同的是，这汤里的鱼是亚马孙河里的，不是太平洋里的。"雷奥诺尔太太又盛了一盘，"这里有巴鱼、鸽鱼、鹿鱼①。啊，太好吃了。"

"您别误会，我不是寻您开心，只是开个玩笑，"巴西女郎垂下眼皮，臀部一扭，手捂双乳，变了语调，"您为什么不要我做您的朋友？一跟我讲话，您就绷起脸来。当心，我可是属螃蟹的。我喜欢逆流而动，您越骂我，我就越要使您爱上我！"

---

① 亚马孙河里的鱼类，均系民间叫法。

"太热了，"波奇塔用餐巾扇了起来，摸了摸自己的脉搏，"把电扇拿来，潘达，我都喘不过气来了。"

"不是鱼汤热，是小士官生在捣鬼，"潘达摸摸她的肚皮，又摸着她的脸蛋说，"他大概在伸胳膊伸腿地打哈欠，也许就在今天晚上，亲爱的。日子倒挺好，3 月 14 日。"

"可别在星期天以前，"波奇塔看了看日历，"最好等琦琦来，我希望生产的时候有她在身边。"

"据我推算，你还没到日子，"雷奥诺尔太太满头大汗，把油光光的面孔凑近嗡嗡作响的电扇，"至少还有一个星期。"

"我当然算得到，妈妈，你没看见我房间里的那张图表吗？不是今天，就是星期天，"潘达嗫着鱼刺，用一块面包抹着盘子，然后喝了一口水，"你今天遵医嘱散步了吗？同你那位分不开的阿丽西娅散步了吗？"

"我们一直散步到女宠冷饮店去吃冰激凌，"波奇塔喘着气，"噢，我想起来了，你知道什么是潘达乐园吗？"

"什么？什么？"潘弟达的手、眼、脸都停止了动作，"你说什么，亲爱的？"

"下流的事呗，我是忽然想起来问你的，"波奇塔让电扇一吹，舒了一口气，"有个家伙在女宠冷饮店尽开肮脏的玩笑，说那里的女人……哎呀，真笑死人了，潘达乐园真像是从潘达两个字来的。"

"嘘……嗯……啵……"潘达噎住了，打了个喷嚏，又是流泪，又是咳嗽。

"喝点儿水吧，"雷奥诺尔太太捧住他的头，递给他一块手帕，向他扬起胳膊，"你吃得太快了，我总是提醒你。来，我给你捶捶背，再喝口水。"

第六章

SVGPFA

服务对象所在地须知

陆军驻地、边防哨所及同类部队服务队特将各项须知通知如下。如能严格执行，你部队将能合理而充分地享用服务队所提供的服务，本组织亦能迅速、有效地完成任务：

一、在接到服务队关于其支队到达日期的通知后，部队长官应立即为劳军女郎布置场所。场所应具备下列特点：室内，彼此不相邻；配有防止偷看的窗帘；照明微弱或半明半暗；油灯或电灯应加红色灯罩或同等颜色之布、纸，以备服务在夜间进行。每个场所要装备有：带有草垫或胶垫的木床，上铺防水油布或帆布，外加一条被单；椅子、凳子或挂钩，用以放置衣服；尿盂或代替尿盂的木桶或大罐头盒等容器；带有贮水器的盥洗台；肥皂一块；毛巾一条；卫生纸一卷及大肚灌注器一支。建议附加一些诸如花木、艺术版画或绘画等女性喜爱的美学元素，以使场所具有销魂之气氛。尽管劳军女郎到达时，部队已把场所布置停当，但负责军官仍可根据上述要求向支队队长征询意见，支队队长将提供所需之帮助。

二、负责长官应采取措施，使支队在本部队的停留时间仅够完成任务之用，不得无故延长。支队成员从抵达到离去应待在部队指定地点。在任何情况下，不得与相邻地区的民众接触，不得与部队中处于服务时间之外的军士和士兵交谈。服务之前，服务之后，女郎应守在场所之内，不得与部队同吃，不得与士兵交谈，不得参观部队设施。

为支队之到达不为邻近地区的民众察觉计，建议在支队逗留期间禁止一切闲杂人进入部队。部队有义务为支队全体成员免费提供住宿及（早、中、晚）三餐伙食。

三、建议在支队到达之前，不要通知军士和士兵。经验证明，消息如提早通知，部队就会焦躁不安，对执行任务甚有影响。支队一旦到达，部队长官应立即下令全体军士和士兵提出申请，并开列一张只包括军士和士兵的服务对象名单。对申请人进行了解之后，应从名单中减去患有任何感染传染病者，尤其是性病（花柳病、下疳）患者及携带有白虱、臭虫、虱子等各类寄生虫者。建议对此类申请人进行治疗。

四、服务名单确定之后，即可下令彼等同劳军女郎相见，但不得表示其倾向。鉴于以往经验，自发地进行挑选会使每位劳军女郎得不到相等人数的服务对象。为此，部队长官可采取其认为最佳之办法（如抓阄、根据服役证上的奖惩记录等），并根据每位女郎在部队必须承担至少服务十次这一义务，将服务对象平均分为若干组。在特殊情况下，比如服务对象人数超过上述数字，可打破数学上的均等原则，可为支队中最受欢迎或不甚疲劳之女郎多指定若干名服务对象。

五、分组完毕，应立即以抓阄办法排定服务对象进入场所的次序，并在场所入口各处设监督员一名。每次服务时间最长为20分钟，在特殊情况下，即在部队服务对象人数不能满足劳军女郎最低服务次数（10次）的情况下，可延长服务时间至30分钟，但不得再延长。在事先下达指示时，应通知各服务对象，服务行为应属被认为正常的类型，劳军女郎没有义务满足异常的变态型、反人性、邪恶或任性的要求。不准服务对象重复接受同一女郎或另一女郎之服务。

六、为了使服务对象在排队等候进入场所时有所消遣，并能进行准备工作，支队队长将向彼等分发带有照片、插图之文学性读物。服务对象进入场所时，应将读物完好无缺地退还监督员。图片或文字如有损坏，应处以罚款或剥夺其下次享用服务之权利。

七、服务队当尽量在适合进行服务的时间内，即日间工作完毕之后（下午或傍晚）向各服务对象所在地派出支队。如因天气或距离关系不能做到此点，部队长官则应同意在上午或中午进行服务，不得使支队等至天黑。

八、服务完毕，部队长官应向服务队就下列项目提供一精心核实过的统计报告：1. 每位劳军女郎接待的服务对象的准确人数；2. 服务对象的姓名、服役证号码以及与扣除之金额相符的票证；3. 关于支队成员（队长、劳军女郎、运输人员）表现的简短鉴定；4. 建设性的批评和建议，以改进服务队的工作。

秘鲁陆军（军需）上尉

潘达雷昂·潘托哈（签字）

照办！

陆军行政、军需、总务处处长

秘鲁陆军将军

费利贝·柯亚索斯

统计报告

秘鲁陆军上尉阿尔贝托·门多萨愉快地向服务队送上有关第16支队在本人指挥下的拉古纳斯（哇亚佳河畔）营地工作情况的下列报告：

第16支队于9月1日（星期四）下午三时从伊基托斯乘夏娃号运输舰抵达拉古纳斯营地，于当日晚七时离此地向阿尔杜罗港（哇亚佳河畔）营地驶去。支队由雷奥诺尔·库林奇拉太太，即秋秋蓓率领，由杜尔塞·玛丽娅、露妮塔、皮秋莎、芭芭拉、佩内洛普和丽达共六名劳军女郎组成。根据指示，83名服务对象分为六组（14人者五组，13人者一组），在规定时间内由上述诸劳军女郎接待，并获得完全满足。鉴于最不受部队欢迎者为杜尔塞·玛丽娅，故派该女郎接待13人之一组。现附上83名服务对象的姓名、服役证号码及扣除金额之票证。支队在拉古纳斯逗留期间表观甚佳，仅于运输舰到达时发生一事故。因士兵列纳尔迪诺·琼贝·基斯从女郎中认出其同母姐妹（即露妮塔），当即破口大骂，拳脚交加。幸好被警卫阻止，该女伤势极轻。士兵琼贝·基斯乃因其恶劣行为被剥夺享受服务之权利，并处以禁闭六日之惩罚。后因其同母姐妹和其他女郎之斡旋，取消了第二种惩罚。报告人冒昧地建议，贵组织受到军士和士兵的一致赞扬，但应研究一下有无可能将服务范围扩大到准尉级军官，因此级军官曾多次提出申请。此外，能否为单身军官或家眷居住在远离其服役地的军官建立一支高级的劳军专队？希加以研究。

如有不妥，请予指正。

秘鲁陆军上尉阿尔贝托·门多萨（签字）

1957年9月2日于拉古纳斯

SVGPFA

报　告

（第十五号）

事由：陆军驻地、边防哨所及同类部队服务队事宜

内容：成立一周年纪念及总结、服务队队歌

种类：秘密

日期及地点：1957年8月16日于伊基托斯

报告人，陆军驻地、边防哨所及同类部队服务队队长，秘鲁陆军（军需）上尉潘达雷昂·潘托哈谨向陆军行政、军需、总务处处长费利贝·柯亚索斯将军致敬，并报告如下：

一、8月4日，为庆祝劳军服务队成立一周年，报告人自作主张于依达雅河畔的队部举行了简单的友谊午餐会，招待本组织的男女人员。为不严重损及服务队的经费计，午餐乃在人事负责人雷奥诺尔·库林奇拉太太（别号秋秋蓓）的领导下，由一组劳军女郎志愿人员制作。在午餐会进行的过程中，众人在品尝亚马孙风味佳肴（菜谱包括本地有名的花生汤、印奇克卡毕①、鸡肉粥、可可冰激凌，并以啤酒下菜）的同时，不仅愉快地建立了健康的友谊，而且利用此次纪念午餐会作了总结，回顾了服务队在其诞生的第一年中所取得的成绩，并从更好地完成陆军所赋予的任务这一点出发，就形势估计、积极的建议和批评等方面交换了意见。

二、简而言之，报告人在午餐后进甜食时对其合作者总结说：服务队在第一年共为我军边防驻地的军士和士兵及亚马孙海军基地的海军人员服务 62,160 次，此数字虽距需求相差甚远，但的确是服务队的一项小小的成就。此数字表明，无论在什么时候，服务队都极大限度地利用了其潜在的服务能力（这是一切生产企业的最大雄心），把此 62,160 服务次数分解为各个被加数，即可得出此结论。的确，在头两个月，服务队只有四名女郎，但服务总额即已达 4,320 次，即一位女郎平均每月服务 540 次，即每日 20 次。这说明女郎的工作效率极高（上级大概还记得报告人发出的第一号报告吧）。在第四、五两个月中，服务队已拥有六名成员，其服务次数上升为 6,460 次，即每一工作日平均 20 次。第五、六、七三个月中，服务 13,650 次，即构成服务队人员的八名女郎每人每日服务量平均亦为 20 次。在第八、

---

① 当地一种名菜。

九、十三个月中仍维持了原有的节奏即最高效率水平，该季度共服务16,200 次，十名女郎亦平均每日各为 20 次。而最后两个月进行的21,600 次的服务再次说明，我们目前拥有的二十名女郎仍善于维持此最高平均数而毫无下降。报告人在结束其庆祝演说时，向服务队人员，为其最佳之表现及工作的正常进行表示了祝贺，并要求诸位加倍努力，以期将来不论在质量上还是数量上都达到更高的服务目标。

三、众女郎在为服务队干完最后一杯酒后，为了表示亲切，为报告人演唱了她们为此聚会而秘密谱写的一首音乐作品，并建议采纳为队歌。报告人在众女郎热情演唱此歌若干次之后，同意了此项建议。还望上级采纳此建议，因此歌对鼓励本队成员关心、爱护组织的积极性，对加强为完成共同任务所必不可少的兄弟情谊以及对鼓舞士气、加强向上精神及狡狯的风趣感（此感虽然不多，但为了给完成的任务增添特色，也不为多余）无一不极为有益。

四、下面即为上项提及的队歌歌词。此歌词可以众所周知的《腊斯帕》① 曲调演唱。

服务队队歌

服务、服务、服务，
为祖国的陆军服务！
服务、服务、服务，
以献身的精神服务！

为了士兵们的幸福，
秋秋蓓们动作要迅速！
为中士、下士造福，

---

① 为墨西哥民间曲调。

乃是我们光荣的义务。

服务、服务、服务，
为祖国的陆军服务！
服务、服务、服务，
以献身的精神服务！

我们不染恶习、不吵也不哭，
我们高兴愉快、欢欣鼓舞，
跟着波费里奥、秋秋蓓和秋邦，
随着支队去服务！

服务、服务、服务，
为祖国的陆军服务！
服务、服务、服务，
以献身的精神服务！

在营地、驻地和空场，
在地上、床上和草上，
只等上级一声令下，
我们立即接吻和拥抱。

服务、服务、服务，
为祖国的陆军服务！
服务、服务、服务，
以献身的精神服务！

穿过森林、水洼和河流，
不畏毒蛇、老虎和猛豹，
我们满怀爱国热情，

誓把爱情烧得火爆。

服务、服务、服务，
为祖国的陆军服务！
服务、服务、服务，
以献身的精神服务！

女郎们莫吵闹，
出发工作时间到，
达丽拉号在等候，
夏娃号急得打转要起锚。

再见、再见、再见，
波费里奥、秋秋蓓和秋邦；
再见、再见、再见，
队长先生潘达雷昂！

愿上帝保佑阁下。

秘鲁陆军（军需）上尉
潘达雷昂·潘托哈（签字）

抄送：第五军区（亚马孙地区）总司令罗赫尔·斯卡维诺将军

批示

通知潘托哈上尉，陆军行政、军需、总务处批准其承认服务队女性人员所谱写的《服务队队歌》的决定，但仅为临时性措施。因此建议歌词应从我们祖国丰富的民间音乐宝库中选一曲调加以演唱，而不应以《腊斯帕》这种外来曲调演唱。此项建议还望以后加以考虑。

陆军行政、军需、总务处处长

费利贝·柯亚索斯将军（签字）

瓦尔加斯·盖腊陆军营地窃听到的奥贡内斯（纳波河畔）哨所所长陆军少尉阿尔贝托·桑达纳致潘托哈上尉的密码电报（转呈第五军区［亚马孙地区］司令部）

请把下列电文转达服务队队长、秘鲁陆军（军需）上尉潘达雷昂·潘托哈：

一、欣逢您的女儿格拉迪丝诞生之际，我代表奥贡内斯哨所全体准尉、军士和士兵，并以我个人名义，谨向您表示我们最诚挚的祝贺，并祝愿您的初生继承人终生幸福，一切顺利。由于是在工作日当服务队第二支队到达时才得知此一喜讯，故贺电迟发。

二、为亚马孙广播电台前不久对服务队所进行的影射攻击及恶毒暗示，我代表我指挥下的全体士兵向您表示兄弟般的声援，并对此予以鄙视及坚决地谴责。为表示我们的愤慨，奥贡内斯哨所将不再收听《辛奇之声》，仅以扩音器转播国立电台之昨日音乐及歌曲节目。

谢谢！

奥贡内斯（纳波河畔）哨所所长

秘鲁陆军少尉阿尔贝托·桑达纳

博尔哈驻军司令、秘鲁陆军上校彼德·卡萨汪基致陆军驻地、边防哨所及同类部队服务队

公　文

　　博尔哈驻军司令、秘鲁陆军上校彼德·卡萨汪基遗憾地通知服务队，在第25支队于本部队逗留期间发生了几起事件。该支队由一绰号为秋毕托者率领，由柯卡、贝露迪塔、弗洛尔、玛柯洛维娅四名劳军女郎组成。由于天气恶劣，达丽拉号水上飞机受阻未能从玛腊尼昂河上起飞，故支队停留期只得延长八天。现将事件详情通报如下：

　　一、为防止诸劳军女郎在结束服务（支队到达当天即已进行完毕）之后同部队进行规定外的接触起见，我们把全体女郎关在为此而布置的准尉办公大厅之中。由于有人及时揭发，本司令得知，别号疯子的达丽拉号驾驶员正在进行一桩非法交易。该人提出，由上述诸女郎向博尔哈诸准尉提供服务，而其本人从中收取佣金。夜间服务正在进行之际，被人撞见，三名准尉被处以禁闭，别号疯子者亦被监禁，直至支队离去，对诸女郎给予警告处分。

　　二、支队在博尔哈逗留的第三天，尽管支队成员集中的场地周围警戒森严，但仍发生了女郎玛柯洛维娅与负责保卫支队的警卫队长特奥费洛·瓜利诺上士双双私逃事件。我们立即采取必要措施，追捕私逃人员。后来发现二人系盗取驻军的一条舢板才得以逃掉。经过两天的紧张搜捕，两名私逃人员在圣玛丽亚·德·涅瓦镇①被发现，二人在该地受到方舟兄弟会一秘窟的保护。当时天气恶劣，河水咆哮（据此对男女天真的迷信说法，此乃莫罗纳湖殉教童子在暗中保佑），但我们还是奇迹般地渡过了玛腊尼昂河的狭流处。有人向宪警揭发了方舟狂热分子的秘窟，宪警乃去围捕，不幸一无所获，因兄弟姐妹们已然逃至山里，而两个从博尔哈开小差跑出来的人均被拿获。虽开始时企图拒捕，但搜捕队在卡米洛·鲍尔盖斯·罗哈斯少尉的指挥下，不

---

　　①　《绿房子》一书中的主要场所，名为"绿房子"的妓院即建在此镇。

费吹灰之力，当即将其制伏。在此二人身上查出的文件证明，当日早晨，在圣玛丽亚·德·涅瓦镇镇长的主持下，二人已举行了婚礼，并由传教所神父主持，举行了宗教仪式。特奥费洛·瓜利诺上士被剥夺一切军衔，降为下等兵，处以禁闭素食二十天，并因其不端行为在服役证上记"严重错误"一次。至于女郎玛柯洛维娅，现退回后勤中心，请服务队酌情给予处分。

愿上帝保佑您！

博尔哈（玛腊尼昂河畔）驻军司令
彼德·卡萨汪基上校（签字）
1957年10月1日于博尔哈

匿名信

潘托哈朋友：

同一切属于人的感情一样，耐心也是有其限度的。我不愿意说您是在滥用我的耐心，但任何不偏不倚的旁观者都会认为您是在践踏我的耐心。否则，您对我最近几个星期通过您的职员秋毕托、秋秋蓓和波费里奥所能转达的一切友好的口头信息一直保持石块般的沉默，又当作何解释？事情非常简单，您要懂得并学会区分谁是您的朋友、谁不是您的朋友。不然，请恕我直言，您那欣欣向荣的生意就会垮掉。全市都在要求我向您发起进攻，向被伊基托斯一切正派人士认为是明目张胆、史无前例的丑闻发起进攻。您知道，我是跟得上时代的人，准备在死前看到、做到、了解到世界上的一切事物，但为了进步事业，也能接受这样一种事实，即在我出生的洛雷托这片美丽的土地上，您所从事的那种服务业能繁荣昌盛。然而，甚至连本人及本人这宽容的头脑也不得不去理解人们为什么要为此而吃惊、画十字、向上天呼吁。开始，您只有四名，潘托哈朋友，现在有了二十、三十、五十名了吧？您带着那些罪孽深重的女人，在亚马孙地区的空中、水上来来往往。可您要知道，人民是一心一意坚持要让您的生意倒闭的。家庭成员坐立不安，因为他们知道在离家不远处，在其儿女们的眼皮下，存在着一个放荡、邪恶的淫窟。您很可能业已发觉，伊基托斯男孩们最大的兴趣就是去依达雅河畔观看载着各式各样货色的舰只和水上飞机的出发和到达。这是圣奥古斯丁中学的校长，那位德高望重的老人何塞·马里亚神父昨天双眼含泪地告诉我的。

面对现实吧，您那获利百万的生意的生死存亡掌握在我的手中。到目前为止，我仍然顶着各方面的压力，仅限于偶尔发出某些谨慎的警告，以期稍微平息众怒。但如果您仍然坚持不理不睬的顽固态度，到了月底，我仍然得不到应有的东西，我就只有向您的企业、向您企业的首脑和经理发起一场残酷无情的殊死大战。那时双方都会招致不幸的后果。

本来还想跟您友好地谈谈别的事情，但对您的性格、对您的不羁作风、对您的不友好的举动，我感到害怕。另外，请允许我面带笑容地警告您：强力把我按在依达雅河的脏水里竟达两次之多，您的这种行为，鄙人尚可认为是开玩笑，可以加以原谅，但如果发生第三次，我将采取男子汉式的反应，虽然我不喜欢使用暴力。

潘托哈朋友，昨天黄昏，我看到您在贡萨雷斯·维希尔大道养老院附近散步，正要上前致意，但发现您有一位美女陪伴，并享受着极为温柔的一刻。我为人知趣善解，故未上前问候。我极为愉快地认出了那位被您搂着柳腰、亲热地咬着您耳朵的漂亮小姐。我暗想，此人绝不是尊夫人，而是您那雄心勃勃的企业从玛纳奥进口的明珠、有着光荣历史的美人。您有着绝妙的口味，潘托哈朋友。您要知道，我们全市的男人都在嫉妒您，因为巴西女郎是到伊基托斯来的最迷人、最引人垂涎的尤物。您和您的士兵真走运。你们到美丽的莫罗纳湖去欣赏黄昏景色了吗？到那片把小孩子钉在十字架上的湖畔做永恒的爱情游戏了吗？本市的情侣都这么干，这是目前的时髦。

诚恳地紧握您的手！

知名不具×××

1957 年 10 月 12 日于伊基托斯

SVGPFA

报　告

（第十八号）

事由：陆军驻地、边防哨所及同类部队服务队事宜

内容：第 25 支队于 1957 年 9 月 22—30 日在博尔哈发生的事故

种类：秘密

日期及地点：1957 年 10 月 6 日于伊基托斯

报告人，陆军驻地、边防哨所及同类部队服务队队长，秘鲁陆军（军需）上尉潘达雷昂·潘托哈谨向秘鲁陆军行政、军需、总务处处长费利贝·柯亚索斯将军致敬，并报告如下：

一、关于在博尔哈驻地发生的严重事件，在所附之秘鲁陆军上校彼德·卡萨汪基的公文中已有所提及，但服务队也进行了一次调查，现将事实报告如下：

1. 第 25 支队在博尔哈逗留的八天中（9 月 22—30 日），据秘鲁空军和当地海军的气象报告，全区天气好得不能再好，阳光灿烂，未下

过一次雨，玛腊尼昂河水非常平静。

2. 第 25 支队全体成员一致声明，其在博尔哈之耽搁，系由于不知何人把达丽拉号的螺旋桨有意卸去，以阻止飞机起飞，从而把支队留在博尔哈。因为第八天，螺旋桨又神秘地装好了。

3. 同样，第 25 支队全体成员一致认为，在博尔哈被困的八天中，柯卡、贝露迪塔、弗洛尔和玛柯洛维娅四女郎曾被劝诱违反服务队关于高级、中级指挥人员不得受益的规定，每日多次为该部队准尉级以上军官免费服务（当然，玛柯洛维娅去驻地期间是单独行动的）。

4. 达丽拉号驾驶员坚称，其被监禁之原因，纯系其本人试图阻止提供彼等所要求之违章免费服务。据诸女郎估计，此番服务高达 247 次之多。

5. 报告人愿意说明一下，上报此调查结果的目的，并非同本人敬重的、杰出的驻军司令，秘鲁陆军上校彼德·卡萨汪基的证词作对，而是一次简单的合作，旨在补充该上校的报告，并说明真相。

二、另一方面，报告人荣幸地报告，服务队就女郎玛柯洛维娅同前上士特奥费洛·瓜利诺私奔及事后结婚一事所做的调查结果，同秘鲁陆军上校彼德·卡萨汪基的公文中的说法完全相符。当事女郎只提出一点，即该女郎与前上士瓜利诺划离驻地的舢板乃系借用，因只有走水路才能出逃博尔哈。彼等之坚定企图，乃是一有机会立即还回舢板。女郎玛柯洛维娅因其不负责任之行为，已被开除出服务队，不予偿金，不发离职证明。

三、报告人冒昧地提请上级注意，发生此二事故的根源，同在服务队和服务对象所在地负责军官的努力下发生的大部分事故一样，乃系服务队的现役人员极端匮乏所致。虽然服务队的全体合作者有着献身精神和顽强意志，但一支 20 名劳军女郎的队伍（目前仅余 19 名，因上面提及的玛柯洛维娅的缺额尚未补上）要满足各服务对象所在地不断增长的需求，实属不能。我们不能敞开地而只能像滴管（恕报告人用字不当）般地进行服务，此情况必然引发焦躁、失望情绪，有时导致不负责任的可悲行为。因此，报告人再次冒昧地请求上级迈出有力而大胆的一步，准许服务队将其行动队伍从 20 增至 30 名女郎。此举对从科学上认为的"充分"满足亚马孙地区我军士兵的"男性需求"，将意味着一次重要的进展。

愿上帝保佑阁下！

秘鲁陆军（军需）上尉

潘达雷昂·潘托哈（签字）

附：博尔哈（玛腊尼昂河畔）驻军司令、秘鲁陆军上校彼德·卡萨汪基的公文及两份空军、海军的气象报告

批示

将潘托哈上尉的上述报告转送第五军区总司令罗赫尔·斯卡维诺将军，并附如下指示：

1. 立即就劳军服务队第 25 支队 9 月 22—30 日在博尔哈驻地发生的事件进行详细调查，并给予当事者严厉处分。

2. 同意潘托哈上尉的请求，拨给服务队必要的经费，将 20 名劳军女郎的行动队伍增至 30 名。

陆军行政、军需、总务处处长

费利贝·柯亚索斯将军（签字）

1957 年 10 月 7 日于利马

亚马孙地区水上武装司令、秘鲁海军少将佩德罗·卡里约致
第五军区（亚马孙地区）总司令、秘鲁陆军将军罗赫尔·斯卡维诺
的绝密公文

尊敬的将军：

　　本人荣幸地告知将军，分散在亚马孙地区各海军基地的海员和军官们因《服务队队歌》一事曾向本人表示惊异和不满。该歌词的作者不认为有必要在歌词中提及秘鲁海军及其人员，好像本军并非服务队之资助者。对此，身穿洁白无瑕军装的人员深表遗憾。难道不需要提醒吗？我们曾向服务队提供一艘配齐人员的运输舰，并以对等比例支付维修费；到目前为止，我们也一直准确无误地为我们需要的服务支付酬金。

　　本人确信，此一缺漏乃为偶然之疏忽所致，并非有意冒犯海军、在海军人员中挑起对兄弟军种的不满，故致将军一纸公文并致问候。此事如由将军处理，还请弥补本人所告知之缺漏。事虽微小，但足以引发影响兄弟军种关系的敏感和不满。

　　愿上帝保佑阁下！

亚马孙地区水上武装司令

秘鲁海军少将佩德罗·卡里约（签字）

1957 年 12 月 2 日于圣克劳迪德基地

指示

　　将此公文送交潘托哈上尉。如此缺乏策略，还要炫耀，不可原谅，应加严斥。命令潘托哈上尉立即满足佩德罗·卡里约海军少将和海军战友的要求。

第五军区（亚马孙地区）总司令
罗赫尔·斯卡维诺将军（签字）
1957年10月4日于伊基托斯

勇干的辛奇①：

你的广伯是亚马孙广伯电台对非正义行为的批评和鞭挞，我们在这里都听到了，我们向你古掌。圣伊莎贝尔的海军从伊基托斯用一艘叫夏娃号的船晕来了一批娘子，陪她们在可爱的河水里洗澡，但不许别人碰她们。他们玩娘子，而我们这些列克纳市的进步轻年却不能站边，这公平吗？勇干的辛奇，我们派了一个本市男人代表团，是由市长特奥费洛·莫雷率领的，到圣伊莎贝尔基地长官处扛议，但是这个胆小鬼竟矢口否认。他说：劳军女郎并不存在，我怎么能为列克纳的轻年猎去女郎？这个异教徒还以殉教童子的名义发誓呢，就好像我们没长眼睛、没生耳朵，辛奇你看这公平吗？为什么海军行，我们就不行，难道我们没生那玩意儿吗？把这事儿写一篇文章扩伯吧，勇干的辛奇，让他们发斗吧，把他们踏倒在地！

阿尔迪多罗·索玛
内波姆塞诺·基尔卡
凯法斯·桑乔
1957年10月22日于列克纳

同此信一起，我们给你寄一只鹦鹉作为里物，这鸟儿同你一样，生着一只金嘴巴。

---

① 此信是三个没有文化的青年所写，故别字连篇。

SVGPFA

报　告

（第二十六号）

事由：陆军驻地、边防哨所及同类部队服务队事宜

内容：关于《服务队队歌》歌词的意图和错误的说明

种类：秘密

日期及地点：1957 年 10 月 16 日于伊基托斯

报告人，陆军驻地、边防哨所及同类部队服务队队长，秘鲁陆军（军需）上尉潘达雷昂·潘托哈谨向亚马孙地区水上武装司令、秘鲁海军少将佩德罗·卡里约致敬，并报告如下：

一、报告人对《服务队队歌》没有明确提及光荣的海军及其辛勤的组成人员这一不可饶恕的疏忽深表痛心。不是作为辩解，而是作为单纯的报告，报告人愿意告知海军少将：此歌曲并非受服务队领导的委托而作，而是本队人员的自发创作。但对其形式与内容未作批评性的评论就加以采用，实属有欠思考的轻率之举。然而，歌词虽未提及海军，但在队歌的精神上、在服务队创作此歌曲的人员的脑海中和心目中，是永远铭记海军基地及海军士兵的。服务队全体人员对海军基地及海军士兵一直怀有亲切、敬重的情谊。

二、现已着手弥补队歌的缺漏，对队歌加以如下的补充和修改：

1. 合唱部分（或称副歌）在各段之间本应重复五次，现改为三次（即一、三、五次），歌词仍为：

服务、服务、服务，

为祖国的陆军服务！

服务、服务、服务，
以献身的精神服务！

而在第二、四两次，对合唱部分（或称副歌）的第二句加以修改
后将唱为：

服务、服务、服务，
为祖国的海军服务！
服务、服务、服务，
以献身的精神服务！

2. 队歌的第二段已经修改完毕，取消其第三句即"为中士、下士
造福"，以另句代之，即：

为了士兵们的幸福
秋秋蓓们行动要迅速！
为海军士兵们造福，
乃是我们光荣的义务。

愿上帝保佑阁下！

秘鲁陆军（军需）上尉

潘达雷昂·潘托哈（签字）

抄送：陆军行政、军需、总务处处长费利贝·柯亚索斯将军及第
五军区（亚马孙地区）总司令罗赫尔·斯卡维诺将军

统计报告

秘鲁陆军上校玛克西莫·达维拉愉快地向服务队寄上有关第32支队访问巴兰卡（玛腊尼昂河畔）驻地情况的总结报告：

第32支队的访问日期：1957年11月3日

运输工具：夏娃号运输舰

人员：支队队长波费里奥

劳军女郎：柯卡、贝秋佳、拉丽达、桑德拉、依丽斯、胡安娜、露妮塔、巴西女郎、罗贝塔、埃杜微海丝

在驻地逗留时间：下午二时到晚八时（共6小时）

服务对象人数和服务进行情况：192名服务对象，以下列方式分组和接受服务：一组为10人，由巴西女郎负责（虽然此女郎最受团队士兵欢迎，但为尊重服务队的决定起见，只将所规定的最低人数的服务对象交由此女负责）。

一组包括22人，由女郎贝秋佳负责（此女在团队中为第二位受欢迎者）。20人一组的共八组，交给其余女郎。这些组是在处理了一次意外事故之后才分组成功的。关于此事故，下面再报告。由于在此季节，巴兰卡河夜间经常出现激流，夏娃号必须在天黑前起锚。故服务对象在阵地逗留时间缩短为15至20分钟，这样在太阳落山之前就可结束行动。实际上也做到了这一点。

评语：服务对象对服务质量感到非常满意。仅有若干人对因上述理由而缩短服务时间表示不满。同所有到目前为止我们有幸在巴兰卡接待的各个支队一样，第32支队的表现甚为良好。

意外事故：本部队医疗站发现，一名警察伪装成妇女混在第32支队中一道来到驻地。此人被送交保卫组后查明，其名为阿德连·安杜内斯（别号千面鬼）。据了解，此人是一名叫贝秋佳的女郎的保护

人。该警察供认，乃其被保护者将其藏入夏娃号，并以威胁方法取得了支队队长的同意和其他女郎的默许。由于伪装成妇女，二人还欺骗运输舰人员，称是新到的劳军女郎，名叫阿德连娜。到达巴兰卡后，该阿德连娜在其第一名士兵顾客罗赫利奥·西蒙萨面前诡称有病，希望服务不在原来部位进行，并建议以一种反人性的同性恋方式进行。士兵西蒙萨开始怀疑，乃对此事予以揭发。该伪装之阿德连娜当即被带出，由值班卫生员加以强迫检查，结果暴露出其真实性别，至此真相大白。该警察先是称，之所以采取此做法，乃是为了就近监督女郎贝秋佳的收入（该警察获取其收入的 75%），因为他怀疑贝秋佳做假账以减少其分红。但随后经再三审问，该警察才供认其多年来即为被动同性恋者，来此的企图是与士兵行此恶习，以证明自己有能力逐渐取代劳军女郎的职能。所有这一切，都得到其同居者贝秋佳本人的证实。因对此事故作出决定，非属本部的职权范围，故将此自称阿德连·安杜内斯（别千面鬼）者加铐以夏娃号押送至后勤中心，请服务队的领导采取适当措施。

建议：因服务工作在部队中产生了极佳的效果，故请服务队研究一下能否以更高的频率向各服务对象所在地派遣支队。

巴兰卡（玛腊尼昂河畔）驻军司令
秘鲁陆军上校玛克西莫·达维拉（签字）

附：服务对象名单、姓名及服务证号码；扣除金额票证；警察一名，阿德连·安杜内斯（别号千面鬼）。

前劳军女郎玛柯洛维娅给潘托哈太太的信

尊敬的潘托哈太太①：

　　许多次我都来到了您的门前想敲门，但每次我都哭着回到我表姐罗西塔的家里，又后悔没有敲门，因为你的丈夫威胁我们说：你们即使进地狱也不要走进我的家门。我这个绝望的人，实际上就是生活在地狱里。太太，您可怜可怜我吧，今天是我们故去的亲人的节日，我去朋恰纳教堂也为你的亲人祈祷了。潘托哈太太，发发善心吧，我知道您是个好心人。我看到你的小女儿了，她是那么漂亮，天使般的小脸蛋，就和莫罗纳湖的殉教童子一样。我告诉您，你的女儿降生那天，我们在潘达乐园多么高兴呀。我们为你的丈夫大大庆贺了一番，把他灌得大醉，好让他同小宝宝在一起感到更加幸福。小宝宝一定是个从天而降、灵魂纯洁的小天使，我们都这样说。当然是个天使喽，这我很清楚，这是我的心偷偷告诉我的。您是认识我的。一年前，或更多一些时间以前，您看到过我。您还记得那个被您叫进家门的洗衣女郎吗？你误会了，您还以为她真的会为您洗衣服呢。那就是我，太太。请您帮帮我吧，对可怜的玛柯洛维娅发发善心吧，我快要饿死了，而可怜的特奥费洛还在博尔哈关禁闭。他托朋友给我捎来一封信，说每天只有白水面包，可怜的人啊！他的全部罪过就是爱我、为我做好事，我到死都感激他。太太，您说我怎么活下去？您的丈夫把我从潘达乐园踢了出来，他说我在博尔哈表现不好，说我调唆了特奥费洛，让他同我逃跑。其实不是我，而是他。他对我说：我们逃吧，到涅瓦镇去吧。他说他不在乎我是个婊子。他说，他一见我来到博尔哈，他的心就对他说：你一辈子要找的女人来了。

　　由于我表姐的好心，我现在有了栖身之地，但是她也很穷，不能养活我。小姐，这封信是她代我写的，因为我不会写字。您可怜可怜我吧，上帝在天上会奖赏你，也会奖赏你的女儿。我看到她在街上学

---

① 在玛柯洛维娅给波恰的这封信中，对波恰一会儿用太太，一会儿用小姐；一会儿用"您"，一会儿用"你"，说明写信人文化水平不高。

走路，就想起了圣婴，一对小眼睛多漂亮啊。我必须回到潘达乐园，请你对你的丈夫说说，请他原谅我吧，请他重新雇用我吧，我不是一贯工作得很好吗？自从我跟他一起工作，难道惹他生过气吗？一次也没有，只有这一次，一年里只有这一次，这难道算多吗？我没有权利爱一个人吗？巴西女郎对他发嗲，他不是也直流口水吗？太太，你可当心点儿，那女人可坏了，她在玛纳奥住过，那儿的婊子都是强盗。我敢肯定，她给你丈夫喝了药汁，好让他对她着迷、听她的。另外，有两个男人为她自杀了，听说一个是善良的美国人，另一个是个大学生。她现在又迷住了潘达先生。当心啊，她会把您的丈夫夺走的，那您可就苦了，太太。我为你祈祷，但愿不会如此。

为我求求情吧，潘托哈太太。我的特奥费洛还要被关好几个月，我想去看看他。我太想他了，我晚上做梦都想他，一做梦就哭。上帝作证，他是我的丈夫。在涅瓦镇，一位年老的神父为我们主持了婚礼。我们在那儿的方舟里钉了一只鸡，发誓永远相爱、互相忠诚。他本来不是兄弟，可我是。自从弗朗西斯科兄弟（上帝祝福他！）来到伊基托斯，我就当了姐妹，我是听了他的演说才成为姐妹的。我也把特奥费洛介绍入了会。他看到涅瓦镇的兄弟们真心帮助我们，也就当了兄弟。这些穷苦人为了给我们吃的、借给我们床睡，他们留下了房屋、牲畜和杂物，自己到山里去了。迫害这些信上帝、做好事的好人，这公道吗？

我没有钱乘船，怎么去探望特奥费洛呢？我也没有地方工作。莫基托斯恨透了我，不想要我，因为我离开他，进了潘达乐园。再做洗衣女郎，我又不愿意，这工作累死人，再加上警察，一下子就把赚的钱全部拿走。我没有地方去了，太太。请你吻他，跟他发嗲，我们女人不是都会这一套吗？叫他原谅我，我会跪下来爬着去吻你的脚。我想念我那关在博尔哈的特奥费洛。我想死，像部落里的琼丘人那样把藤刺插进心脏，痛苦就算了结了。但是我的表姐罗西塔不让我这么干。

再说我也知道，这样干，上帝和他在尘世的代理人弗朗西斯科兄弟也不会饶恕我。他们爱所有的人，甚至爱一个婊子。可怜可怜我吧，让他重新雇我吧，我再也不惹他生气了。我在你女儿面前发誓。我要为你的女儿高声祈祷，直到嗓子哑掉，太太。我叫玛柯洛维娅，他是知道的。

谢谢您，潘托哈太太，愿上帝保佑您，我虔诚地吻你的脚，吻你小女儿的脚。

玛柯洛维娅

1957 年 11 月 1 日于伊基托斯

第五军区（亚马孙地区）随军神父团团长、司令哥多弗莱多·贝尔特兰·卡里拉的辞职申请

第五军区（亚马孙地区）总司令

罗赫尔·斯卡维诺将军启

将军：

作为一项痛苦的义务，我通过您向秘鲁陆军提出立即辞职。自从成为神职人员以来，我有幸在秘鲁陆军队伍中供职十八年之久。我愿意认为，我获得司令的军衔完全是由于我的功劳。与此同时，为了痛心地履行道义上的责任，我也请您，我的顶头上司，将三枚勋章和两张奖状退还给陆军。此勋章和奖状是我国武装力量对我在那被牺牲和轻视的随军神父团供职期间所作努力给予的鼓励，我至为感谢。

我有责任清楚地指出，我之所以辞职并退还勋章和奖状，是由于在我军不祥地存在着一个叫做"陆军驻地、边防哨所及同类部队服务

队"的半秘密组织。此组织虽有一委婉名称，但它所从事的是一种异常活跃、日益繁荣的运输活动，即在伊基托斯和亚马孙地区各陆军驻地、海军基地之间运输妓女。无论作为神职人员还是作为一名普通士兵，我都不能容忍鲍洛涅希和阿方索·乌佳德的军队堕落到如此可耻的地步，以致在其内部大做皮肉生意，以自身的经费资助这种生意，并提供后勤和军需为其服务，因为这支军队曾以其崇高行为和著名英雄谱写了秘鲁的历史。我只想作一奇特的对比：十八年来，我虽再三请求、奔走，希望陆军建立一流动的神职人员组织，以便定期到未设神职人员的偏远地区的驻地上门听取士兵忏悔、施圣餐礼，但一无所获；而上述服务队虽仅建立一年半，目前却拥有一艘军舰、一架水上飞机、一辆小卡车和一套极为现代化的通信设备。这样他们就能够把罪恶、淫风，无疑还有花柳病，散布到森林地区最偏远之地。

最后，我还想提请注意，此一特殊性质的服务队出现、繁荣之时，正是在秘鲁所属亚马孙地区及其武装力量中的官方宗教——天主教的信仰受到威胁之日。一种迷信的瘟疫以方舟兄弟会的名义席卷了各个市镇，在天真无知的人中间赢得日益增多的信徒，对被兽性牺牲的小孩的野蛮崇拜到处盛行。正如人们所证明的那样，秘密组织在方舟中的狂热新成员为了祈雨，竟然把一个印第安人钉在十字架上。而对此事件，该部队军官本来是可以鸣枪予以阻止的。正当随军神父团为反对在亚马孙地区发生的这种亵渎神明的灾难和残杀而进行英勇斗争的时候，上级却认为批准和促进一支败坏部队道德、淫化部队作风的服务队进行活动正当其时。在陆军中促进卖淫，由陆军本身充当中间人这一可耻角色，说明陆军已有瓦解的迹象，人们不能等闲视之。我国的支柱，即武装力量，既已道德败坏，那么坏疽随时可能在我们祖国的整个肌体上蔓延。本卑微的神职士兵既不愿因工作关系也不愿因玩忽职守而对此可怕进程负有共犯的责任。

致以军人的敬礼！

第五军区（亚马孙地区）随军神父团团长、司令

哥多弗莱多·贝尔特兰·卡里拉（签字）

1957 年 12 月 4 日于伊基托斯

批示

将此申请报国防部和陆军总参谋部。

本司令意见如下：

一、对随军神父团司令贝尔特兰的辞职申请，由于其决心不可逆转，请予以接受。

二、因该神父在辞职申请中使用了放肆的言词，请给予轻微警告处分。

三、对其所提供的服役，请表示感谢。

第五军区（亚马孙地区）总司令

罗赫尔·斯卡维诺将军（签字）

第七章

亚马孙电台 1958 年 2 月 9 日广播的
《辛奇之声》

在我们广播室墙上装饰着的摩凡陀牌①时钟刚刚打过十八时整，亚马孙广播电台愉快地向亲爱的听众介绍其广播中最受欢迎的节目：

（《康达玛尼娜圆舞曲》的音乐时扬时抑，最后变为音响效果）

《辛奇之声》

（《康达玛尼娜圆舞曲》的音乐时扬时抑，最后变为音响效果）

本次广播为半小时的评论、批评、故事和报道，本节目为真理与正义服务。《辛奇之声》集中并通过电波播报人民的心声，节目生动活泼，极富人情味，由著名记者赫尔曼·劳达诺·罗萨雷斯（即辛奇）撰稿并播音。

（《康达玛尼娜圆舞曲》的音乐时扬时抑，最后停止）

亲爱的听众、尊敬的听众，晚上好！我再次通过秘鲁东部第一大广播电台亚马孙电台的电波，从镶嵌在一望无垠的绿色森林中的秘鲁明珠伊基托斯，向此国际性城市中的男人、向在文明的道路上迈出第一步的部落妇女、向财源茂盛的商贾、向偏僻的达汪帕地区的谦卑农人、向所有为我们这片不可驯服的亚马孙地区的进步而奋斗的人，进行三十分钟友好的、富于娱乐性的、带有私下透露性及高度辩论性的广播。节目包括震撼人心的报道和划时代的新闻。亲爱的听众，广播

---

① 瑞士钟表品牌。

之前，先请听几则商业广告：

（用唱片和录音带播送广告60秒钟）

同每天一样，我们首先播送第一部分："学点儿文化知识"。亲爱的听众，我们不厌其烦地说：我们应该提高我们的智力水平和精神素养，应该具有高深的文化知识，尤其是对我们周围的事物、我们的家乡和这个给了我们栖身之地的城市要进行深入的了解。让我们来了解一下它的秘密、传统、有关它的街道的传说、有关为它劳动过的那些人的生活和事迹以及我们所居住的这些房屋的历史吧，因为许多房屋曾是伟人的摇篮，是我们这个地区光荣的不朽业绩的舞台。让我们了解这一切吧，因为只要稍微深入人民、城市，我们就会更加热爱祖国和同胞。今天，我们就来讲一讲伊基托斯一座有名的大宅院的历史。你们也许猜着了，我指的是极负盛名的"铁房子"，人们都喜欢称之为铁房子的那座大宅院。这座宅院独特地、与众不同地、骄傲地屹立在阿玛斯广场上，目前是有名的、伊基托斯最贵族化的社交俱乐部。辛奇要问，有多少洛雷托人知道这座使外地人一踏上伊基托斯这片沃土就感到惊讶、着迷的铁房子是什么人建造的？有多少人知道这座美丽的金属房子是由一位在欧洲乃至全世界最受赞扬的建筑学家和营造者设计的？在今天晚上以前，有谁知道这座房子乃出自一位天才的法国人那富于创造性的头脑？正是这位法国人于本世纪初在光明之城巴黎建造了以自己的名字命名的、举世闻名的铁塔——埃菲尔铁塔。是的，亲爱的听众，正如你们所听到的，阿玛斯广场上的铁房子乃是这位有胆识、大名鼎鼎的发明家埃菲尔的作品！这是我国乃至全世界第一流的历史性纪念物。这难道意味着著名的埃菲尔曾经到过伊基托斯吗？没有，从来没有。那又怎么解释他这件伟大的作品能在我们这亲爱的城市里闪闪发光呢？这就是今天晚上，辛奇在"学点儿文化知识"部分中要向诸位透露的……

（短暂的间奏音乐）

在橡胶业繁荣发达的年代里，洛雷托省的伟大先驱，也就是那些从北到南、从东到西地开辟森林茂密的亚马孙地区，来寻找令人垂涎的橡胶的那些先驱，争先恐后地想为我们这个城市造福。他们要比一比，看谁能用当代最富于艺术性、最昂贵的材料为自己建造房屋。于是方石铺路、花砖砌门、精雕阳台的大理石住宅纷纷出现了。现在这些住宅美化了我们的街道，使我们回忆起亚马孙地区的黄金时代，并向我们表明，我们祖国的一位诗人①说得对："任何过去的时光都是美好的。"在这些先驱、橡胶业大亨和冒险家中，有一位就是洛雷托省的百万富翁安塞尔莫·德拉基拉。此人同他的同行一样，经常去欧洲旅行，以解除其精神上的苦闷，满足其对文化的渴求。有一年，我们这位大亨安塞尔莫·德拉基拉先生在严冬季节到了欧洲（洛雷托人一听就冷得发抖，对吗？），在法国的一个城市里下榻于一家小旅馆。这家旅馆引起了他极大的注意。他很喜欢这家旅馆舒适的设备、大胆的线条及独特的外观。原来这家旅馆完全是用铁建成的。德拉基拉这位大亨怎么办？他既不穷，也不懒，又有着为我们这个在世界上以"小"区别于其他人的祖国造福的强烈欲望。他想：这个伟大的建筑物应该建造在我的城市里，伊基托斯配得上它、需要它，来强化自身的优美。于是二话没说，这位花钱如水的洛雷托人就买下了伟大的埃菲尔建造的这家德国旅馆，卖价随主人要，一分钱也不还价。接着他派人把旅馆一点点地拆卸下来，装上船，连螺丝带螺帽一起运回了伊基托斯。亲爱的听众，这就是历史上第一座预制结构的房屋。到了伊基托斯，在德拉基拉本人的精心指导下，又小心翼翼地装好。现在你们知道这件奇异的、举世无双的艺术品为什么屹立在伊基托斯了吧？

作为酒后饭余的闲谈，我还没告诉诸位，安塞尔莫·德拉基拉先生在其可敬的行为中、在实现丰富故乡城市财富的崇高理想的过程中

---

① 指西班牙诗人豪尔赫·曼里克（Jorge Manrique，1440—1479）。

犯了一个粗心大意的错误。当时他没想到，建筑这座房屋的材料与欧洲传统的北极寒冷气候是适合的，但伊基托斯的情况完全两样。一座金属建造的住宅，在我们这种气温下产生了严重的问题，而事情就这样不可避免地发生了：伊基托斯最昂贵的住宅最后却不能住人，因为太阳把它变成了一个大锅炉，手一碰墙就会烧得起泡。德拉基拉没有法子，只好把房子卖给一位朋友，即橡胶企业家安布罗修·莫拉雷斯。此人还自以为能够忍受铁房子地狱般的温度呢，但结果也是不行。于是这座房子年复一年地变换着主人，最后找到了一个解决方案：把它用作伊基托斯社交俱乐部。一家俱乐部在白天阳光炽热的时候可以不住人，而在黄昏和晚上，在凉风习习、令人感到亲切舒适的时候，我市最美丽的女士、最英俊的绅士的驾临则使房子身价百倍。不过辛奇倒是认为，市政府应该考虑到那位先驱乃本城人氏，故应把铁房子充公，改为博物馆之类的场所，来展览伊基托斯黄金时代橡胶业高峰时期的文物。因为正是在那个时代，这种贵重的黑色金子把洛雷托变成了全国的经济中心。亲爱的听众，第一部分"学点文化知识"就播送到这儿。

（短暂的间奏，唱片和录音带播送广告60秒钟。然后是短暂的间奏）

现在播送"今日评论"。亲爱的听众，由于我今夜要谈的题目（这是违反我的意愿的，但作为一名诚实的记者、一个洛雷托人、一名天主教徒、一位父亲的责任使我不得不谈）极为严重，而且可能是极为刺耳的，所以我首先请你们叫你们的小女儿、小儿子离开收音机。我的特点是坦率，这也就是为什么《辛奇之声》能成为全体亚马孙人保卫真理的堡垒。我必须提到残酷的现实，并且一贯地直言不讳。我要讲得激动而冷静，因为我知道人民在支持我。我会在大部分沉默而正直的人的思想上引起反应。

（短暂的间奏）

为了不对任何人有所冒犯（这是我们的愿望），我们曾多次谨慎地在本节目中提到一件足以造成丑闻、在本市大多数人——即生活与思想都符合道德观念的那些正派、有教养的人士——中引起愤慨的事。我们并未想要对这一可耻的事进行正面的直接抨击，因为我们那时天真地（我们以绅士的风度承认这一点）以为，这一丑事的负责人会考虑并意识到他那对金钱的无度贪欲、为了达到目的而不择手段、不顾众议的商人头脑给伊基托斯带来了多大的精神和物质上的损害。他的目的无非是为了发财、装满自己的钱柜，即使（本人或他人）利用女人、腐化等违禁武器也无所畏惧。不久前，冒着不为人理解、危及人身安全的风险，我们通过本波段发动了一场讲文明运动，要求在洛雷托根除在光荣星期六①鞭打儿童、为其赎罪的习惯。我认为我们以此绵薄之力部分地作出了贡献，这一使我们的儿子哭叫、使有些儿童遭受心理创伤的恶习正在亚马孙地区逐渐消除。另一次，我们挺身而出，对这一迷信活动进行了抨击；由于我国人民中一部分人的愚昧无知，这一迷信活动以方舟兄弟会的假面具出现，并癣疥般地感染了整个亚马孙地区，使我们的森林地区充满了被钉死的小动物。那些冒牌的救世主、伪装的耶稣基督滥用人们的愚昧无知来装满自己的腰包，满足其沽名钓誉、愚弄民众、反基督、虐待狂的病态本能。我们每日都收到怯弱的、满是拼写错误的匿名信，这些抛了石块就藏手、骂了别人就躲脸的好汉说要把我们钉死在阿玛斯广场，但我们并没有被这种威胁吓倒。就在前天，当我准备离家，去以自己额上的汗水赚取每日的面包的时候，在门上撞见了一只死猫。这是一种野蛮而血腥的警告，但是如果我们时代的这些希罗德斯②以为恫吓这种稻草人就能堵住辛奇的嘴，那他们就大错而特错了。我们将继续通过本波段与

---

① 指耶稣复活节前夕。

② 亦译希律，犹太国王，为杀耶稣曾杀掉许多无辜儿童。见《圣经·新约·马太福音》第二章。

这一病态的狂热迷信进行斗争，反对这一教派的罪行，并祝愿当局能把弗朗西斯科兄弟捉拿归案。我们等待着看到这个亚马孙的反基督之徒因其在莫罗纳湖搞的一次精心、蓄意、违法的屠婴活动而烂死在监狱之中。最近数月以来，在被方舟迷住了的森林村镇中，曾有人数次企图以十字架杀人。就在上星期，在驻有传教所的圣玛丽亚·德·涅瓦镇，罪恶的方舟兄弟竟把阿雷瓦洛·奔萨斯老人钉在了十字架上。

（短暂的间奏）

今天，不管有多大风险，我辛奇仍然同样坚决地进行战斗。辛奇要问：亲爱的听众，我们这亲爱的城市对服务队（下流人为了纪念它的创始人，给它取了一个别名叫潘达乐园）的存在这一令人厌恶的事实还要容忍多久？辛奇要问：文明的洛雷托省的父母们还要担心到何时？我们的毫无经验、不知危险为何物的天真孩子就像看民间集市和杂技一样跑去观看运输宫廷娼妇、无耻女人（不用转弯抹角，这些人就是婊子）。那个名叫潘达雷昂·潘托哈的无法无天之徒，在我们城市的大门口建立了他的巢穴。这群妓女就在这巢穴中大摇大摆地来来往往。辛奇要问：是怎样强大的黑势力给这个人撑腰，使他在全体健康公民的鼻子底下能够主导一门既非法又繁荣、既见不得人又一本万利的生意而不受法律制裁？我不怕威胁，也不为任何人收买，什么力量也不能阻止我们为了亚马孙地区的进步、社会道德和爱国主义而进行的十字军征讨。是时候了，我要像圣徒①对付巨龙那样地来对付这个怪物，一剑砍下它的脑袋。我们伊基托斯市不喜欢这个脓疮。由于存在着臭名昭著的潘托哈先生领导的这家妓女联合企业，我们羞愧得低下头，生活在无尽的忧虑和恶魔中。这位现代的巴比伦苏丹出于对金钱和剥削的贪欲，无所顾忌地侮辱和伤害诸如家庭、宗教以及保卫祖国领土完整和主权的士兵所驻扎的营地等世界上最神圣的东西。

---

① 指圣乔治。

（短暂的间奏，用唱片和录音带播送广告30秒钟。又是短暂的间奏）

冰冻三尺，非一日之寒。事情发生足足有一年半，整整十八个月了。我们虽不相信，但是真的看到了这充满肉欲的潘达乐园在成长、繁殖。这不禁使我们感到惊讶。我们不是空口说白话。我们进行了不懈的调查、侦察和核实。亲爱的电台听众，现在辛奇完全有资格把这一令人震惊的事实作为真相透露给你们。这真相可使墙壁塌毁，可使人们昏厥不醒。辛奇要问：你们猜目前有多少女人（如果这一令人起敬的字眼可以用来称呼那些以自己的肉体做卑鄙生意的人）在潘达雷昂·潘托哈先生的后宫工作？整整四十个！四十个妓女构成了这个移动的巨型娼寮！此娼寮利用电子时代的技术为说不出口的欢娱服务，用轮船、水上飞机把人肉商品运往亚马孙各地。

虽说伊基托斯这座进步城市以企业界人士的干劲而独树一帜，但还没有一家企业拥有潘达乐园那样的技术设备。不相信？请看证明。这些是无可辩驳的材料：所谓服务队拥有自己的电话专线、一辆牌号为洛雷托78-256的道奇牌翻斗小卡车、一台可使伊基托斯任何广播电台羡慕的带有天线的收发报机、一架以《圣经》中的荡妇达丽拉命名的水上飞机（37号）、一艘诡称夏娃号的200吨位的轮船，还有最讲究、最令人嫉妒的舒适条件，诸如空调器等，正当的办公室很少有这种设备。这一切不是真的吗？这位走运的潘托哈先生，这位在一年之中就建立了如此庞大帝国的秘鲁法鲁克①到底是什么人？他那强有力的行动中心就是潘达乐园。它带着羊群般的妓女，把长长的触角伸向我们亚马孙地区的各个角落。这对任何人而言都不是秘密了，但到底伸向何处？亲爱的听众，到底伸向何处？尊敬的听众！伸向我们祖国的驻军营地！是的，女士们、先生们，这就是法老式的人物潘托哈

---

① 法鲁克一世（Farouk，1920—1965），埃及皇帝，1952年被推翻。

先生那一本百利的买卖。他用空中妓院和水上妓院，把我森林地区的军队驻地和营地、边境基地和哨所变成了一个个小型的所多玛和蛾摩拉①。这一切就是我所说的，也就是你们所听到的。我的话没有一句是夸大的，如果我歪曲了真相，那么潘托哈先生可以到这儿来辟谣。他需要多长时间，我这个主张民主的人就给他多长时间，在明天、后天、随便哪一天的节目里，他都可以来反驳辛奇，只要辛奇说的是谎话。但他是不会来的。他当然不会来，因为他比任何人都清楚，我说的是真话、不折不扣的大实话。

但是，尊敬的电台听众，你们听到的还不是事实的全部。如果说还有，那就是为数更多、更严重的事实。这个放纵无度、恬不知耻的家伙，邪恶帝国的皇帝，并不满足于把性生意做到我们祖国的军营中、做到秘鲁精神的神庙中去。你们想想看，他是用什么工具运输妓女的？你们知道我们曾多次义愤填膺地看到那架划过伊基托斯明净天空、涂着绿红二色的东西是哪一类的水上飞机吗？我向潘托哈先生挑战，他敢不敢到这儿来对着麦克风肯定地说达丽拉号水上飞机不是那架37号水上飞机？1929年3月3日是秘鲁空军一个光荣的日子，这一天，为我市永远怀念的路易斯·佩德腊萨·罗梅罗中尉正是乘这架飞机在伊基托斯和尤里玛瓜斯二市之间进行了首次不着陆的飞行。这一英雄业绩使全体洛雷托人为进步而感到无比的幸福和兴奋。是的，女士们、先生们，说出真相是令人痛苦的，但说谎更糟。潘托哈先生对我们祖国的这件历史文物、全体秘鲁人民的神圣纪念物恶毒地加以践踏和凌辱，把它用作运输害人精的交通工具。辛奇不禁要问：亚马孙地区和全国的军事当局知道不知道这一衰渎民族尊严的事件？秘鲁空军，特别是（亚马孙地区）第42空军大队尊敬的长官们有没有察觉这一损害秘鲁精神的事件？这些长官的使命正是精心保护这架佩德

①《圣经》中腐化堕落的两个城市，见《圣经·旧约·创世记》第十八章。

腊萨中尉用以完成其不朽业绩的飞机。我们拒绝相信会发生此类事件。我们了解我们的陆、空军长官们，知道他们是称职的，是以忘我的精神去完成任务的。我们相信，也愿意相信，是潘托哈先生嘲弄了他们的警戒，使他们成了某种卑鄙阴谋的受害者。这阴谋就是通过魔法把一件历史文物变成流动的幽会场所并使这一可怕的事实长期存在下去。如果不是这样，如果不是受到亚马孙地区最大的老鸨的欺骗，那么一定是在军队长官和老鸨之间有着某种勾结。那么，亲爱的听众，你们就放声大哭吧！亲爱的听众，你们就再也不要相信任何人、不要尊重任何事物了。不过，事情不应该也不可能是这样。这张败坏道德的温床应该立即关闭，潘达乐园的哈利发①应该被驱逐出伊基托斯和亚马孙地区，其后宫众妃应予以拍卖，因为在这里，我们洛雷托人，我们健康而纯洁、勤劳而正派的洛雷托人并不喜欢他们，也不需要他们！

（短暂的间奏，用唱片和录音带播送广告60秒钟。短暂的间奏）

尊敬的电台听众，现在播送下一部分："采访与报道：辛奇在街上"。我们是不会离开本题目的，我们不能让潘达乐园的沙皇高枕无忧。尊敬的听众，你们是了解辛奇的。你们知道，只要他为了保卫正义、真理、文化和道德而发动一场运动，他就会不达目的决不罢休。其目的乃是尽一滴海水之力，为亚马孙地区的进步作出贡献。今天晚上，作为对我们在"今日评论"部分所揭发的坏人坏事的直观补充材料，作为戏剧性的活生生的见证，辛奇将为你们放送两段特制录音。这是费了很大力气、冒了很大风险搞来的。这两段录音本身就是对黑暗的潘达乐园的控诉，对建立潘达乐园并以此大发横财的那个人的真面目的揭露。这个人利令智昏，可以毫不犹豫地牺牲一个人最神圣的东西，诸如姓氏、家庭、配偶、儿女等。这是对这一赤裸裸的真相的

---

① 阿拉伯王储的称号。

两份见证。亲爱的听众，辛奇马上予以播送，使你们了解这个每日搞肉爱运输、不道德的潘达乐园是怎样一个背信弃义的秘密机构。

（短暂的间奏）

坐在我们面前的是一位还很年轻的标致妇女，因对麦克风不习惯，她显得很拘束。她名叫玛柯洛维娅。她的姓氏无关紧要，再者，她不愿意透露真名实姓。这也是合乎人情的，因为她不希望家人认出她，并因知晓她的生活状况而感到痛心。她的职业是，噢，对不起，在今天以前是卖淫。请不要抛石块，也不要抓头发，我们的听众很清楚，一位妇女，不管陷得多么深，只要给她提供条件、在精神上帮助她、向她伸出友谊之手，那么她总是可以被挽救的。想回到正常生活，首先要有这个愿望。你们马上就可以听到玛柯洛维娅是有这个愿望的。她做过"洗衣女郎"，是带引号的"洗衣女郎"。毫无疑问，她是由于饥饿、贫困、命运不好才干这种悲剧性的职业的。她沿街叫卖，把自己献给出高价的人。但是后来，这也是我们最关心的部分，她就为邪恶的潘达乐园工作了。她可以向我们披露在这个杂技帝国般的名字后面隐藏了什么货色。生活的不幸把玛柯洛维娅推进了这个地方，而某先生就可以剥削她，用她女性的尊严大发其财。不过，还是让她自己以朴实的语言来讲述吧！这是一位谦卑的妇女，没有上过学，没有受过文化教育，但由于受到生活的虐待而吸取了丰富的经验。玛柯洛维娅，请走近些，别害怕，别不好意思，真理不会冒犯人，也不会杀头。玛柯洛维娅，拿着麦克风。

（短暂的间奏）

"谢谢你，辛奇。你瞧，关于我的姓氏嘛，倒不完全是家庭的关系，我用我表姐罗西塔的姓。我没有别的亲人，至少没有别的近亲了。我妈妈早在我干上你说的这一行以前就死了，我爸爸在去马德雷·德·迪奥斯的路上淹死了；我唯一的兄弟在五年前为了逃避兵役逃到山里去了，我希望他能回来，不过不回来也好。怎么说呢，辛奇，玛柯洛维娅这个名字，我只是干这行的时候才用，这不是我的真名字。我干别的事、跟我的朋友在一起的时候，用真名字。你把我找来，不就是为了谈谈这种事吗？我好像是两个女人，每一个各行其是、各用其名。我反正已经习惯了。我想我是说清楚了。还有什么呢？噢，我走题了，辛奇，我这就言归正传。

"的确，正像你说的那样，我在进潘达乐园以前当过洗衣女郎，后来在莫基托斯那儿干。有人说，当洗衣女郎可赚钱了，生活得可好了。其实这是个多么大的谎话，辛奇，这一行不是人干的，可恶极了。每天走呀走的，脚走得肿这么老高。许多时候还白费劲，回到家里，腿都暴了青筋，可一个顾客也没碰到。这还不算，保护人还要打你、骂你，因为你没给他带回香烟。你也许要问了，那干吗还要找个保护人？你要是没个保护人，就没人尊重你，别人就要抢你、偷你，你就感到没依没靠。再说，谁又喜欢单身生活呢？没有男人怎么行呢？哟，我走题了，现在就谈，我这也是为了先让你知道知道原因。当时有消息说潘达乐园要雇人，有固定工资，星期天休息，还有旅行。这下子洗衣女郎们可疯了，好像中了彩。辛奇，你知道吗？一份有保障的工作，不用自己去找顾客，潘达乐园的顾客多得白送，再加上还可以受到尊重。我们像是在做梦，就一窝蜂地到依达雅河去了。不过，我们去得虽快，但是人家只需要几个，而我们又是一群狗——对不起。再说，有秋秋蓓在那儿当头头，你根本就进不去。潘托哈先生对她言听计从，她总是优先照顾在她那家纳奈妓馆干过的人，对来自她的对手莫基托斯妓院的人百般刁难，还要收一笔很大的回扣。对洗衣女郎就更坏了。她对潘托哈先生说，她不喜欢像狗似的、从大街上来的人，她喜欢在有名的地方，其实就是秋秋蓓妓馆干过的人。这下子我们就泄气了，太不幸了，至少有四个月，我简直是寸步难行。消息来了，说依达雅河那儿又有空额了，我跑了去。每次都撞在秋秋蓓这座山上。因此我就进了莫基托斯开的妓院，不是他原来的那家妓院，而是在纳奈公路上的那个，是他从秋秋蓓手里顶下来的。我在那儿干了不到两个月，听说潘达乐园又有空额了，我跑了去。这回潘-潘先生在考试时看上了我，对我说，姑娘，你模样不坏，就入伙吧。最后还是因为我身段好看被选中了。辛奇，我就这样进了潘达乐园。我被录用后的第一天，到依达雅去检查身体。那天我记得清清楚楚，我向你发誓，我幸福极了，简直就像第一次领圣餐。潘托哈先生向我，还有同我一起来的另外四个人发表了演说，我们都哭了，我跟你说。他说，现在你们的身份不同了，你们现在是劳军女郎，不是野鸡了。你们是在同陆军进行合作，完成一项使命，为祖国服务。还有许多别的话。他的话把我们感动得哭了，当时有我，有桑德拉，还有贝露迪塔。正当我们在玛腊尼昂河来来往往的时候，你开始在电台评论孤儿院里的孤儿问题，我们又哭得像泪人似的。"

"谢谢你给我们谈了这么许多，玛柯洛维娅。当我们知道我们了解各种各样的社会现象，当《辛奇之声》使得那些因生活环境所迫而感情麻木的人感到内心深处又开始震动了的时候，我们太激动了。你的话对我是最好的报酬，比那些忘恩负义的做法更有价值。好吧，玛柯洛维娅，你就这样陷入了潘达乐园老鸨的网中，之后呢？"

"你可以想象，辛奇，我感到幸福极了。我整天旅行，参观森林地带的军营、基地和营房，在那以前我从来没坐过飞机。我第一次登上达丽拉号的时候，真害怕极了，感到肚皮发痒，浑身冷一阵热一阵，恶心得想吐。不过后来就好了，喜欢乘飞机了。有时他们说：'谁志愿参加空中支队？'我总是说：'我！潘托哈先生，我去。'现在回到原来的话题。辛奇，我要对你说一件事。你的节目很好，你发动了保卫孤儿那样的运动，但是我不明白，你为什么要一天到晚地攻击、污蔑、辱骂方舟兄弟会呢？这你就不对了，辛奇。我们只是希望善能统治一切，希望让上帝满意。什么？噢，就会谈到那件事的，请原谅，我不过是代表公众舆论告诉你一下而已。我们刚才谈到去军营，对了，军人们像接待女王一样接待我们。为了他们，我们宁可一辈子留在那里，使他们对服兵役感到不那么难熬。他们给我们组织远足，把舢板借给我们沿河游玩，请我们吃烤牛心。干我们这一行的，很少受到过这样的尊重。再说，我心里明白，这工作是合法的，所以感到心安理得，不必担惊受怕，没有警察来恐吓，也没有暗探扑上来把一个月赚的钱一秒钟就抢走。为军人工作就是感到安全、感到受军队的保护，不是吗？谁敢对我们无礼？连原来的保护人也老实了，若要打人，抬手之前得想想，怕我们告诉当兵的，把他们关起来。我在那里的时候，一共有……多少人来着？噢，二十人，现在有四十人了。她们可幸福了，像在天堂里一样。那时候连军官都拼命向我们献殷勤，辛奇，你想想吧，那时候可真幸福！唉，上帝啊！我一想到自己那时候傻乎乎地逃出潘达乐园，就感到伤心。

"事情也的确怪我。有一次到博尔哈服务的时候，我逃跑了，同一名上士结了婚，所以潘托哈先生把我赶了出来。那是几个月前的事，可对我来说简直是几万年了。难道结婚是犯罪吗？作为一名劳军女郎，最糟的是不能结婚。潘托哈先生说，这是水火不相容的。他认为这是滥用职权。辛奇，我对你说，我那时结婚也不是时候，因为特奥费洛是个半疯半傻的人。唉，最好还是不要说他的坏话，他还关在监牢里呢，还得几年才能出来，听说还可能把他和别的兄弟枪毙呢。你相信会枪毙他吗？我跟我那可怜的丈夫才见过四五次面，你感到好笑吧？但这是一出悲剧，是我介绍他当了兄弟的。什么方舟呀、弗朗西斯科兄弟呀、用十字架拯救人类呀，他在认识我以前连想都没想过。我跟他说起了方舟，让他看到这些都是好人干的事，是为了别人好，不是像那些傻瓜们说的那样净干坏事。这种话你也说过好几次了，辛奇。不过，直到认识了圣玛丽亚·德·涅瓦镇上那些兄弟之后，他才信教。那些兄弟帮助我们、借钱给我们、把心和家都奉献给我们了。后来特奥费洛在营地关禁闭的时候，他们还每天去看望他，给他送吃的去。就在那时，他们一点一点地给他指明了真理，可我没想到他会对宗教信得那么虔诚。您想想，他解除禁闭出来的时候，我呼天抢地地搞到几个钱、买了船票去和他团聚，但我发现他变成另外一个人了。他去接我，一见面就说，他不能再碰我了，他快要修成使徒了。他说，我要是愿意，可以共同生活，但只能作为兄妹，因为使徒必须是干净的；但是这样做对我们俩都是一种痛苦，最好还是各走各的吧，我们不是一路人了。他选择了上帝。总之，辛奇，你看到了，我既失去了潘达乐园，也失去了丈夫。我刚刚回到伊基托斯就听说在圣玛丽亚·德·涅瓦镇有人把阿雷瓦洛·奔萨斯先生钉在十字架上了，领头的就是特奥费洛。唉，辛奇，我真是吓了一大跳。我还认识那个老头儿呢，他是镇上兄弟会的首领，他对我们的帮助最大了，给了我们许多忠告。我才不相信报纸上的造谣呢！辛奇，你也这样说过多次，说什么特奥费洛是为了做圣玛丽亚·德·涅瓦镇上方舟兄弟会的首领而叫人把他钉在十字架上的。我丈夫已经成了圣徒，辛奇，他还想当使徒呢。兄弟们的招供肯定是真的。我敢肯定地说，老人感到要死了，就叫人来请他们把自己像基督那样钉在十字架上。人们为了满足他的要求，就这样做了。可怜的特奥费洛，我希望不要枪毙他。我倒认为我应该对这件事负责，你瞧，不是我把他牵连进去的吗？谁想到结果是这样！宗教都渗到他的血液里去了。好，好，我这就说主题。

"后来，正如我对你讲的那样，不管我怎么乞求，潘托哈先生一直不能原谅我同可怜的特奥费洛的那次出逃，不准我回到潘达乐园。我想，现在，在我跟你谈完这一切之后，我算是彻底完蛋了，但是我总得活下去，对吧，辛奇？因为潘-潘先生的另一条禁令是不准议论潘达乐园。对任何人，不管是家人还是朋友，如果有人问你，你就否认有一个潘达乐园。这不又是一个荒唐的禁令吗？其实连伊基托斯的石块都晓得潘达乐园是什么、劳军女郎又是什么人了，可有什么办法呢？辛奇，每个人有每个人的怪癖，而潘托哈先生的怪癖特别多。不，你有一次说什么潘达乐园像个黑奴贩子，用盐水和皮鞭维持秩序，这不对，一个人说话要公道。潘托哈先生把一切都组织得很好，他的另一个怪癖就是秩序。我们都说这不像个妓院，倒像个兵营：要站队点名，他讲话时不准动、不准说话，就差吹号、检阅了。真好笑。其实，他所有的怪癖只是令人感到好笑。我们忍受了，因为除此之外，他为人倒不错，很公平。只是自从他爱上了巴西女郎、跟她搞上以后，为了讨好她，才有点儿不公平。比如，在外出服务的时候，他命人把夏娃号唯一的单人船舱分配给巴西女郎。喂，这你也要录下来？最好抹掉，我可不敢得罪巴西女郎，她简直是半个巫婆。我大概就是被她诅咒的，她身上有两条人命。你别忘了，把我关于她和潘托哈先生的话抹掉吧！不管怎么说，一个男人总有权利搞恋爱，喜欢谁就可以跟谁搞。女人也一样，对吧？我想，要不是我给他太太写了那封信，他也许早就原谅我同特奥费洛的那次出逃了。其实信并不是我写的，是我讲，我那做教员的表姐写的。辛奇，我这下子可闯祸了、完蛋了，辛奇。是我自己不好，可又怎么办呢？我当时绝望极了、快要饿死了，当时为了求潘托哈先生再次雇用我，我什么事都做得出来。我当时还想帮助特奥费洛，他那时关在博尔哈军营的监牢里，也快要饿死了。罗西塔倒真的提醒过我："你会闯祸的，表妹！"可我当时不这样认为。我想我有可能打动他太太的心，她会同情我、会跟她丈夫说说情，而潘托哈先生也就会再次收留我了。只有那一次，我看见他暴跳如雷，仿佛要杀死我似的，可我还傻乎乎地以为他太太为我说了情、他软下来了呢。我去找他，满心以为他会对我说：我饶了你，罚几个钱，去做个体检，回来吧。可谁想到他就差掏手枪了，辛奇，他什么脏话都骂出来了，他本来是没有说脏话的习惯的。他眼睛红了，声音也变了，满嘴白沫，说什么我毁了他的家，说我在他妻子的心上刺了一刀，说他母亲都昏过去了。我怕他揍我，就赶快离开了潘达乐园。他倒也是很可怜的，对吗，辛奇？本来他太太什么都不知道，可我一封信就拆穿了潘-潘先生的西洋镜，这个祸闯得可真够呛！可我又不是算命的，我怎么会想到他太太一点也不晓得自己的丈夫是怎么赚钱吃饭的？可见世上还是有心地善良的人，对吧？好像他妻子离开了他，把小女儿带到利马去了，二人吵了一架。都怪我！你瞧，我又当上了 洗衣女郎，莫基托斯不愿要我，因为我离开他去了潘达乐园。反正他那几家妓院不缺女人，所以他立了一条法律：凡是在潘-潘先生那儿工作过的人，就不能再回到莫基托斯各妓院。我现在又恢复了原来的样子，在街上来回地走呀走的，连支付保护人的钱都没有。要是没有静脉曲张，倒还过得去，辛奇，你瞧，我的脚有点肿吧？天气这么热，我还得穿上厚袜子，不能让人看见腿上的青筋呀，要不然我就永远找不到顾客了。好了，我也不知道还有什么要对你讲的，辛奇，讲完了。"

"太好了！玛柯洛维娅，我代表《辛奇之声》、代表亚马孙广播电台向你表示感谢，谢谢你坦率而自然的讲话。我们相信，人们是会理解你的悲剧、同情你的遭遇的。我们也感谢你对依达雅河上蓝胡子①的邪恶行径所做的大胆证词，虽然我们并不认为你的一切灾难都是从你离开潘达乐园以后开始的。我们觉得，那身份不明的潘托哈先生开除你，反倒为你做了一件好事——当然他是无意中做的——这使得你有机会改邪归正，回到诚实而正常的生活中来。我们希望这也是你本人的愿望，并且很快实现这个愿望。再见，玛柯洛维娅。"

（短暂的间奏，用唱片和录音带播送广告30秒钟。短暂的间奏）

亲爱的听众，刚才听到的是一位不幸的妇女（我指的是玛柯洛维娅）的证词。这证词的最后几句话戏剧性地击中了一个事件的要害。这一令人痛心的悲剧性事件，比一张照片、一部彩色电影更清楚地勾

---

① 法国作家佩罗小说中的人物，曾先后杀死自己的六个妻子。

画出了那个人的品质。在他的备忘录中无疑记载着他在伊基托斯创立了我国甚至南美人数最多的堕落之家这一灰色事迹。事实上，潘达雷昂·潘托哈确实有一个家庭，更确切地说，曾经有一个家庭。他一直过着双重生活，一方面沉沦于性生意的臭泥中，另一方面装出一副道貌岸然、爱家如命的样子。他有恃无恐，因为他的妻子、女儿等亲人对他那一本万利的生意一无所知。忽然有一天，在这个家庭中，真相大白了。他的妻子发现受骗之后，感到了惊愕、羞耻和极为理所当然的愤怒，于是这位诚实的夫人，以一位受了损害的母亲、一位在各种荣誉中最神圣的东西上受了骗的妻子的高贵风格，毅然决定离开这个被丑事玷污了的家庭。在伊基托斯贝尔赫里中尉机场，为了亲眼见证她的痛苦，为了送她登上翱翔在我们亲爱的城市上空、载她离去的那架福赛特航空公司的现代化飞机，辛奇来到了她的身边。

（短暂的间奏，飞机起飞时引擎发出的响声，时扬时抑，最后成为音响效果）

"晚上好，尊敬的太太，您就是潘托哈太太吧？能向您问候，感到非常荣幸。"

"对，我是潘托哈太太。您是谁？您手里拿的是什么东西？格拉迪西塔①，孩子，别哭，都把我闹昏了头。阿丽西娅，请你把奶嘴给她，看这小鬼头还哭不哭？"

"鄙人是亚马孙广播电台的辛奇，愿为您效劳，尊敬的太太。我可以占用您几秒钟宝贵的时间，进行一次几句话的采访吗？"

"采访？采访我？为了什么事？"

"为了您的丈夫，太太，为了您那位无人不知、无人不晓、大名鼎鼎的潘达雷昂·潘托哈先生。"

"那您去找他好了，先生。对这个人、对这个人令人发笑的名声，

---

① 格拉迪丝的爱称。

我什么都不想知道。这个令人作呕的城市，我也不愿意再看见了，哪怕是在画上。对不起，请吧，请离开这儿吧，先生。您瞧，您可别碰着孩子。"

"我理解您的痛苦，太太，我们的听众也理解。您要知道，您是得到我们同情的。我们理解，只有这种内心的痛苦才使您对亚马孙河上的明珠说出这种不礼貌的话，但一点也无损于这座城市。其实，是您的丈夫正在使这座城市蒙受极大的耻辱。"

"对不起，阿丽西娅，我知道你是洛雷托人，不过，我发誓，在这个城市里，我受够了罪。我恨死了，我再也不会来了，所以你得到奇柯拉约来看我了。你瞧，我又落泪了，还是在大庭广众之下。哎呀，真不好意思，阿丽西娅。"

"别哭了，亲爱的波奇塔，别哭了，坚强些。啊，我这笨蛋连手帕都没带来。来，把格拉迪西塔给我，我替你抱一会儿。"

"请允许我把我的手帕供您使用，尊敬的太太。给您，太太，我请求您拿着，不要为落泪感到不好意思。女士的眼泪犹如花朵上的露珠，潘托哈太太。"

"您还在这儿干什么？喂，阿丽西娅，这个人怎么这么讨厌？我不是跟他说过我不会给他提供任何有关我丈夫的材料了吗？再说，我发誓，他也做不了几天我的丈夫了。阿丽西娅，一到利马，我就去找律师，提出跟他离婚。这个倒霉鬼在这里干了这么多的坏事，法院一定会把格拉迪西塔判给我。"

"正好！我们正在斗胆等着您就此发表一份声明，即便很简短也没有关系，潘托哈太太，因为您显然不知道他那肮脏的生意……"

"好了，好了，赶快走开！我要喊警察了。我已经受够了。我提醒您，我可没有兴致在这种时候容忍没有教养的人。"

"你可别骂他，波奇塔，他要是在节目里攻击你一下，人们又有话可说了，流言蜚语又要来了。对不起，先生，请您理解她，她现在情绪很不好。她要离开伊基托斯了，没有心思对电台谈她的伤心事。您应该理解这一点。"

"我们当然理解，尊敬的小姐，我们非常了解。潘托哈太太之所以要离开这儿，是因为潘托哈先生在本市从事了某种为全体公民所谴责的、不那么体面的活动。"

"啊，阿丽西娅，全市的人都晓得了？这太可耻了。全市的人都晓得，只有我蒙在鼓里。我真傻，我是个白痴。我恨死这个强盗了，他怎么能瞒着我做出这种事来！我再也不理他了，我发誓。我也不让他看见格拉迪西塔，不能让他把孩子带坏了！"

"冷静点儿，波恰，你听，在招呼人了，你的飞机要起飞了。真舍不得你走，波奇塔。不过你做得对，这个人行为这么坏，不值得同他一起生活。格拉迪西塔，亲爱的宝宝，亲阿丽西娅阿姨一下，亲呀，亲呀。"

"我一到奇柯拉约就给你写信，阿丽西娅，多谢了，要是没有你，我真不知怎么办才好。在这可怕的几个星期里，你真是我的知心人！两三个小时以内，你什么都别对潘达讲，也别对雷奥诺尔太太讲，不然他们会通过无线电让飞机飞回来的。再见，阿丽西娅，再见。"

"一路平安，潘托哈太太，您是带着我们听众最美好的祝愿离去的。我们充分理解您的悲剧，这悲剧在某种意义上讲，也是我们所有人、我们亲爱的城市的悲剧。"

（短暂的间奏，唱片和录音带播送广告30秒钟，短暂的间奏）

我们播音室里的摩凡陀牌时钟指向十八时三十分，本次震撼人心的文献性广播节目到此结束。这次广播告诉大家，潘达乐园的主人为了从事其肮脏的事业如何毫不犹豫地宁可给家庭带来痛苦，甚至不惜破坏自己的家庭。他对本市也是这么干的，而本市唯一的过错就是接待了他，给了他殷勤的款待。晚上好，亲爱的听众，你们刚才听到的是：

（《康达玛尼娜圆舞曲》音乐，时扬时抑，最后变为音响效果）

《辛奇之声》

（《康达玛尼娜圆舞曲》音乐，时扬时抑，最后变为音响效果）

《辛奇之声》的广播为半小时的评论、批评、故事和报道。本节目为真理与正义服务。《辛奇之声》集中并通过电波播报人民的心声，节目生动活泼，极富人情味，由著名记者赫尔曼·劳达诺·罗萨雷斯（即辛奇）撰稿并播音。从星期一到星期六，每天下午六时到六时三十分，由秘鲁东部最大的广播电台亚马孙电台播送。

（《康达玛尼娜圆舞曲》音乐，时扬时抑，最后戛然而止。）

1958年2月13日夜晚至14日①

一声锣响，回声在空中振荡。潘达雷昂·潘托哈想道："她走了，撇下你走了，把孩子也带走了。"他在指挥所里手扶栏杆，身子笔挺，满面愁容。他想忘掉波奇塔和格拉迪丝，竭力忍住不哭。他想道："这倒霉的一连串魔影又来了。"他在出汗、发抖。他的心在怀念那几年的夏天，那时他刚会跑，就跑去把脸埋在雷奥诺尔太太的裙子里。他想道："她抛弃你了，你看不见孩子长大了，她们不再回来了。"他的心碎了，他看到了场院里的场面，吃了一惊。

乍一看，没什么可大惊小怪的。后勤中心的场院扩大了，足以当作露天剧场或操场。虽然面积扩大了，但是毕竟还是那个场院：贴满了标语、谚语和格言牌的高墙，涂着红、绿两种象征色的房梁、吊床和劳军女郎们的柜橱，卫生所的白色屏风，没上门栓的大门。里面没

---

① 此节是潘托哈的梦境。

有一个人，但是这一熟悉而又荒凉的景象没能使潘达雷昂·潘托哈平静下来，他的疑惧增加了，一种不停的嗡嗡声使他的耳朵发聋。他站得笔挺，惊得发呆。他等待着。他不停地讲着："可怜的波奇塔、可怜的格拉迪西塔、可怜的潘弟达。"慢悠悠的、富有弹性的锣声把他从椅子上猛拉了起来：马上要开始了。他向自己的意志、自己的幽默感求援，暗自乞求利马的圣罗莎和莫罗纳湖的殉教童子的帮助。他不愿意站起来，不愿意一跳一跳地下楼，也不愿意鬼赶神追似的从后勤中心跑掉。

　　码头的大门轻轻地打开了。潘达雷昂·潘托哈模模糊糊地看到几个人影以立正的姿势待命进入后勤中心。"这是魔影，这是魔影。"他毛发竖立，悚然地想着。他感到浑身从下凉到上，从脚、脚踝、膝盖凉起。检阅开始了。恐惧是没有根据的，只有五名士兵排成一列，从大门向指挥所走来，每人手里用铁链锁着一个东西。这东西一路小跑，摇头摆尾地跳跃着。那是什么？一种焦急的心情紧紧地抓住了他，他两手出汗了，牙齿打战了。潘达雷昂·潘托哈探出头，眯起眼睛望去：噢，原来是狗。他松了一口气，魂儿回来了。这有什么可怕的？干吗要害怕？太蠢了！原来不是魔影，而是各种类型的"人类之友"。士兵们正走过来，但离指挥所仍比较远。这时潘达雷昂·潘托哈看清楚了：士兵和士兵之间有几米的距离，五条狗是经过精心修饰的，像是来参加比赛的。他发现狗都洗过澡了，毛也修剪过，梳理得很整齐，还洒了香水。每条狗的脖子上除了挂着项链，还系着一条红、绿二色的丝带，丝带卖弄风骚地扎成玫瑰花形状，还打了个蝴蝶结。士兵们目视前方，不紧不慢地走着。狗也温顺地让主人牵着。五条狗的颜色、形状各有不同，大小不一，有香肠犬、丹麦犬、牧羊犬、奇娃娃和狼狗。潘达雷昂·潘托哈想道："我失掉了妻子、女儿，但至少这儿的事还不算太坏。"他看到士兵们走近了。他感到自己很脏、很坏、满是创伤。他感到浑身的疥癣在化脓。

锣声又响了。余音是那么难听，仿佛蛇在蜿蜒爬行。潘达雷昂·潘托哈吓了一跳，在椅子上坐立不安。他想："你就制造家庭不和吧，早晚让人把你的眼睛挖出来。"他振作了一下，向外一看，眼睛快要瞪出来了，心跳得快像塑料口袋一样爆炸了。他紧紧抓住栏杆，手都疼起来。原来士兵已经离他很近了，只要看一眼，谁是谁都能辨别出来了，但他看到的只是那些系在链子上跌跌撞撞、连跑带爬、边走边晃的东西。那不是狗，是可怕的巨人，他们吵吵嚷嚷地在斥责他，但又使他着迷。他想逐个地仔细看看，想在他们走过去之前把他们那乱七八糟的形象印在脑子里，但还是认不出来。他的眼睛从一个人身上跳到另一个人身上，或一下子尽收眼底，但他看到的又像猴，身后的尾巴不停地摇摆；全身是洞眼，乳房耷拉到地上；头上长着两只灰色的角，身上的鳞片直颤，弯弯的蹄子仿佛是石板上的钻孔机，发出吱吱的响声；长鼻子上全是毛，口吐黏液；舌头上落满了苍蝇。这些东西生着兔子嘴、血红的外皮，鼻子上挂着一条条鼻涕；脚上长满了鸡眼，指甲上发着炎，流出浓稠的黏液；浑身的毛发上生着同铁丝网上的刺一般大小的跳蚤，跳蚤大摇大摆，像森林中的猴子跳来跳去。潘达雷昂·潘托哈乞盼脚底抹油，溜之大吉，因为这恐怖的景象吓得他牙齿打战、双膝发抖，但有人把他捆在栏杆上，使他动弹不得。此时，怪物走近了指挥所，喊着求人朝自己开枪、把自己的脑壳掀去。它不愿再受这种罪了。

可是锣声又响了，这锣声的回声震撼着他的每一根神经。第一名士兵正以慢镜头的速度走过指挥所。潘达雷昂·潘托哈被绑在栏杆上，嘴里塞了布，浑身发烧。他看到士兵手里牵的已经不是狗也不是怪物了，而是正在向他狡黠地微笑的雷奥诺尔太太，但是又有着雷奥诺尔·库林奇拉的特点。人还是雷奥诺尔太太，只是在她那瘦削的身材上多了秋秋蓓的两只大乳房（"又大起来了。"潘托哈暗自叫苦地想道）、大屁股、肚皮上一条条的肥肉和那一走路浑身的肉就颤动的步姿。"波奇塔走掉了又怎样？孩子，我还是要照顾你的。"雷奥诺尔太太说着鞠了一躬，走了。他没来得及细想，第二名士兵就过来了，手中牵的东西长着辛奇的面孔，胖墩墩的，步履轻捷，手里拿着麦克风，但穿着老虎柯亚索斯将军那带星章的军装，而且那鼓胸呼吸抓挠胡须的姿势、那微笑时落落大方的样子、那颐指气使的派头都和老虎柯亚索斯一模一样。他走上前把麦克风放到嘴边吼道："振作起来，潘托哈上尉。波奇塔一定会成为奇柯拉约市服务队的明星。至于格拉迪西塔，我们要提名她做支队的头号劳军女郎。"士兵扯了扯链子，辛奇·柯亚索斯单腿跳着走了。现在在他面前的是秋毕托·斯卡维诺将军，秃顶、矮个儿，穿着绿色军装，手里挥舞着出鞘的剑，但这剑还不如他那带有嘲讽意味的眼睛更明亮。他吠道："光棍、乌龟、傻蛋！潘达雷昂，同性恋者、懦夫！"他骄傲地晃动着戴项链的脖子，小跑步走去了。那边又过来了眼睛细长的贝尔特兰司令，他穿着黑袍，摆出一副训人的严肃模样，一面冷冷地为潘达雷昂祝福，一面细声慢语地说："我以莫罗纳湖殉道童子的名义，罚你永远失掉妻子和女儿，潘达雷昂先生。"① 说完，波费里奥神父就被自己的长袍绊得跌跌撞撞，狂笑着跟在其他人身后走了。潘达雷昂·潘托哈挣扎着、咬着。他想脱出手来乞求饶恕，想吐出塞在嘴里的布团高声哀求，但毫无结果。那个黑发、黄肤、红唇的女人的倩影无限悲哀地站在下面。他想："我恨你，巴西女郎！"倩影淡淡一笑，声音里充满了忧伤："你不认得你的波奇塔了，潘达？"她一转身，也被士兵使劲用链子拖走了。他感到孤独、恼恨和恐惧，这时，锣声又敲出了刺耳的声音。

---

① 此话是用外国口音讲的。

第八章

"醒醒吧，孩子，都六点了。"雷奥诺尔太太敲敲门走进卧室，在潘达的额上亲了一下，"啊，你已经起来了。"

"我一个小时前就洗好澡、刮好脸了，妈妈。"潘达打了个哈欠，做了个厌烦的手势，扣上衬衣，微微点了点头，"我睡得很不好，又做噩梦了。都给我准备好了吗？"

"我给你带了三天穿的衣服，"雷奥诺尔太太走出卧室，抱来一只箱子，把整理好的衣服给他看，"够了吗？"

"太多了，我两天就回来。"潘达戴上一顶骑师帽，在镜子前照了照，"我到哇亚佳河的门多萨那儿去，是个老同学，在乔里约斯上学时的同学，很久没见了。"

"好的，到目前为止，我一直没有重视这件事，因为好像并不那么重要，"斯卡维诺将军看完电报，同军官商议，研究文件，参加会议，这时又打电话，"宪警请求我们援助，没想到那些人这么狂热。对，当然是方舟。你收到报告没有？事情闹大了。这个星期他们又有两次想钉人，一次在阿美利卡港口，一次在5月2日港口。没有，老虎，没逮捕他们。"

"先喝牛奶吧，潘达，"雷奥诺尔太太把牛奶倒满杯，加了糖，跑到厨房去拿面包，"我给你烤好了面包呢。我来给你抹点儿黄油、果酱，吃点吧，孩子，我求求你！"

"来点儿咖啡就行了，"潘达站着喝了一口咖啡，不耐烦地看了看表，"我不饿，妈妈。"

"你会生病的，"雷奥诺尔太太愁容满面，强笑了笑，温和地坚持着，按他坐下，"不吃东西可不行，你光剩下皮包骨了。你快把我搞疯了，潘达。你不吃不睡，一天到晚地工作。这可不行，你会得肺病的。"

"别说了，妈妈，别净说傻话了，"潘达软了下来，一口喝下牛奶，摇摇头，又吃了一片烤面包，擦擦嘴，"人过三十，少吃长寿。我很好，你别担心。我给你留点儿钱，万一用得着呢。"

"你又在吹《腊斯帕》了，"雷奥诺尔太太捂住耳朵，"你知道我多恨这倒霉的曲子，它把波奇塔都搞疯了。你不能吹点儿别的吗？"

"我刚才吹口哨了？我倒没注意。"潘达脸红了，干咳一声，走进自己的卧室，苦恼地在一张照片上看了看，提起箱子又回到餐厅，"提起波恰……要是有信……"

"我不想让陆军牵连到这种事里去，"老虎柯亚索斯考虑了一下，有点担心，又犹疑了一会儿，想捉一只苍蝇，没捉住，"反对巫师、反对狂热的异教徒是神父们的事。退一步讲，也应该是警察的事，不是军队的事。事情真的有那么严重吗？"

"我会把照片给你保存好，直到你回来。我当然懂，别啰唆了。"雷奥诺尔太太生气地跪下来把皮鞋给他擦亮，把裤子、衬衣刷干净，又拍拍他的脸，"来，我给你祝福，去吧。上帝保佑你，孩子，要尽量别……"

"我知道，我知道，我绝不看她们一眼，绝不跟她们说一句话，"潘达闭上眼睛，攥紧拳头，扭歪了脸，"即使给她们下命令也用书面的，背过脸，这还不行吗？你也净跟我啰唆，妈妈。"

"我怎么得罪了上帝，竟这样惩罚我？"雷奥诺尔太太哭起来，把手向上伸，愤怒得直跺脚，"我儿子一天二十四小时都跟堕落的女人混在一起，还是陆军的命令。我们成了整个伊基托斯的笑料。走到街上，人们都对我指指点点。"

"冷静点儿，亲爱的妈妈，你别哭，我求求你了，我现在没时间了。"潘达搂住她的肩膀，跟她亲热，吻她的面颊，"原谅我跟你吵，我也是心情不好。你别往心里去。"

"要是你父亲、祖父还活着，会大吃一惊的，"雷奥诺尔太太用裙子擦干了眼泪，指了指发黄的照片，"他们要是知道你受命于这种工作，非从坟墓里跳出来不可。在他们那时候，是不会让军官干这种下流事的。"

"八个月来，这种话你每天跟我说四遍。"潘达喊起来，接着又后悔了，压低了嗓门，强笑了笑，解释说："我是军人，必须服从命令。在没分配给我新的工作以前，我必须做好这份工作。我早就跟你说过，你要是愿意，我可以把你送回利马，亲爱的妈妈。"

"是的，相当严重，将军，"彼德·卡萨汪基上校掏着衣袋，取出一叠纸片和照片，包起来，封漆，下命令：把这个送到利马去。"最近检查衣服的时候，我们发现一半士兵都有弗朗西斯科兄弟的祷词和殉教童子的画像。我给您送去几份样本。"

"我可不是那种一吵嘴就离家出走的人，你别看错了人。"雷奥诺尔太太身子一挺，把食指左右一晃，摆出一副好斗的架势，"我可不是那种说走就走、连个招呼都不打的人。我可不是那种把人家的女儿偷走的人。"

"你又冲着波恰来了，"潘达在过道里走着，被花盆绊了一下，揉着脚踝，"这成了你的另一个话题。"

"如果不是她偷走格拉迪西塔，你也不至于这样，"雷奥诺尔太太打开朝街的门，"难道我不知道你这几天是为了宝宝而憔悴吗，潘达？去吧，你走吧。"

"我等不及了，快，快点！"潘弟达登上夏娃号的舷梯，下了船舱，躺倒在床上，低声说道，"就在我喜欢的地方嘛，脖子上、耳朵上，别光抓呀，还得咬呢，轻轻地咬。对，就这样。"

"我太高兴了，潘弟达，"巴西女郎喘息着，不情愿地看着他，朝码头指了指，把舱内窗帘拉上，"不过至少得等夏娃号起锚啊。罗德里盖斯准尉和船员进进出出的。这是为了你好，不是为了我，强盗。"

"我一秒钟也不能等了，"潘达雷昂·潘托哈扯下衬衣，脱下裤子，踢掉鞋袜，气都喘不过来了，"把舱门关上，过来，慢慢地抓，轻轻地咬。"

"哎呀，耶稣啊，你简直是没完没了，潘达，"巴西女郎扣上门锁，脱光衣服，爬上床，摆动起来，"你一个人顶一个团，我受骗了。我第一次看到你的时候，还以为你从来没欺骗过老婆呢。"

"当然，不过现在……别讲话了，"潘达喘着，翻下翻上，一抽一送，又翻下来，透不过来气了，"我跟你说过，我容易分散注意力。见鬼，耳朵上、耳朵上。"

"这把戏玩得太多，会得肺病的，你知道吗？"巴西女郎笑着、动着，累了，停下来，看起自己的指甲，又弓身加速，"说真的，你最近瘦得像条巴鱼，想不到却越来越好色了。好吧，我知道，我不说话了……耳朵上。"

"呜嘀……对，呜嘀……太舒服了，"潘弟达爆炸了，脸发白，气喘吁吁，"我的心要跳出来了。我头昏了。"

"你说得完全正确，老虎，我也不喜欢让部队参与警察的事，"斯卡维诺乘飞机、摩托艇沿河视察村镇和基地，询问详情，然后打电话，"因此我一直拖到今天。不过 5 月 2 日港口的事确实令人不安，你看了达维拉上校的报告没有？"

"你一个星期来几次，潘弟达？"巴西女郎起身把盆放满水，洗呀，冲呀，最后穿上衣服，"肯定比一名劳军女郎还多，对吧？进行应聘人员考试的时候，次数更是数不清了。你养成了习惯。那叫什么？业务考试？你太好色了。"

"那不是寻欢作乐，是工作。"潘达伸了个懒腰，坐在床上振作了一下，拖着脚步走到浴间小便，"你别笑嘛，是真的。再说，这都要怪你，进行外形考试的时候，是你使得我起了这个心思，以前我从来没想过。你以为开这种玩笑那么容易？"

"那要看跟谁，"巴西女郎把被子撩到地上，查看了一下床垫，然后用海绵仔细地擦拭。最后抖了抖，"在不少女人面前，你那鸟儿都硬不起来。"

"看到那些一进门就被我否定了的女人当然硬不起来了，"潘达雷昂·潘托哈用肥皂洗着下身，然后用卫生纸擦干，拉了马桶链子，"这是择优录用的最有效办法。这鸟儿是谁也蒙混不过去的。"

"船开了，夏娃号开始喝醉了，"巴西女郎去开舱窗，把床垫挪了挪，让阳光射在弄湿了的地方，"扶住我，让我把窗子打开，都透不过来气了。我们什么时候才买架电风扇？每次你都后悔没买，潘达。"

"夜间十二时，他们在5月2日港口的小广场上，当着当地二百四十位居民的面，把依格娜霞·库丁伯雷·佩拉埃斯老太婆钉在十字架上了，"玛克西莫·达维拉上校口授、校对、签字，最后把报告送走，"还把劝阻兄弟们的两名宪警用棍棒痛打一顿。根据证词，老太婆垂死挣扎到天亮。更糟的还在后面，将军，人们用十字架上的血在自己的脸上、身上乱涂乱抹，甚至有人饮血。现在又把受害者供奉起来，还散发圣依格娜霞的画像。"

"我本来不是这样的，"潘达雷昂·潘托哈坐在床边，捧着头回想往事，发起牢骚，"我原来不是这样的，都是运气不好。我原来不是这样的。"

"你以前从不欺骗老婆，每十五天才挤进去一次。"巴西女郎把床单抖了抖，洗了，拧干，晾起来，"我都背下来了，潘达，你是来到这里以后才活跃起来的。不过也太过分了，强盗，从一个极端走到另一个极端。"

"一开始我还怪气候呢，"潘达穿上短裤、背心、袜子和鞋子，"以为是炎热和潮湿刺激了我。不过后来我发现了一个奇怪的现象：

我那鸟儿发胀，原来都怪我这种工作。"

"你是说离诱惑太近了？"巴西女郎摸摸自己的胯部，看看自己的胸部，感到很骄傲，"你是说你那鸟儿是跟我才学会叫的？你太会灌迷魂汤了，潘达。"

"你不懂，连我也不明白，"潘达照着镜子，抹抹眉毛，梳梳头发，"事情有点怪，别人都没遇到过这种情况。一种不健康的责任感，就像生了病。不是道德上有问题，而是生理、身体上有问题。"

"正如你所看到的，老虎，是那些狂热的兄弟送给士兵的，"斯卡维诺将军登上吉普车，在泥沼地中穿行，主持葬礼，安慰受害人，给军官下指示，这时又打电话了，"问题在于不是一小撮，而是成千上万。有一天，我在莫罗纳湖路过殉教童子的十字架，真是大吃一惊，简直人山人海，还有穿军装的士兵呢。"

"你是说，你每天都想来，是出于责任感？"巴西女郎感到惊讶，嘴张得大大的，突然爆发一阵大笑，"你瞧，潘达，我认识许多男人，在这种事上我比你有经验。我敢肯定，世界上根本没男人是出于责任感，那鸟儿才硬起来的。"

"我跟别人不一样，要不怎么说我的运气不好呢！我跟人家两样。"潘达雷昂・潘托哈放下梳子，思考着，自言自语，"我从小就比现在吃得少，可是入伍后，我的第一个任务是管理团队的伙食，这就引起了我贪婪的食欲。我一天到晚地吃个没完，还研究菜谱。后来任务变了，我就不吃了。后来又对裁缝发生了兴趣，做衣服、做时装，军营的长官还以为我是同性恋者呢，而我那时的任务是负责各地驻军的服装。我现在明白过来。"

"但愿别让你负责疯人院，潘达，要不然你第一个就得变成疯子。"巴西女郎指了指窗口，"你瞧那些强盗，在偷看我们呢。"

"走开，桑德拉、维露佳！"潘达雷昂・潘托哈跑到门前，打开锁，连比带画地喊叫，"秋毕托，罚她们每人五十索尔。"

"神父们是干什么吃的？发他们工资是为了什么？"老虎柯亚索斯在办公室里大步地来回走着、看总结、又加又减，最后发怒了，"为了让他们闲着摸肚皮？各地驻军怎么会成为兄弟，斯卡维诺？"

"别把身子探出去，潘达，"巴西女郎抓住他的肩膀，把他拉回船舱，关上门，"你忘了，你还半光着屁股呢。"

"把你忘了？"阿尔贝托·门多萨上尉拨开船员和士兵跳上船，张开双臂，"瞧你说的，兄弟，到这儿来，让我拥抱你。多少年没见面了，潘达？"

"真高兴，阿尔贝托，"潘托哈上尉拍打着他下了船，同军官们握手，向准尉和士兵们还礼，"你还是老样子，一点儿不见老。"

"我们到军官食堂去喝一杯，"门多萨抓起他的胳膊，引他穿过营地，推开纱门，选了电扇底下的一张桌子，"那事儿你就别操心了，都准备好了。在我们这儿办事儿，就跟跑火车一样快。少尉，你负责一切了，喜事一完，你就来通知我们。士兵干事，我们灌啤酒。旧友重逢，太高兴了，潘达。"

"喂，阿尔贝托，我想起来了，"潘托哈上尉从窗口观察着劳军女郎们进入帐篷，士兵们在排队，监督人各就各位，"不知你知不知道那个女郎，人们都叫她……嘿嘿……"

"巴西女郎？知道，只给她安排十人，按规定办。你以为我没看到你的指示？"门多萨上尉轻轻地打了他一拳，下了命令，打开酒瓶斟满杯，举起，干杯，"你也要啤酒吗？来两瓶冰的。不过，潘达，这太荒唐了，既然你喜欢那女郎，别人一碰你就会恼火，那干吗不把她完全排除在服务之外？你这队长白当了？"

"不行，"潘托哈上尉干咳一声，脸红了，说话口吃了，喝了一口啤酒，"我不愿渎职。再者，我敢对你说，我跟那女郎实际上……"

"所有的军官都知道了，他们都认为你有个情妇也不坏，"门多萨上尉舔了舔胡子上的泡沫，点上一根香烟，喝了一口啤酒，又要了一瓶，"但是谁也不理解你的做法。你不喜欢士兵跟你的那位女郎睡，人们是理解的，但干吗要拘泥于这种可笑的形式主义？干十次还不是同干一百次一样，兄弟？"

"按规定必须是十次，"潘托哈上尉看到第一批士兵已经从帐篷里出来，第二批、第三批进去了，他咽了口唾沫，"我怎么能违反纪律呢？何况这规定是我自己制定的。"

"对你这种脾气真没办法，我是电子脑。"门多萨上尉把头向后一仰，眯起眼睛回忆起来，笑了，"我还记得在乔里约斯上学的时候，只有你这个士官生演习时把鞋擦得亮亮的，也不怕搞脏。"

"实际上，自从贝尔特兰神父辞职，就不能指望随军神父团了，"斯卡维诺将军接待告状的和提建议的，做弥撒，颁奖，骑马，玩滚球，"不过，老虎，一句话，这是亚马孙地区的普遍现象，驻军摆脱不了这种熏染。不过，不管怎么说，你不用操心了，我们正在采取坚决的手段处理这件事。凡拥有殉教童子和圣依格娜霞画像者，一律处以三十天禁闭；拥有弗朗西斯科兄弟照片者，处以四十天禁闭。"

"我是为了上星期的那个事故到拉古纳斯来的，阿尔贝托，"潘托哈上尉看见第四批出来了，第五批、第六批进去了，"我看到了你的报告，我觉得事情相当严重，所以到事故现场来看看。"

"我看不值得你跑这一趟，"门多萨上尉松了松裤腰带，要了干酪三明治，边吃边喝，"其实也没什么，在这穷乡僻壤，每次服务支队一来，人们就像发了疯。这个地方的小雄鸡只要一起念头，那玩意儿就硬，所以有时难免出事。"

"随便钻进军营？这事可太过分了！"潘托哈上尉看见秋毕托从士兵手里收回画片和画报，"当时没设岗？"

"还加了岗呢，跟现在一样，每次支队一来就加岗。"门多萨上尉把他拉到外面，指给他看木栅门，"来，我们去看看。你看到了吧？本镇所有的浪荡哥儿都围在军营周围了。那边，你看，都上了树，眼睛都快瞪出来了。你说怎么办，兄弟？食色，性也。你也是如此，你以前并不是这样呀！"

"这和方舟那群疯子有那么点儿关系吧？"潘托哈上尉看见第七批出来了，第八批、第九批、第十批进去了，最后喃喃说道："你不要重复报告内容，要告诉我真实情况。"

"拉古纳斯镇有八个家伙钻进军营，企图劫持两名劳军女郎，"斯卡维诺将军对着电台连声说道，"不，不是方舟兄弟会，我说的是森林地区的另一个灾难：服务队。你知不知道我们陷入了何种窘境，老虎？"

"这种事故以后不会再发生了，兄弟。"门多萨上尉付了钱，戴上军帽、墨镜，让潘达先出门，"现在，从支队到达的前夕，我就加强警戒，周围每步一岗，连队进入备战状态，好让士兵们安安静静地乐一乐。真滑稽！"

"你冷静点，声音低点，"老虎柯亚索斯比较各种报告，下命令，进行民意测验，又把各种信件重新读一遍，"你别歇斯底里好不好，斯卡维诺？我都知道了。我这儿有一份门多萨的报告，部队又把劳军女郎夺回来了，事情了结了。这有什么了不起的？一次普普通通的事故。方舟兄弟们的事比这更严重，不对吗？"

"问题是这类事件不是第一次发生，阿尔贝托，"潘托哈上尉看见巴西女郎从帐篷中出来，在口哨声中穿过空场一样，上了夏娃号，"老百姓不断进行干扰。在所有的镇子里，支队一出现都引起兴奋。"

"为了这两个女人，士兵和老百姓打了一场群架，"斯卡维诺将军接电话，巡视监守，审讯被捕者，失眠，吃安眠药，不停地写，然后打电话，"你听清楚了吗？士——兵——和老——百——姓。劫持者把劳军女郎抢出了军营，在镇上发生了斗殴，有四个人受伤。随时可能发生更为严重的事件。老虎，都是这个倒霉的服务队造成的。"

"这还不算什么呢，老兄，"门多萨上尉指了指围观者和走出帐篷回到警戒森严的码头上的劳军女郎，"对这些从没去过伊基托斯的森林地区的人来说，这些劳军女郎简直是下凡的天女。士兵们也有责任，到镇上去乱说，这就把人家的念头逗起来了。即使下了命令禁止谈论，也不管用。"

"尤其是现在发生了事故，特别叫人心烦。一个扩大服务队、提高服务等级的计划，我差不多都搞好了。"潘托哈上尉手插在裤袋里，低着头，踢着石子，"这计划很有点儿雄心壮志。我又是思考，又是搞数字，费了好几天的时间。我的这个计划甚至可以解决老百姓中浪荡哥儿的问题。"

"可是您在其他问题上给我增加了三倍的麻烦，潘托哈。神父和教徒们把斯卡维诺搞得失去了耐心。"老虎柯亚索斯唤来随从，命他买来香烟，给了他小费，又要了火柴，"不行，这太多了，五十名劳军女郎已经足够，不能再招募了，至少目前不能。"

"一支一百名女郎的劳军队伍，三条船沿着亚马孙各河道做不定期的航行，"潘托哈上尉看着夏娃号做着起锚的准备工作，"没有人能预知这些支队什么时候到达服务对象所在地。"

"他疯了，"维多利亚将军点着了打火机，凑到老虎柯亚索斯的脸上，"到那时，陆军为了雇妓女就得放弃购买武器，多少经费都满足不了这个花钱如流水的家伙的幻想！"

"请研究一下我送去的计划，将军，"潘托哈上尉用两根手指打字，又是计算又是画表格，觉也睡不好，涂去又添上，最后坚持说，"我们制定一个非正规、不定期的运转制度，支队的到达将是突然的，也就没有机会发生事故了，只有部队长官才知道支队到达的日期。"

"起初劝他接受建立服务队这项任务还费了好大劲呢，"洛佩斯·洛佩斯上校在办公室里找了一只烟灰缸，放在老虎柯亚索斯跟前，"现在他倒干得很起劲，混在婊子堆里如鱼得水。"

"对，唯一能够有效地监督这个制度的方式就是进行空中监督，"

潘托哈上尉书写备忘录，准备了几暖瓶咖啡，乘乘除除，抓挠头皮，最后把附件送出，"所以还需要一架飞机，至少得再添一名军需官——只要一名少尉就行。"

"毫无疑问，他脑袋里少了一根弦，"斯卡维诺将军阅读《东方日报》，收听《辛奇之声》，收到匿名信之后看电影晚点，影片未结束就出来了，"我警告你，要是这次你满足他，批准这个计划，我就辞职，跟贝尔特兰一样。一群狂热的方舟信徒、一个服务队，算是把我搞垮了。我现在是靠吃镇静药活命的！"

"我很抱歉，报告您一个坏消息，将军。"奥古斯托·瓦尔德斯上校出征进入一座空荡荡的镇子。好的，去，帮忙把钉在十字架上的人卸下来，然后命令：小伙子们，急行军。"昨天晚上，在离我的驻地两小时水路的弗莱雷西约斯村，阿维利诺·米兰达准尉被钉在十字架上了。当时这名准尉在休假，穿着便衣，也许人们不知道他的军人身份。没有，还没死，不过医生说，也就两个小时的事了。全村三十四个居民都钻进山了，是的，"

"冷静点儿，斯卡维诺，事情不可能这么乱，"在军人俱乐部里，维多利亚将军接听电话，拿劳军女郎问题开玩笑，为了森林地区钉人的事安慰自己的母亲，"那些人真的为了潘托哈的姑娘闹翻天？"

"岂止闹翻天，将军，"斯卡维诺将军自己摸着脉，观察舌头，在吸水器上画十字，"今天早晨，主教带着他的参谋部，神父呀、修女呀，到我这儿来了。"

"我痛心地通知您，如果所谓的服务队不消失，我就把所有为它工作和使用它的人全部逐出教会！"主教走进办公室，鞠了个躬，不笑也不坐，擦擦戒指，把手伸过去，"最低限度的尊严和羞耻心都被践踏了，斯卡维诺将军，连潘托哈上尉的母亲都找到我，为这出悲剧痛哭流涕。"

"我完全同意您的意见。主教阁下是知道的，"斯卡维诺将军站起身，行了屈膝礼，在戒指上吻了一下，说话的声音轻轻的，敬上汽水，把其他的来访人赶去街上，"事情如果由我做主，这个服务队根本就不会建立。我请求诸位耐心点儿。至于潘托哈，请阁下不要对我提起他的名字①。真是不幸啊，不幸！那个在您面前痛哭的太太的儿子对发生的这一切负有责任。哪怕组织一个中等水平、有缺欠的服务队也好嘛，可这个白痴偏偏把服务队搞成全陆军最有效率的机构。"

"潘达，你就别转弯抹角了，"门多萨上尉上了船，好奇地看了看指挥台，看了一眼指南针，摸摸舵，"你就是拉皮条的爱因斯坦。"

"那当然，我派了几个搜查组去追那些狂热分子，"奥古斯托·瓦尔德斯上校去卫生所慰问受害人，在地图上钉小旗，口授指示，给出发的军官祝福，"我命令他们把全村的人都给我抓来算账。没有必要了，将军，我的人都愤怒极了，因为阿维利诺·米兰达准尉的人缘很好。"

"老虎早晚会采纳我的计划，"潘托哈上尉把夏娃号舱房打开给门多萨上尉看，还给他看了仓库、机器，吐了口唾沫，又用脚擦了擦，"扩大服务队，势在必行。有了三条船、两架飞机、两名军官助手、一百名劳军女郎的行动队伍，我就能创造奇迹，阿尔贝托。"

"在乔里约斯的时候，我们就认为你的才能不在于当兵。你是一台计算机。"门多萨上尉跳上码头跳板，拉着潘达的胳膊回到营地，问少尉统计报告准备好了没有，"现在看来我们错了，原来你的梦想是当秘鲁头号老鸨！"

"你错了，我生下来就喜欢当兵，但是要当一名行政兵，这同炮兵、步兵同样重要。对整个陆军，我心里都有数。"潘托哈上尉望着简陋的办公室、煤油灯、蚊帐、地板缝长出的杂草，拍拍自己的心窝，"你笑我，巴卡柯尔索也笑我。我敢向你保证，早晚有一天，你

---

① 潘达雷昂是名字，潘托哈是姓。

们要吓一跳。我们要在整个秘鲁国土上进行行动，要拥有一支舰队、许多辆轿车和几百名女郎。"

"对每个搜查组，我都派了最得力的军官去指挥，"奥古斯托·瓦尔德斯通过电台一面讲话，一面布置讨伐队的调动，把地图上的小旗变换着位置，和医生谈话，"士兵们情绪高涨，所以必须加以抑制，不能让他们在路上就把狂热分子处以私刑。至于米兰达准尉，看样子能救活，将军，对的，不过手、脚都得锯掉。"

"似乎得在陆军建立一个新的兵种，"门多萨接过统计报告，看了一遍，一面修改，一面指着自己的裤裆，"炮兵、步兵、骑兵、工兵、军需兵，还有……是叫接客兵还是叫随军窑子兵好呢？"

"可不能乱取名字，"潘托哈上尉笑了，透过纱窗看见号手在吹开饭号，士兵们走进木棚，"不过，为什么不可以呢？谁知道呢？也许会有那么一天。"

"你听，船准备好了，你的姑娘们在唱队歌呢。"门多萨上尉指着夏娃号。夏娃号的汽笛发出了长鸣，劳军女郎和罗德里盖斯准尉站在甲板上，手扶栏杆。"我一听见你这队歌就发笑，老兄。你这就回伊基托斯去？"

"这就回去，"潘托哈上尉两步跳上夏娃号，关上舱门，扑倒在床上，"耳朵上、脖子上、乳头上，抓呀、拧呀、咬呀！"

"唉，潘达，你太讨厌了，"巴西女郎嘟嘟囔囔，一跺脚，拉上窗帘，仰头叹了口气，气呼呼地脱下衣服，甩在地上，"你没看见我累了吗？你没看我刚刚工作完？过后，我就知道你又要嫉妒得大闹一场。"

"嘘，闭嘴，你不知道怎么弄？再往上点儿，"潘达一伸一缩，哼哼唧唧地抖动着，神魂颠倒了、瘫软了，"对，就在这儿，太美了。"

"我可得跟你说一件事，潘达，你每次只让我服务十次，钞票白白丢掉了，我可不干。"巴西女郎上床蹲下、卧下，一迎一送。

"呜嘀……"潘达停下来,浑身是汗,气喘如牛,"你怎么连在这种时候也不住口?"

"都怪你,我把钞票白白丢掉了。我得为自己的利益着想,"巴西女郎离开他,洗了洗,穿上衣服,打开窗子把头探出去呼吸空气,"天长日久,你不喜欢干这种事了,那时我怎么办?别人都服务二十次,比我多一倍。"

"活见鬼,他这服务队花军需处的钱总是花不够似的,"洛佩斯·洛佩斯上校接过电报读了起来,"您猜他又出什么新花样,将军?他要我们研究一下能不能在支队外出的时候给每位劳军女郎出一笔保险费,说她们很害怕那些狂热分子。"

"可你的收入比别人多一倍,这就补过来了。正好,我给你算过了,"潘达雷昂·潘托哈走上甲板,看见维露佳和桑德拉在脸上涂乳脂,看见秋毕托在摇椅上大睡,"我太累了,心跳得也快。我给你做的表格你丢了?为了弥补你收入的不足,我还从我的工资中抽出百分之十五给你,你忘了?"

"我没忘,潘达,"巴西女郎把手臂撑在船头栏杆上,望着两岸的树林、河中的浑水、带泡沫的浪花和远方的红云,"可你的工资也少得可怜。你别生气,这是实话。加上你那种怪癖,所以姑娘们都恨我,我在姑娘中一个朋友也没有。你一转身,连秋秋蓓都骂我是宠姬。"

"你就是嘛,这也是我一生中的耻辱,"潘托哈先生在甲板上来回走着,问罗德里盖斯准尉能不能早点儿回到伊基托斯,准尉回答说当然可以。"你别不满足了,这很公平。不满足的应该是我,由于你的过错,我打破了从懂事起就恪守的一条原则。"

"你瞧,你又来这一套了,"巴西女郎朝在帐篷下听收音机的贝露迪塔笑了笑,又朝正在卷起缆绳的水手笑了笑,"你干吗不明说呢?什么原则不原则的,你还是承认你吃拉古纳斯那十名士兵的醋吧。"

"你以为方舟兄弟的人数会减少吗？根本不会，老虎，简直像森林起火，有增无减。"斯卡维诺将军身穿便装在人群中逛来逛去，大葱、焚香的气味直冲鼻子，油灯噼啪作响，祭品散发着臭味，"你不知道殉教童子死难周年是怎样纪念的，伊基托斯举行了一次盛况空前的宗教游行，整个莫罗纳湖的岸边，人群密密麻麻，湖里也全是人，连一条舢板、一艘小船都容不下了。"

"我从来没有失职。我这倒霉的性格就是这样，"潘达雷昂·潘托哈向正在阳光下玩牌的贝秋佳和拉丽达打了个招呼，在一只救生圈上躺下来，观赏着太阳下山，"我一贯是个正直、公平的人。在你出现以前，连这令人懒洋洋的气候都没能使我破坏原则。"

"要是说你为了那十名士兵想骂我，我可以忍受，"巴西女郎看了看表，做了个怪相，说表又停了，接着给表上了弦，"你要说什么原则，那就去你妈的吧！我要到舱里歇会儿去了。"

"这份工作，再加上你，把我毁了，"潘达雷昂·潘托哈脸色变了，同皮秋莎说话的水手向他敬礼，他也不理，只是望着河水和暗下来的天空，"要不是因为你们，我也不致失去妻子、女儿！"

"你太烦了，潘达，"巴西女郎抓起他的胳膊，把他拉到舱里，递给他几块三明治、一瓶可口可乐，又给他剥了一个橘子，把橘皮扔到河里，然后打开灯，"又要为你的老婆、孩子哭了，每次跟我在一起你就后悔，这谁能忍受？快别这么傻了，强盗！"

"我需要她们！我想念她们！"潘达又吃又喝，穿上睡衣躺下来，声音都变了，"波恰和格拉迪西塔不在，家里空荡荡的，我不习惯。"

"来，强盗，过来，别这么哭哭啼啼的，"巴西女郎脱得只剩下衬裙，在他身边躺下来，把灯关掉，张开双臂，"我看你就是吃士兵的醋了。过来，躺到这儿来，让我给你抓抓头。"

"听说弗朗西斯科兄弟要亲自参加，"斯卡维诺将军观察着那些围在十字架周围、身穿白衣的使徒以及跪在地上张开双臂的信徒、残障者、瞎子、麻风病人、侏儒和垂死的病人，"他幸亏没来。他要是出现，我们就被动了。派人在两万名准备为他而死的群众中逮捕他，根本不可能。这魔鬼到底藏到什么地方去了？一点儿踪迹都没有。"

"这艘船就是摇篮，我就是波奇塔，你就是格拉迪西塔，"巴西女郎学起外国人的口音，扭来扭去，看了看从窗子透进来照白了床头的月光，"小宝宝真可爱，我来给你抓抓头、吻吻你。宝宝想吃奶吗？"

"落在您头上了，就在那儿，喏，又飞了。"巴卡柯尔索中尉推开亚马孙博物馆水族馆的门，让潘托哈上尉先进，"蜇着您了吗？大概是只蜜蜂。"

"再往下一点儿，慢点儿，"潘达情绪好了，装出小孩子的样子，感到温暖、甜蜜，依偎在巴西女郎的怀里，"背上、脖子上，在耳朵尖上多咬会儿，小姐。"

"哈，打死了，"巴卡柯尔索中尉站在海牛池边擦着手，"不是蜜蜂，是灰苍蝇。这东西很危险，听说能传染麻风病呢。"

"我的血大概是酸的，小虫子从来不咬我，"潘托哈上尉边走边看，有疯河豚、灰河豚、红河豚，最后在大蚂蚁前停了下来，牌子上写道：夜间外出，极有害，一夜之间可毁掉一块田地。一群有几十万只，成虫期脱翼、产卵。"可我那可怜的母亲一上街，小飞虫就能把她吞了，真可怕。"

"您知道吗？这儿的人拿这种蚂蚁烤着吃，加上盐和香蕉。"巴卡柯尔索中尉摸着蜥蜴标本的头和大嘴鸟标本那五彩缤纷的羽毛，"您可得保重点儿，您太瘦了。这几个月来，您的体重至少减轻了十公斤。出什么事了吗，上尉？是因为工作，还是有什么心事？"

"两方面都有点儿，"潘托哈上尉弯下身，在一只有毒的大寡妇蜘蛛身上寻找它那八只眼睛，但没找到，"所有人都这么说，我大概真的瘦了。我得好好地补补，恢复一下失掉的体重。"

"我很抱歉，老虎，可是我不得不下令让部队协助宪警逮捕狂热分子，"斯卡维诺将军接到请愿书、控告信、揭发信，进行调查，举棋不定，与人商量，最后作了决定，向利马报告，"六个月中就有四个人被钉，这太不像话了。这群疯子把亚马孙地区搞成野人地区了，是采取强硬手段的时候了！"

"您没有充分利用您现在单身的优越性，"巴卡柯尔索中尉拿起放大镜，把哇依兰佳蜂、钟蜂和西罗蜂放大，"您应该为重获自由而感到幸福、高兴，可您现在愁得像只蝙蝠。"

"单身对我好处不大，"潘托哈走到猫科馆，用自己的身体触着黑虎、林中王子、美洲豹、山豹和小老虎，"我知道，大部分男人婚后一段时期结束，对家庭生活就厌倦了。为了摆脱妻子，什么事都干得出来。可我不是这样。波恰走了，我感到痛苦，尤其是她把女儿也带走了。"

"不用说，您确实够痛苦的，从您脸上就看出来了，"巴卡柯尔索听着解说：小变色龙在树上栖居，大变色龙在水中生活。"生活就是这么回事，上尉。您妻子有消息吗？"

"有，她每星期给我写一封信，现在同她妹妹琦琦住在一起，在奇柯拉约。"潘托哈上尉数着各种蛇，有雅古妈妈、水中妈妈、黑蟒、曼托娜、萨沙妈妈（也叫林中妈妈），"我并不怪波恰，我很理解她。我的这个任务太叫她难堪了，任何正派的女人都不会容忍。您笑什么？这可不是开玩笑，巴卡柯尔索。"

"对不起，我总感到事情有点儿滑稽，"巴卡柯尔索点了一支香烟，把烟雾吹进宝卡鸟笼子里，牌子上写着：能模仿其他鸟叫，能像小孩一样哭和叫。"您也真怪，在道德问题上那么小心翼翼，而名声又坏得不可想象。在伊基托斯这儿，人们还以为您是个可怕的逃犯呢。"

"她走得对，太太，您别犯糊涂啊，"阿丽西娅把毛线递给雷奥诺尔太太，绕好线团开始编织起来，"做妈妈的一看见您的潘达走过，就把自己的女儿关起来，又是画十字，又是诅咒。您还是清醒清醒吧，应该同情波恰。"

"您以为我不知道吗？"潘托哈上尉看着观赏鱼，一面喂它们吃的，一面欣赏着那闪光的四色霓虹色彩，"陆军把这任务交给我，反倒害了我。"

"看到您在服务队里工作得这么卖劲儿，谁也想不到您会有牢骚，"巴卡柯尔索欣赏着闪着蓝光、透明多鳞的玻璃鱼和食肉的皮腊鱼，"只有我知道，您这是出于责任感。"

"两支巡逻队回来了，将军，"彼德·卡萨汪基上校在大本营的门口迎接讨伐者归来，向他们祝贺，请他们喝啤酒，命令吵吵嚷嚷的俘虏安静下来，命人把俘虏关在禁闭室里，"捉来了六个狂热分子，其中一个得了间日热。他们是在 5 月 2 日港口钉老太婆的时候给抓住的。是先押在我这儿还是送警察局？要不押解到伊基托斯去？"

"喂，您还没告诉我，您约我到博物馆来有什么事，巴卡柯尔索？"潘托哈上尉打量着巴鱼，即所谓世界上最大的淡水鱼。

"我给您带来了坏消息，"巴卡柯尔索走在爬虫类和蜘蛛类中间，无动于衷地看着泥鳅、河龟和水乌龟，"斯卡维诺急着要见您，十点钟在司令部等您。您可得小心点儿，他正在火头上呢！"

"只有阳痿症患者、阉人和无性要求者才说得出这种话。"《辛奇之声》在杂音中时高时低，高谈阔论，最后提高了声音，"他们硬要我们那些保卫祖国的英勇战士作出牺牲，在那偏僻的边境过孤苦伶仃的生活！"

"他总是发火，至少对我是这样。"潘托哈上尉走上堤岸，望着反射刺目阳光的河水和那些靠近伯利恒港口的摩托艇和木筏，"您知道他这次又是为了什么发火吗？"

"为了昨天那倒霉的辛奇广播！"斯卡维诺既不还礼也不让坐，放上一盘录音带，开动录音机，"这狡猾的家伙不谈别的，光谈论您，把三十分钟的节目都用在您一个人身上了。您认为这还不够吗？潘托哈？"

"难道要我们英勇的战士求助于那种有碍健康的自淫行为吗？"《辛奇之声》提出问题，声音随着《康达玛尼娜圆舞曲》跳动着，等着回答。接着又问道："难道要我们的士兵回到童年时期那种自我满足的行为上去吗？"

"这是《辛奇之声》？"潘托哈上尉听着录音机嘎吱嘎吱、时断时续的声音，录音机最后出了故障。斯卡维诺将军在录音机上又摇又拍，每个键都试按过了。"肯定是他吗，将军？又攻击我了？"

"他在为您辩护，这回他又为您辩护了，"斯卡维诺将军终于发现原来是插头松脱了，低声骂了自己一句，弯腰接上插头，"这比攻击您还要坏一千倍！您不懂？这是给陆军脸上抹黑、揶揄陆军，一举两得！"

"是，将军，我是一丝不苟地执行命令的。"玛克西莫·达维拉上校同负责军需的少尉进行商谈，检查粮仓，同中士厨师一起制定菜谱，"只是出现了一个极为严重的供应问题。被捕的狂热分子有五十人之多，这下子要对部队实行定量供应了。我不知怎么办才好，将军。"

"我曾坚决禁止他再提我的名字，"潘托哈上尉看着录音机上的黄色指示灯一闪一闪，轴盘在转。听着杂音、回音，最后发怒了："我不明白，我向您保证……"

"别说话，听着。"斯卡维诺命令道，交叉起双臂和双腿，仇恨地望着录音机，"简直令人作呕！"

"最高政府应给潘达雷昂·潘托哈先生颁发太阳勋章，"《辛奇之声》的声量突然高了起来，在芬芳四溢的力士牌香皂、清凉饮料可口可乐和洁齿美观的柯利诺牙膏的广告声中显得铿锵有力，带有戏剧意味，大声疾呼，"以表彰他在为满足秘鲁士兵的本能需要所做的、值得称赞的大量工作！"

"我的妻子听了这广播昏过去了，我的孩子给她闻了溴水，"斯卡维诺将军关掉录音机，背着手在房间里走来走去，"他的演说把我们变成了伊基托斯的笑料。我不是命令过你要采取措施禁止辛奇再管服务队的闲事吗？"

"要堵住这家伙的嘴，唯一的办法是给他吃颗子弹，要么给他钱。"潘达雷昂·潘托哈一面听着收音机，一面看着劳军女郎整装上船，秋秋蓓正在登上达丽拉号，"这个人真是个包袱，总是找我的麻烦，没办法，只能给他几个钱堵堵他的嘴。秋毕托，去告诉他，叫他赶快到我这儿来一趟！"

"您是说要动用服务队的一部分经费来贿赂记者？"斯卡维诺将军上下打量着他，翕动着鼻孔，皱起眉头，露出门牙，"这太有意思了，上尉！"

"我已经把钉米兰达准尉的人捉到我这儿来了，"奥古斯托·瓦尔德斯上校向四处派出巡逻队，延长警卫时间，取消假期和复员，把手下搞得疲惫不堪，牢骚满腹。"米兰达准尉认出了大部分人。只是我把人都动员去追捕方舟兄弟会，边防后方就空了。我知道不会有什么危险，不过，要是有敌人想进来，他可以一直散步到伊基托斯，将军！"

"动用经费？不，经费是神圣不可侵犯的！"潘托哈上尉看到一只老鼠在离斯卡维诺将军头部几厘米的地方窜过窗台，"您这儿有会计副本，可以查对。我用的是自己的工资，我不得不牺牲自己收入的百分之五来堵这个诽谤者的嘴！我不懂，他为什么还要这么干？"

"这是出于职业上的谨慎，出于道德上的愤慨，出于人类间的互助，潘托哈朋友，"辛奇走进后勤中心，随手"砰"的一声带上门，一阵风似的登上指挥所的楼梯，要拥抱潘托哈先生。他脱下外套，一屁股坐在写字台上，一面笑，一面大声演讲起来："因为我不能容忍在我母亲把我抛来世上的这个城市里，有人蔑视您的工作，对您整天地信口雌黄！"

"我们的协定很清楚，可您还是违反了协定！"潘达雷昂·潘托哈用尺子一击图表板，尺子折断了，他满口唾沫，两眼冒火，牙根咬得格格作响，"我每月的五百索尔白给您了？那是为了让您忘掉我，忘掉服务队的存在！"

"我也是人，会负起责任来的，潘托哈先生。"辛奇表示同意，安抚他，挤眉弄眼，后来听到螺旋桨发出嗡嗡的声音，达丽拉号正在河上滑行，掀起两道水墙，接着起飞，消失在天空中。"我也有感情，也会发火和激动。我走到哪里，都听到有人对您出言不逊，我就冒火了。我不能允许有人对像您这样的绅士肆意污蔑，尤其是在我们成了朋友以后！"

"我要严重地警告您，他娘的，"潘托哈一把抓住他的衬衣，前后推搡着，见他吓了一跳，脸红了、发抖了，就放开他，"您知道您上次攻击服务队时发生了什么事吗？我当时不得不制止女郎们，她们想把您的眼睛抠出来，把您钉死在阿玛斯广场！"

"我太知道了，潘托哈朋友！"辛奇整了整衬衣，强笑着镇静下来，系上脖领的纽扣，"您以为我不知道吗？她们还把我的照片贴在潘达乐园的门上，出出进进都要吐一口唾沫。"

"的确是问题成堆，老虎，"斯卡维诺将军满脑子想的是暴乱、枪击、伤亡、报纸上血淋淋的标题、免职、审讯、判决和眼泪，"三个星期之中，我们逮捕了五百名在森林东藏西躲的狂热分子，但现在我不知道怎么办才好。把他们押到伊基托斯就会造成丑闻，就会出现示威，还有几千名兄弟没有抓到呢！参谋部意见如何？"

"不过这次劳军女郎们对我在广播中说的奉承话可感到高兴呢，潘托哈先生。"辛奇穿上外套，走到栏杆处，向波费里奥道了再见，又回到写字台旁，拍了一下潘托哈的肩膀，交叉起手指表示发誓，"在街上，她们一看见我就向我飞吻。潘托哈朋友。别把这看成坏事，我很愿意为您效劳。不过，既然您说了，《辛奇之声》从此以后不提您的名字就是了。"

"我要是再听到您提我的名字或议论服务队，我就让全体五十名劳军女郎围攻您。我提醒您，她们可都留着长指甲！"潘达雷昂·潘托哈拉开写字台的抽屉，拿出一支左轮手枪，把子弹装上又卸下，把机轮转来转去，朝着图表板、电话、房梁瞄准，"她们结果不了您，我就在您脑袋上补上最后一枪，懂了吗？"

"完全懂了，潘托哈朋友，您不必说了！"辛奇连连鞠躬，满面堆笑，连道再见，后退着走下楼梯，撒腿就跑，消失在通向伊基托斯的小道上，"这比太阳还清楚，谁是潘-潘先生？没人知道他，根本不存在，从来没听见过这个名字。服务队？这是什么东西？怎么吃法？我就这么说，行不行？好，咱们达成谅解了。那本月的五百索尔呢，还是向秋毕托要吗？"

"不能这么干，这可不行！"雷奥诺尔太太跟阿丽西娅窃窃私语，跑到奥古斯丁教堂，听神父向她透露实情，气喘吁吁地回到家里。潘达一进门，她就抗议："你跟一个害人精到教堂去了，去的还是奥古斯丁教堂，何塞·马里亚神父都对我讲了。"

"你先听我说，你要理解我，妈妈。"潘达把帽子丢到衣橱里，走到厨房，喝了巴婆果汁，擦擦嘴，"我从不做这种事情，从不跟她们中的任何一个人在城里露面，那次是特殊情况。"

"何塞·马里亚神父看见你们俩挽着手，毫不在乎地走进教堂，"雷奥诺尔太太在浴缸中放满冷水，剥下一块肥皂的包装纸，准备好毛巾，"早晨十一点，正是伊基托斯的太太们去做弥撒的时候。"

"那个时候也正是施洗礼的时候，这不能怪我，"潘达脱下无袖衬衣、裤子、背心、短裤，穿上浴衣、拖鞋，走进浴室，脱下浴衣，钻进浴缸，闭上眼睛，咕哝说这水真凉快，"贝秋佳是我最早、最得力的合作者，我不能不去。"

"我们不能再制造殉教者了，他们制造得已经够多了，"老虎柯亚索斯翻着里面用红笔标示的剪报的文件夹，同情报局和侦缉警察的军官开秘密会议，向总参谋部提出一项计划，并加以执行，"把他们关上两个星期，只给白水、面包，再吓唬他们一下，就全部放走，斯卡维诺。只把那一二十个为首分子押解到利马来就行了。"

"贝秋佳！"雷奥诺尔太太在卧室和客厅中转来转去，把头伸进浴室，看到潘达双脚乱动，把水溅了一地，"瞧你是在同些什么人一起工作呀！同什么人混在一起呀！贝秋佳，贝秋佳！你怎么会跟这种堕落的女人一起到教堂去？这女人还取了这么一个名字。我真不知道该求哪位圣徒才能挽救你！我连殉教童子都跪下求过了，求他把你从那个地方解救出来！"

"她求我做她儿子的教父，我不能拒绝，妈妈，"潘达在头上、脸上、身上抹肥皂，把肥皂沫冲去，披上浴巾，走出浴缸，擦干，撒了爽身粉，梳头，"贝秋佳和千面鬼要用我的名字给他们的孩子命名。他们的孩子也要叫潘达雷昂，这是一种友好的表示，所以我得亲自带他们去洗礼。"

"这对咱们家来说可真够荣幸的！"雷奥诺尔太太走进厨房，拿出一把扫帚和抹布，把浴室擦干，又走进卧室，递给潘达一件衬衣、一条刚熨好的裤子，"既然你不得不这么做，那你至少应该遵守对我许下的诺言，不要再同她们散步了，让人家看见了多不好！"

"我知道，亲爱的妈妈，别啰唆了，烦死人了，哎呀，真烦！"潘达穿好衣服，把脏衣服丢到篮子里，笑了笑，走近雷奥诺尔太太，抱住她，"啊，我还忘了给你看，波恰来信了，寄来了格拉迪西塔的照片。"

"给我看看，把眼镜给我拿来，"雷奥诺尔太太拉拉裙子、衬衣，一把抓过信封，凑到窗前明亮处，"啊，真漂亮，我的孙女真漂亮！你瞧，胖成这个样子。耶稣基督啊，什么时候能把我要求的东西给我？我每天下午去教堂祈祷，做九日斋，求你把我从这儿解救出去，你却无动于衷！"

"到了伊基托斯，你变成虔诚的信徒了，亲爱的妈妈。可在奇柯拉约的时候，你连弥撒也不去听，整天打牌，"潘达在藤摇椅上坐了下来，浏览报纸，做出了一个拼字游戏，笑了，"我认为你的祈祷是不会有效的，因为你把宗教和迷信混在一起了。又是殉教童子，又是耶稣基督；又是神奇的上帝，又是圣依格娜霞。"

"请您不要忘记，要想把方舟的疯子们捉拿归案、加以镇压，就必须投入大量的人力和财力，"洛佩斯·洛佩斯上校乘飞机、吉普车、舢板跑遍了亚马孙地区，回到利马，命令财会军官加班加点，起草了一份报告，来到老虎柯亚索斯的办公室，"这对陆军来说是一笔很可观的开支。还有服务队，又是一个无底洞。还不算别的一些小问题。"

"波恰的来信在这儿，就几个字，我念给你听，"潘达听音乐，同雷奥诺尔太太在阿玛斯广场散步，在卧室里工作到深夜，只睡六个小时，天蒙蒙亮就起床，"她跟琦琦到门皮德尔海滩避暑去了，关于回家的事一句没说，妈妈。"

"一笔勾销？"老虎柯亚索斯戴上军帽，请维多利亚将军和洛佩斯·洛佩斯上校先出办公室，坐进汽车前座，命令司机快点开到罗西塔·里奥斯饭店，"当然喽，斯卡维诺的建议也是解决问题的办法，不过是不是太匆忙了些？我看没有理由，也用不着急于宣布服务队是一次失败。不管怎么说，它所引起的麻烦是一些微不足道的小问题。"

"使我担心的倒不是服务队消极的一面，而是它积极的一面，老虎，"维多利亚将军选了一张露天桌子，坐在桌首，解开领带，专心地看着菜谱，"严重的是它获得了了不起的成就！我认为，问题在于我们不知不觉、无意中使一种不祥的机构运转起来了。洛佩斯刚刚巡视了森林地区的各地陆军，他的报告令人不安。"

"迫于急切的需求，我又紧急地招募了十名劳军女郎。"潘托哈上尉打电报，"这不是为了扩大服务队，而是为了保持目前已经达到的工作节奏。"

"问题是潘托哈的女郎成了各个驻地、营房和边防哨所最关心的中心问题,"洛佩斯·洛佩斯上校要了烤牛心串和煮玉米作为第一道菜,第二道是桂花蒜鸭,"我一点也不夸大,将军。我跟军官、准尉和士兵们根本就没谈过别的事,一谈起劳军女郎,连方舟兄弟会的罪行都得退居第二位。"

"这是由于派出去搜捕宗教杀人犯的巡逻队和搜查组太多了,"潘托哈拍着电码,"正如上级所知,这些人员深入山区,进行了第一流的警民联合行动。"

"这个包里都是证据,老虎,"维多利亚将军要了蒜味鱼和米饭腰花,"你猜猜看,这是些什么文件?是关于我国同厄瓜多尔、哥伦比亚、巴西、玻利维亚的边境线上海、陆、空防卫情况的报告吗?不。是关于改进我国在亚马孙地区监视和进攻设备的建议与计划吗?不。是关于交通后勤和民俗的研究报告吗?不,不!"

"服务队认为有义务也向这些人员被派往的地方派出劳军支队,"潘托哈上尉在发电报,"由于全体人员的一致努力,我们做到了这一点。"

"这些文件都是对服务队提出的申请,将军,"洛佩斯·洛佩斯上校要了甜食杏仁饼和花生,还要了冰镇皮尔森啤酒,最后说道,"亚马孙地区所有的准尉级军官联名写了一份备忘录,要求准许他们使用服务队。这儿都整理好了,一共一百七十二份。"

"为此我们建立了几支由两至三名劳军女郎组成的突击分队,人员一分散,我们就不能继续保证各服务对象所在地的正常要求了。"潘托哈上尉在打电话,"我希望没有逾越自己的职权范围,将军。"

"洛佩斯·洛佩斯在军官中做的调查更加令人吃惊,"维多利亚将军往嘴里送着一小片面包,吃一口,喝一口啤酒,用餐巾擦了擦额头,"上尉以下军官中的百分之九十五、上尉以上军官中的百分之五十五都要求劳军女郎的服务。你说说看,老虎。"

"根据洛佩斯上校通知我的非正式调查所得出的数字，我应该对原先扩大服务队的最低计划加以修正，将军，"潘托哈上尉也吓了一跳，在本子上写着，吃安眠药，在指挥所过夜，寄出厚厚的挂号信，"我请求您把我上次寄去的计划看作无效或未收到，我正在日夜赶制新的统计图表，希望很快就能寄给您。"

"再者，说来我也很遗憾，潘托哈虽说疯了，但他倒也蛮有道理，老虎，"维多利亚将军起劲儿地嚼着腰花，开玩笑说，法国人说得对，一个人要是找到了适当的节奏，不管多少菜都能消化掉，十八、二十盘都可以，"而且是驳不倒的。"

"如果把准尉和中层指挥人员也包括在服务对象之中，那么服务对象人数就可能增加一倍，"潘托哈上尉同秋秋蓓、秋毕托和波费里奥进行讨论，检查报考人，把洗衣女郎排除掉，同保护人会谈，向拉皮条的进行贿赂，"为此，我要通知您，一个以永远低于最低性要求的节奏进行的正常服务的最低计划，可能需要四艘和夏娃号同等吨位的舰只、三架达丽拉号飞机和一支拥有两百七十二名劳军女郎的行动队伍。"

"服务队既然能为军士和士兵服务，为什么不能为准尉级军官服务？"洛佩斯·洛佩斯上校把洋葱和骨头拨到一旁，几口吃掉桂花蒜鸭，笑了笑，看到一名女郎走过，挤挤眼，惊叫了一声，这身段太妙了，"为什么只为前者服务而不为后者服务？这是所有人提出的问题，确实是驳不倒的。"

"如果考虑把服务范围扩大到军官，我们估计，理所当然地还要做些调整，将军。"潘托哈上尉访问巫师，品尝死藤，产生幻觉，在幻象中看到一支娘子军唱着《腊斯帕》在战神操练场①列队而过，呕吐后又继续狂热地工作，"以防万一，我做了一次实证主义的研究。

---

① 利马的一座操练场。

结果表明，应该建立一支特别支队，也就是说，建立一个专门由劳军女郎组成的小组。"

"当然，"维多利亚将军不吃甜食，要了咖啡，掏出一小瓶糖精，放了两片，一口喝掉咖啡，点了一根烟，"如果认为服务队的存在对部队的生理及心理上的健康是必不可少的，就必须增加每月的服务次数，老虎。你很清楚，人的器官越用越灵活，在这种情况下，总是供不应求。"

"正是如此，将军，"洛佩斯·洛佩斯上校要了账单，做了个掏钱的动作，但听到维多利亚将军说"您疯了，今天是老虎请客"，就接着说："我们本来想堵一个小洞，结果开了一个大洞。军需处的经费非得全部漏光不可！"

"还有我们士兵的精力。"斯卡维诺将军出差到利马，拜访政界人士，要求接见，进行劝说、坚持、下保证，最后回到伊基托斯。

"在森林地区引起的这种对劳军女郎的渴求连基督也压不下去，老虎！"维多利亚将军打开汽车门，先上了车，说可惜今天饭后不能睡午觉了，命令司机到部里打个弯，"说句时髦话，连殉教童子也压不下去。顺便说一声，你们知道吗？这种迷信活动传到利马来了。昨天我发现我的媳妇有个小祭坛，上面贴着殉教童子的画像。"

"一开始，我们可以精选十名劳军女郎，组织一支分队，专为军官服务，将军。"潘托哈上尉走在街上自言自语，在写字台前打瞌睡，满脑子幻想，消瘦得把雷奥诺尔太太吓坏了，"自然，为了保证高质量，我们可以到利马去挑选。SPO del SVGPFA 这个缩写您喜欢吗？即服务队军官科。我会把详细计划上报给您。"

"他妈的，看来他们是有道理的！"老虎柯亚索斯走进办公室，犹豫了一会儿，打开信件，咬起指甲，"这蠢事可干糟了！"

第九章

伊基托斯市《东方日报》1959 年 1 月 5 日
关于瑙达市严重事件的专号

《东方日报》编辑部人员全体动员，在社长华金·安多亚的明智领导下，写成了这篇特别报道。这是一篇灵活、详细而忠实的文章，其目的是把关于美丽的巴西女郎从瑙达市被劫到于伊基托斯安葬这一震惊全市的悲剧性事件介绍给洛雷托省的读者。

以痛泣和惊愕向美丽的被害者遗体告别

昨日上午十一时许，曾用名奥尔佳·阿列娅诺·罗骚腊、那位因多年侨居玛纳奥市（见本报第二版第四、五栏该女《小传》）而以巴西女郎闻名于娼妓界的姑娘的遗体在其生前同事、好友的哀悼悲泣声中于全市具有历史意义的中心公墓安葬。出席葬仪的众多人士深为所动。遗体安葬前，瓦尔加斯·盖腊陆军驻地的仪仗队特向死者致敬，此一闻所未闻的举动即使在那些最为此误入迷途的洛雷托妙龄美人的惨死而悲痛不已的人士中间也引起了强烈惊异。潘达雷昂·潘托哈上尉（原称如此）在其悼文中称此女为"不幸因公殉职的烈士、某些男人卑鄙无耻本能的受害者"。（悼文全文见第三版第一栏）

得知不幸姑娘的葬礼于昨日上午举行，人们早就聚集在公墓附近（阿方索·乌佳德大街和拉蒙·卡斯蒂亚①大街），众多的好奇者堵塞

---

① 拉蒙·卡斯蒂亚（Ramón Castilla, 1799—1867），曾两次出任秘鲁总统。

了公墓入口和为国捐躯烈士纪念碑周围各处。十时半左右，在场者发现瓦尔加斯·盖腊陆军驻地的一辆卡车远远驶来，一队由十二名士兵组成的卫队头戴钢盔、腰扎皮带，在步兵中尉路易斯·巴卡柯尔索的指挥下荷枪而至。中尉命士兵分别排在公墓入口两侧。此举引起了在场人士的好奇，对陆军卫队在此时、此地、此种场合下出现的原因百思不得其解，此谜团不久即解开。由于好奇者和一般围观者拥挤不堪，完全堵塞了公墓入口，巴卡柯尔索中尉乃下令士兵将门前观众驱散，士兵们立即坚决执行了命令。

差一刻十一时，伊基托斯最大的殡仪馆——生活方式殡仪馆那为人所熟悉的豪华殡车出现在乌佳德大街。殡车上覆满了花圈，为数众多的出租汽车和私家汽车亦尾随而至。这徐徐而行的送葬车队乃于几分钟前从依达雅河畔的服务队址出发。服务队一般以潘达乐园而闻名，在该址为已故奥尔佳·阿列娅诺·罗骚腊举行了一整夜的守灵仪式。殡车一到，动人的肃穆气氛立即蔓延全区，人群自动为送葬队让路，送葬队才得以到达公墓门前。众多送葬人士（据观察家估计，约有一百余人）一直把不幸的奥尔佳送至其最后的居所。不少人，尤其是死者的同事，即伊基托斯的劳军女郎和洗衣女郎都身着黑衣，面带哀容。在整个送葬队伍中，人们可以看到在依达雅河畔那声名狼藉的机构中工作的全体劳军女郎。由于明显的原因，这些女郎表现得最为悲切，面纱下长泪纵横。更为动人并富于戏剧性的是，与已故巴西女郎在瑙达市共同遭遇到使后者丧命的严重事件的六位女郎走在众劳军女郎的前面，其中包括路易莎·卡内帕（别号贝秋佳）本人。众所周知，此女在该悲惨事件中被劫持者严重击伤、扭伤（关于瑙达伏击及其血淋淋的结局，见第四版的详细报道）。然而，最使在场者感到惊讶的则是所谓服务队的创始人兼队长、大名鼎鼎但对其不乏贬词的潘达雷昂·潘托哈先生竟身穿陆军上尉制服，戴墨镜，也从殡车上走下。据本报所知，到目前为止，还没有人了解其陆军军官身份。此事理所当然地引发了公众各式各样的议论。

棺材被抬下车时，可以看到棺材呈十字架形。生前属于方舟兄弟会者，死后常用此形状的棺材。此事似乎震惊了许多人，因为早有人怀疑巴西女郎死于此宗教成员之手，但方舟兄弟会最高先知对此曾激烈地加以否认（见本报第三版第四、五两栏发表的弗朗西斯科兄弟《致好人的一封信——关于坏人》）。棺材由潘托哈上尉及其声名狼藉的服务队中的合作者抬下，殡车直送墓地。这些身穿重孝的合作者是：波费里奥·黄（以拉皮条闻名于伯利恒区）、秘鲁陆军一级少尉卡洛斯·罗德里盖斯·萨腊维亚（在瑙达事件发生时，此人指挥夏娃号）、秘鲁空军准尉阿隆索·潘迪纳亚（别号疯子，前著名空军杂技表演明星）、新兵辛弗罗索·凯瓜斯和帕洛米诺·里奥阿尔托及卫生员维吉里奥·帕卡亚。棺盖上覆有一枝孤独的兰花，手执棺盖缎带的有：赫赫有名的雷奥诺尔·库林奇拉（别号秋秋蓓），依达雅河畔那邪恶中心的几名成员桑德拉、维露佳、皮秋莎、贝露迪塔及有名的胡安·里维拉（别号秋毕托），此人在瑙达企图以洛雷托人特有的风度抗拒暴行时受伤，至今尚缠着绷带，带有伤痕。手执缎带的还有两位上了年纪、出身卑微的太太，二人显然极为悲伤，但拒绝透露姓名或说出与暴亡者之间的关系。某些传说认为，两位太太乃系奥尔佳·阿列娅诺·罗骚腊的亲属，但由于被钉死的姑娘生前所从事的见不得人的活动，两位太太宁愿隐瞒自己的身份。送葬队按照上述次序排列完毕，巴卡柯尔索中尉立即按照潘托哈上尉的指示，以雄赳赳的嗓音向卫队士兵下令："执枪——致敬！"士兵立即以优雅的姿势完美地执行了命令。就这样，于亚马孙河口不远处不幸丧命的巴西女郎被扛在其生前同事、好友的肩上，穿过两排致敬的枪支，进入了伊基托斯中心公墓。棺材被抬到为国捐躯烈士纪念碑附近的一块基石前，基石上的一块牌子上以阴郁的调子向来者写道："请进，请祈祷，亲热地望一眼这座宅院，这可能就是你最后的居所。"在那里，前陆军随军神父、现任伊基托斯市中心公墓管理牧师哥多弗莱多·贝尔特兰·卡里拉神父露出了无可解释的暴躁、厌恶的神情，这一举止受到了众人的责难。神父迅速读完经文，没有像人们所期望的那样发表任何训诫，未及礼毕即匆忙离去。宗教仪式完毕，潘达雷昂·潘托哈上尉走到已故的奥尔佳·阿列亚诺·罗骚腊的棺木前，致了悼文，本报另版已有转载（见第三版第一栏）。潘达雷昂·潘托哈上尉念悼文时，数度被自己的哭声及众人的同声哀泣打断，也不时被上述共事者和诸劳军女郎的哭声打断。此时，葬礼达到了悲哀伤感的高潮。

紧接着，棺材又由将其扛进墓地的众人扛在肩上。此时，另有一些人士，其中大部分为劳军女郎和洗衣女郎，开始轮流执带。为此，送葬队周游了公墓，最后抵达南头，把死者遗体安放在圣托玛斯馆第十七号口上层。安放棺材、竖立石碑（上面刻有"奥尔佳·阿列娅诺·罗骚腊，即巴西女郎［1936—1959］之墓，同事敬悼"的字样）之际，又一次引起感情之爆发，许多妇女泣不成声、悲痛欲绝。最后在雷奥诺尔·库林奇拉的建议下，众人为已故洛雷托姑娘的安息向上帝、圣母祈祷。之后，送葬队散去，此时天空似乎也要同悲共悼，突然下起雨来。其余参加者也开始四散返家，时为中午十二时整。

潘达雷昂·潘托哈上尉在瑙达被钉劳军女郎、 美丽的奥尔佳·阿列娅诺安葬仪式上的哀悼

我们把潘达雷昂·潘托哈先生在已故受害者奥尔佳·阿列娅诺·罗骚腊葬礼上的悼文刊载如下，因为我认为读者对此文会极感兴趣，也因为此文表现了肝肠寸断的哀情，流露了惊人的隐私。潘托哈先生曾是死者生前的好友和领导，但到了昨天，人们才惊奇地发现，他原来是秘鲁陆军（军需）上尉。

令人悲泣的奥尔佳·阿列娅诺·罗骚腊，令人想念的、亲爱的巴西女郎（在日常工作中，我们所有认识你、光顾你的人都亲热地这样称呼你）：

我们特地穿上光荣的秘鲁陆军的军官制服，来陪送你到那即将作为你在大地上最后一处居所的地方，因为我们的义务就是以充分的责任感在世人面前昂首宣布，你，作为为自己的祖国、为我们热爱的秘鲁服务的一名士兵倒下去了。我们来到这里，为的是坦然而骄傲地表明，我们是你的朋友、你的上级，我们为能同你一起执行命运交付给我们的任务而感到无上光荣。这任务就是，以不无艰难，更确切地说，以充满艰险牺牲的方式（尊敬的朋友，正如你所亲身体验的那样），为我们的同胞、为我们的祖国效劳。你是不幸因公殉职的烈士、某些男人卑鄙无耻本能的受害者。那些酒迷心窍的胆小鬼为低下的淫欲本能和魔鬼般的狂热所驱使，埋伏在瑙达郊区的柯卡玛茵长峡谷后面，以卑鄙的骗术、无耻的谎言，海盗般地登上我们的夏娃号运输舰，以兽性的残暴满足了自己那无情的淫欲。殊不知，你那激起他们犯罪欲念的美貌已经慷慨地专门贡献给无畏的秘鲁士兵了。

令人悲泣的奥尔佳·阿列娅诺·罗骚腊、令人想念的巴西女郎：

士兵们、你的士兵们，是不会忘记你的。此时此刻，在亚马孙地区最桀骜不驯的角落里，在虐蚊横行的峡谷里，在那最偏远的林莽空地中，我们秘鲁陆军表现了爱国热忱，保卫着祖国的主权。你生前不顾蚊蚋丛生、疾病传染及生活困难而毅然决然地去了那里，带去了你的美貌、坦率和富于感染力的快活性格，作为礼物赠送给秘鲁的卫士。到处都有人眼含热泪，怀着对杀人犯的义愤在想念着你。他们永远不会忘记你的可爱、你的调皮神态以及你同他们分享军队服役生活的特有方式。你让我们的军士和士兵感到服役生活是那么愉快、舒畅。

令人悲泣的奥尔佳·阿列娅诺·罗骚腊、令人想念的巴西女郎（虽然你身上没有一滴血、一根毛发不是秘鲁的，但由于你在这个兄弟国家侨居过，并带去了你的青春活力，所以人们这样称呼你）：

你应该知道，同分散在亚马孙地区四面八方的悲痛士兵们一起，你在陆军驻地、边防哨所及同类部队服务队中的男女同事们也在痛哭你、怀念你。在依达雅河畔服务队的后勤中心，你一直是一朵为队增光、芬芳馥郁的鲜花。我们敬仰你、尊崇你、爱戴你，因为你有强烈的责任感、不知疲倦的兴致、同志般的合作精神及其他美德。我代表全体人员，抑制着悲痛想对你说，你不会白白地牺牲。你那四溅的青春鲜血，从现在起，将成为把我们更有力地联结在一起的纽带，将成为每日指引我们、鼓舞我们像你那样精益求精而又大公无私地去完成任务的榜样。最后，我要以我个人的名义，请你允许我手捧热心地向你致以最深切的谢意。你那宠爱、谅解的表示和私下的教导，我将永志不忘！

令人悲泣的奥尔佳·阿列娅诺·罗骚腊、令人想念的巴西女郎：
安息吧！

瑙达劫持事件纪事
关于柯卡玛酋长峡谷中罪行的详细报道：
鲜血四溅！情欲难抑！残暴钉尸！人欲横流！

编者按：《东方日报》愿向警察局第五警区司令、宪警上校胡安·阿美萨加·里奥弗里奥和秘鲁侦缉警察、洛雷托省最高督察费德里哥·琼皮达斯·费尔南德斯公开表示衷心的谢意，他们以强烈的责任心调查了瑙达悲剧性事件，并牺牲不少宝贵时间，极其热情地向我们介绍了到目前为止所掌握的有关此事件的详细情况。我们愿意强调指出，这两位杰出的警官对自由民主地办报表示了合作态度。洛雷托省其他单位应以此为榜样，加以效仿。

在列克纳进行密谋

随着瑙达事件调查的展开，不断地发现一些事实，从而改变了最初通过报纸、电台关于此事件广为流传的一些说法。据最初的传言，瑙达劫持事件以及奥尔佳·阿列娅诺·罗骚腊（别号巴西女郎）的死亡及其后来被钉于十字架上，是方舟兄弟会安排的一种"牺牲祭奉、以血赎罪"的礼仪，罪犯七人不过是此教派的工具而已。不过，这种说法的论据每时每刻都在受到削弱，因此我们的同行赫尔曼·劳达诺·罗萨雷斯在其《辛奇之声》中为方舟兄弟会进行辩解，否认了罪犯关于接受弗朗西斯科兄弟命令的假供词。他发动的这场火热的运动正在接近真相。辛奇说，上述供词是在押犯为减轻罪责而采取的一种策略。这种说法看来是有事实根据的。同时，在伊基托斯对当事人（于1月2日在瑙达被拘留，昨日由瑙达经水路被解至本市）进行的初步审讯也使警察当局和侦缉警察得以排除另一种流传的说法，即瑙达劫持事件是一时兴起、酗酒所致。相反，审讯证明，这次事件无疑是经过精心策划的。

看起来，这一切是于事件发生前十五天在列克纳市由一群朋友举行的一次社交集会（并不像传说的那样是一次宗教集会）上开始的，这次毫无犯罪性质的集会是去年12月14日在前市长特奥费洛·莫雷家中为庆祝其五十四岁寿辰而举行的。所有的被告人（即阿尔迪多罗·索玛，23岁；内波姆塞诺·基尔卡，31岁；凯法斯·桑乔，28岁；法毕奥·塔帕尤里，26岁；法伯里夏诺·皮桑科，32岁；列南·玛尔盖斯·库里钦巴，22岁）都参加了集会，尽兴狂饮，上述六人都喝得酩酊大醉。前市长特奥费洛·莫雷在列克纳市以好色、贪吃、豪饮著称。据同案人宣称，在宴会进行过程中，前市长本人提出了在服务队前往某一营地之际劫持一个支队、以强力享用某些迷人的误入歧途者的想法（读者或许记得，据传，劫持者一开始坚持说，劫持的想法是在列克纳方舟兄弟会举行夜间弥撒时提出的，采用抓阄的办法，选出七名兄弟来执行这一由全体一百多名参加弥撒的人所作出的决定）。这一想法得到其余被告人的热烈赞成。众被告人供认，彼等在日常生活和聚会时，经常议论劳军女郎这一话题，而且向陆军高级机关写过若干封抗议信，要求这些神女在来往于亚马孙河岸各市镇期间也能接待民间客人。有一次，他们还同另外几名青年组织了代表团，到该市附近的圣伊莎贝尔海军基地长官处对军队垄断、滥用（按照他们的说法）劳军女郎的服务提出抗议。这一背景材料使人不难理解，前市长莫雷的建议由于能使其有机会发泄长期抑制的欲望而受到被告人兴高采烈、欣欣鼓舞的欢迎。不过，现在还不能断定这七名合谋者是不是弗朗西斯科兄弟的追随者、是不是像人们所说的那样经常参加列克纳方舟兄弟会的秘密仪式，或许正如此教派使徒通过从其隐藏地向报界发出的、经弗朗西斯科兄弟签署的公报（见本报第三版第三、四栏）中所指出的那样，上述说法是彻头彻尾的谎言。据说，在此集会上，七个朋友拟定了初步方案并一致同意，为了避免败坏列克纳市的名声，为了转移当局在调查时的视线，劫持应在远离列克纳市的地方进行。同时决定，要以隐蔽的方式探明下次劳军支队到达瑙达或巴加珊的时间，他们认为这两个城市的郊区最适于动手。前市长莫雷因其在市政府中的职务关系，同圣伊莎贝尔海军基地的军官保持着紧密的联系，乃自告奋勇去搜集有关材料。

说干就干，众被告人当即着手在其后三个星期中制定了一份完善的计划。特奥费洛·莫雷果然从海军上尉赫尔曼·乌里奥斯德口中巧妙地探听到一个由六名劳军女郎组成的水上支队将于1月初由依基托基出发到瑙达、巴加珊和列克纳巡回服务，并于1月2日约中午时分到达上述诸地的第一站。七名罪犯又在前市长家中开了一次会，最后完成了他们的罪恶计划。他们决定在瑙达附近埋伏下来，等待支队到达，这样就可以使受害者或警察认为劫持行动是当地居民所为。看样子，他们还想出了一个主意，即在埋伏地点附近丢下一个钉有小动物的十字架来误导，使人怀疑此劫持乃方舟兄弟所为。为达此目的，他们准备了钉子和锤子。据彼等宣称，没有想到命运会对他们的计划如此有利，给他们送来钉上十字架的不是某种动物，而是一具美丽的、年轻妇女的身体。七名罪犯分成两组，每组都编造了一套离开列克纳的理由，以便向亲友解释。第一组人员由特奥费洛·莫雷、阿尔迪多罗·索玛、内波姆塞诺·基尔卡和列南·玛尔盖斯·库里钦巴组成，于12月29日乘特奥费洛·莫雷的舷外摩托艇离开当地，对人说他们要到卡腊委德湖举办年末集会，进行渔猎。另一组（凯法斯·桑乔、法毕奥·塔帕尤里和法伯里夏诺·皮桑科）则于1月1日乘皮桑科的舢板出发，对熟人说是去巴加珊附近打猎，因最近发现该地附近有一群美洲豹在游荡。

按原定计划，两组人员沿河下行直奔瑙达，但到达后并未停留，经巴加珊时也未停留，因为其目的是在不被发觉的情况下到达距离亚马孙河发源地三公里的下游某地，即柯卡玛酋长峡谷。有一神话称：在这个地方，在一个下雨的季节，有人看到柯卡玛酋长曼努埃尔·帕卡雅先生的幻影在河岸附近游荡，故称柯卡玛酋长峡谷。曼努埃尔·帕卡雅先生于1840年4月30日首先在玛腊尼昂和乌卡雅利两河汇合处建立了瑙达市。尽管上述神话使其中某人感到恐惧，但七个被告人还是选中了这个地方，因为茂密的树林掩盖了部分河面，非常适于行事而又不被发现。两个小组于1月1日在柯卡玛酋长峡谷会合，在一浅滩上搭起帐篷，当夜即兴狂饮了一番。这些人很有经验，他们在旅行中除了携带左轮枪、卡宾枪、钉子和睡毯，每人还带了一瓶茴香酒和啤酒。他们喝得烂醉如泥。毫无疑问，他们此时激动异常、七嘴八舌，想到第二天就可以实现病态计划和欲望，一定感到心醉神迷。

柯卡玛酋长峡谷中的海盗行径

七个罪犯一早就爬到树上监视着亚马孙河面，为此他们事先准备了一架望远镜。为了看得准确，他们把望远镜一个传一个地轮流瞭望。就这样过了大半天，直到下午四时，法毕奥·塔帕尤里才从远处望见涂着红绿二色的夏娃号在亚马孙河发源地的水面上航行。七个人立即着手实施其狡诈的计划，其中四人（特奥费洛·莫雷、法毕奥·塔帕尤里、法伯里夏诺·皮桑科和列南·玛尔盖斯·库里钦巴）把舷外摩托艇藏在岸边植物丛中躲了起来，其余三人（阿尔迪多罗·索玛、内波姆塞诺·基尔卡和凯法斯·桑乔）则登上舢板向河心驶去，开始其狡猾的表演。舢板慢速驶近夏娃号，此时索玛和基尔卡开始做手势，大声呼喊，为凯法斯·桑乔求救，称凯法斯·桑乔被蛇咬伤，需要进行紧急治疗。一级准尉卡洛斯·罗德里盖斯·萨腊维亚听到呼救声后命令停船，将病人扶上夏娃号（夏娃号备有药箱一只），对伪称病人的凯法斯·桑乔提供医疗。此举值得称赞。

三名罪犯以上述伎俩登船后，立即从怀中掏出左轮枪，告诉一级准尉罗德里盖斯·萨腊维亚及其四名手下，必须服从他们的命令。与此同时，阿尔迪多罗·索玛则把六名女客（路易莎·卡内帕〔别号贝秋佳〕、胡安娜·巴尔贝琦·露〔别号桑德拉〕、玛丽亚·卡腊斯柯·隆秋〔别号弗洛尔〕、埃杜微海丝·劳莉〔埃杜微海丝〕、埃尔内斯塔·希波德〔别号露妮塔〕和不幸的奥尔佳〔别号巴西女郎〕和该支队领导人胡安·里维拉〔别号秋毕托〕）关进一间船舱。内波姆塞诺·基尔卡和凯法斯口吐秽言，以死相威胁，要求夏娃号船员重新开船，向另外四人埋伏的峡谷驶去。正当劫持者进行其预谋活动时，机智的舵手依西多罗·阿哇纳里·雷瓦在此情况下情急生智（借口身体内的自然需要），要求离开甲板一会儿，乘机钻入无线电站，向瑙达基地发出了紧急呼救信号。瑙达基地虽未完全听懂信号，但仍决定立即派一名领水员、两名士兵乘舢板下行，去了解夏娃号的情况。此时，夏娃号已在柯卡玛酋长峡谷这一精心选择的战略地点停泊。因草木丛生，夏娃号一半被遮住，在亚马孙河发源处行驶的船只、摩托渔船要想发现，实非易事。

怯懦的暴行：强奸与伤害

七名罪犯以数学般的准确性，一个阶段、一个阶段地实现了他们的狡诈计划。夏娃号一靠近柯卡玛酋长峡谷，陆地上的四个人就急忙上船，同另外三名准犯一齐把一级准尉罗德里盖斯·萨腊维亚和四名船员粗暴地捆绑起来、堵上嘴、连打带推地送进仓库，并信口开河地说他们是受方舟兄弟会之命，来此惩罚服务队的无耻活动。紧接着，七名罪犯（据受害者的证词，他们露出醉醺醺的样子，紧张得发抖）冲向劳军女郎的船舱，去满足他们的兽欲。就在此时，发生了第一次流血事件。女郎们发觉了他们的罪恶企图后，立即学习勇敢的胡安·里维拉（别号秋毕托），奋起抵抗。当时秋毕托毫无惧色，不顾自己身材矮小、体格羸弱，扑向海盗后又是头顶又是脚踢，严厉斥责他们的行为。然而不幸他的堂吉诃德式的行动未能持久，因为劫持者把他踢倒在地，往脸上连踢数脚，并很快用左轮枪柄把他打昏。路易莎·卡内帕（别号贝秋佳）也遭到类似命运，她在对付劫持者时像男人一样表现了英雄气概，又抓又咬，最后被毒打得失去了知觉。劳军女郎的抗拒一旦被制服，海盗们立即用左轮枪和卡宾枪逼着她们满足自己邪恶的淫欲。每个劫持者挑选一名受害者时，也发生了争执，因为七个人都想占有那不幸的奥尔佳·阿列娅诺·罗骚腊。最后，众人考虑到特奥费洛·莫雷最为年长，便把此女郎让给了他。

枪声震耳，夺回"夏娃"：美丽女郎惨遭不幸

当七名罪犯在强奸中狂欢之际，璐达基地派出的舢板在河中行驶了很长一段路程，未寻到夏娃号的踪迹，正准备返航。此时，红色晚霞照射在藏于柯卡玛酋长峡谷中的舰船上，远远望去，只见红绿二色闪闪发光。舢板立即向该处驶去，但一阵弹雨飞来，舢板上的人惊得呆若木鸡，一颗子弹射中了下等兵费利西奥·唐奇瓦的左腿和臀部下方。士兵们从惊愕中醒悟过来，立即开枪还击，于是发生了一场历时数分钟的战斗。在射击过程中，奥尔佳·阿列娅诺·罗骚腊（别号巴西女郎）中了致命的一枪，倒了下去（验尸结果表明，此女郎确为士兵枪弹击中）。士兵们看到己方处于劣势，乃决定返回璐达求援。七名罪犯看到巡逻队离去，也因出了人命案件而感到惊恐万分、不知所措。看样子第一个清醒过来的是特奥费洛·莫雷，他要求同谋者保持冷静，指出，在巡逻队到达璐达之前，不仅有时间逃脱，而且能最终完成计划。此时有人（此人是谁尚不得知，有人说是特奥费洛·莫雷，有人说是法毕奥·塔帕尤里）建议把巴西女郎代替动物钉在十字架上。七名罪犯当即动手落实这一血腥意图，把奥尔佳·阿列娅诺·罗骚腊的尸体掷到岸上，说为了节约时间，不要做十字架，找一棵树就行了。正当七名罪犯一心一意地干此罪恶勾当之际，远方出现了四条舢板。众犯撒腿就跑，钻进丛林，其中只有两名（内波姆塞诺·基尔卡和列南·玛尔盖斯·库里钦巴）当场被捕。士兵们登上夏娃号，看到了一幅令人毛骨悚然的场面：劳军女郎们半裸着身子，惊恐万状、歇斯底里地东跑西奔，其中几个人的脸上、身上（如贝秋佳）带有受过虐待的伤痕。在离河不远的岸上，奥尔佳·阿列娅诺·罗骚腊美丽的肉体被钉在一棵鲁布纳树①上。首次战斗中，此不幸女郎即被

① 亚马孙河流域的一种树木，音译。

子弹击中，部位极为致命，即心脏和头部，当场毙命。人们在其余受害者的惊叫、号叫声中把不幸的女郎卸下来，盖上毯子，运到船上。

一级准尉罗德里盖斯·萨腊维亚和船员们被松绑后，马上通过电台向瑙达、列克纳和伊基托斯报警，报告了发生的事件，各哨所、基地和营地立即动员起来，对五名逃犯进行大规模的搜捕，五名逃犯在二十四小时内全部落网。其中三名（特奥费洛·莫雷、阿尔迪多罗·索玛和法毕奥·塔帕尤里）于天黑时在瑙达郊区被捕，他们曾在丛林里跑了几公里，在衣衫撕破、全身是血的情况下企图偷偷进入瑙达郊区。另外二人（凯法斯·桑乔和法伯里夏诺·皮桑科）于第二天清晨被拿获，当时他们正乘从瑙达港偷出的舢板沿乌卡雅利河上行。其中，凯法斯·桑乔伤势较重，一颗子弹掀去了他的一瓣嘴巴。

此次事件的受害者被送至瑙达，路易莎·卡内帕和秋毕托得到了必要的医疗，二人在极端疼痛的情况下表现了顽强的精神。在当地，受害者就其刚刚遭遇的可怕经历发表了声明。因涉及法律诉讼的程序，不幸的奥尔佳·阿列娅诺·罗骚腊的尸体于4日得以用水上飞机达丽拉号空运回伊基托斯。当时只有以"先生"为称的潘达雷昂·潘托哈来到瑙达陪伴遗体，并进行初步调查。夏娃号在劫持事件中未受严重损伤，故其余女郎仍由水路乘夏娃号返回伊基托斯。七名被捕者在瑙达多停留了两日，接受当局的详细审问，于昨日在森严的警戒下乘秘鲁空军的一架水上飞机被解至伊基托斯，现关押在洛莱斯中士大街中心监狱的牢房中。以他们的卑劣行径，无疑还要被关押相当长的时间。

已故劳军女郎的一生：极不安分，充满丑闻

已故劳军女郎于1936年4月17日生于当时尚属荒凉的纳奈村（当时尚无公路将此休养地与伊基托斯联接起来），其母为赫尔美内希

尔塔·阿列娅诺·罗骚腊太太，其父不详。当年5月8日在朋恰纳教堂接受洗礼，取教名奥尔佳，取母双姓。据尚能记得此女的该区人士讲，其母在纳奈做过多种生计，在朋恰纳海军基地当过保姆，在当地酒吧和餐馆当过女侍，但因嗜饮曾多次被辞退。据说她一喝醉就托抱着女儿奥尔佳，在众人嬉笑声中东倒西歪地在区里乱逛，这已成为人们经常看到的景象，故人们给她取一绰号：特腊姬托·赫尔墨斯①。对奥尔佳来说不无幸运的是，当她八九岁的时候，特腊姬托·赫尔美内希尔塔抛弃了女儿，消失了。七日圣降教牧师以慈悲为本，把奥尔佳收留在其位于萨玛内斯·奥坎波·依纳波街拐角处的孤儿院里（现只剩教堂）。可怜的女孩在孤儿院中犹如一只遭诅咒的小动物，在肮脏与无知中成长起来，但也接受过初等教育，学会了认字、写字和算术。生活虽然贫苦，却也健康洁净，这是教堂严格的道德戒规教育的结果。一名当年同陆军有联系、因经常在传教时嘲笑伊基托斯附近各派新教而闻名的天主教徒对本报的一位编辑说："从该劳军女郎的服役履历上可以看出，这些道德戒规并不像人们所描述的那样牢固。"（这名天主教徒不愿透露姓名。）

一位年轻传教士的悲剧

曾在年轻的奥尔佳·阿列娅诺·罗骚腊的孤儿院生活期间主持该院工作的圣降教牧师亚伯拉罕·麦克弗森阁下对我们说道："我记得很清楚，她是一个快活的黑发姑娘，头脑敏捷、性格活泼，非常听从监督和老师的训诫，我们对她寄予很大的希望。毫无疑问，使她堕落的是她长成少女以后大自然赋予她的那副美丽的外表。不管怎么说，我们还是要为她祈祷，并应该从她的遭遇中吸取教训，使我们的生活

---

① 特腊姬托意为"一口酒"。赫尔墨斯为希腊神话中口才、通商、盗窃之神，亦为众神之信使，此处与赫尔美内希尔塔的前半部分谐音。

更加规范，而不应该陷入悲伤痛苦。这是于事无补、于人无益的。"
亚伯拉罕·麦克弗森阁下还隐约提及一件当时在伊基托斯引发议论的
事件，即十五岁①妙龄少女奥尔佳·阿列娅诺同她的监护人、一位刚
从其祖国即美国来到伊基托斯首次做传教士的、年轻的七日圣降教牧
师小理查·杰伊·皮尔斯从该教会的孤儿院中双双出逃事件。此事件
的结局是悲剧性的。读者恐怕还记得，受到良心责备的传教士曾致函
本报（当时最权威的报纸），请求公众舆论原谅。不久，就因在奥尔
佳的年少貌美面前沉沦、感到后悔绝望而吊死在圣胡安村的一棵棕榈
树下。本报曾于 1949 年 9 月 20 日刊登了他那封半英文半西班牙文的
来信。

沉湎于放荡生活

　　在此早熟的不幸事件之后，奥尔佳·阿列娅诺·罗骚腊在恶习和
放荡生活中越陷越深。毫无疑问，她那迷人的美貌和可亲的性格起了
很大作用。就这样，从那时起，她就经常出入于伊基托斯的夜生活娱
乐场所，如芳芳、林荫以及后来消失了的繁茂花园等酒吧。后者后来
被当局勒令关闭，因为正如其名称所暗示的那样，该酒吧实际上是一
个幽会场所，伊基托斯不少女中学生在下午四时至七时之间在该处失
掉了贞操。众所周知，该酒吧的业主洪启托·西帕（别号莫基托斯）
几乎是个神话般的人物，他被监禁若干月后，又在此行业中发了大
财。不幸的奥尔佳·阿列娅诺·罗骚腊在感情上所走过的道路是漫长
的。那几年，对她的议论纷杂，流言蜚语颇多，因为她确实结交了数
不清的保护人和家境富有的男友，其中不少人已有家室，她却毫不在
乎地同这些人出现在公共场合。一项未经证实的谣言说，奥尔佳·阿

---

　　①　从下文推算，此时应为 13 岁（1936—1949）。

列娅诺·罗骚腊曾于 1952 年被当时的省警察局局长米盖尔·托列斯·萨拉米诺先生秘密驱逐出伊基托斯，其原因是该局长之子、大学土木工程系学生小米盖尔·托列斯·萨维德腊热恋着这位大胆的小奥尔佳。后来，小米盖尔淹死在基斯托湖浑浊的湖水中，很多人认为是自杀，因为自从其情妇被驱逐，这位年轻人一直闷闷不乐，虽然小米盖尔的家人曾激烈地否认这个谣言。总之，不安分的奥尔佳就这样到了巴西城市玛纳奥。关于她在那里仅有的消息是，在该市的几年中，她的行为不仅未曾有所收敛，反而变本加厉，公开过起放荡生活来，在公开场所即妓院和幽会旅馆中开始操起卖淫这份一本万利的职业。

重返祖国

奥尔佳·阿列娅诺·罗骚腊出落得比以前更加漂亮了，对这种不体面的生活也更加习惯了，于是在两个月前，她返回了故乡伊基托斯。富于创造精神的洛雷托人立即给她取了个绰号：巴西女郎。巴西女郎回国后，几乎立即通过熟悉的劳军女郎招募人、伯利恒区的波费里奥加入了服务队，这是一个把娼妓像牲口和日用品一样运往边境驻地的机构。但是在此之前，这位无可救药的奥尔佳曾在另一出耸人听闻的丑剧中扮演了主要角色。当时有人发现，她在鲍洛涅希影院放映夜场电影时同一名宪警中尉在最后一排摸摸弄弄地干那不体面的勾当，为此，宪警中尉被逐出洛雷托。读者或许还记得，在星期四的露天音乐会上，该军官的妻子甚至殴打了巴西女郎，双方在阿玛斯广场的草场上互相扭打谩骂。

奥尔佳·阿列娅诺·罗骚腊靠其诱人的体态很快就成了依达雅河畔那个臭名昭著的机构中的劳军明星和该机构经理的爱友，直到昨天以前，我们还天真地以为这位经理是普普通通的老百姓潘达雷昂·潘托哈先生，实际上他却是我国陆军的一名上尉。此一暴露使许多人瞠目结舌、迷惑不解。已故美人同潘托哈先生，对不起，同现役上尉潘托哈之间的亲密关系，对本市任何人来说早已不是什么秘密了。这对男女经常在7月28日广场卿卿我我地散步，或者于黄昏时分在达腊帕卡堤岸搂搂抱抱。没想到这又引起了一场悲剧！据说潘托哈上尉那受了骗的妻子离开伊基托斯就是由于迷人的巴西女郎奥尔佳·阿列娅诺·罗骚腊……此一令人遗憾的家庭悲剧，是我们的同行——本市杰出的电台评论员透露出来的。

悲剧性的结局

现在我们再来看看奥尔佳·阿列娅诺·罗骚腊的结局吧。她正当风华正茂之际，却于1959年的第二天的下午在瑙达郊区的柯卡玛酋长峡谷中过早地惨遭不幸。那些无情的子弹，也许是像男人那样受到她的诱惑而向她飞去的。后来，七名堕落分子或狂热分子又把她钉在树上。生活方式殡仪馆在依达雅河畔那个奥名昭著的机构中设立了第一流的祭奠堂，许多去那里为奥尔佳·阿列娅诺·罗骚腊守灵的人在靠近棺材时还能透过透明玻璃欣赏那在蜡烛照耀下熠熠闪光、完美无缺的黑发美人巴西女郎！

《东方日报》专稿
致好人的信——关于坏人

下面我们把本报编辑部昨天晚上收到的方舟兄弟会的先知和最高领袖弗朗西斯科兄弟亲笔信的文本作为专稿予以发表。四个国家的警方认为弗朗西斯科兄弟是躲在十字架事件后面进行操纵的首脑，正在对他进行搜寻。一段时间以来，这种事件正在使我们亲爱的亚马孙地区血流成河。《东方日报》有资格保证这封震撼人心的信件是真实的。

　　我要以上帝、圣灵及死于十字架上的圣子的名义，向秘鲁及全世界的公众舆论说几句话，在对好人寄予希望的、天意的允许和启示下，对坏人的下述恶毒的、污蔑性的、缺乏根据的指责加以驳斥和否认，这种指责企图把方舟的兄弟姐妹同奥尔佳·阿列娅诺·罗骚腊小姐在瑙达附近的柯卡玛菖长峡谷的被奸、死亡及其后的被钉事件联系起来。我在这偏远的藏身之所，身负上帝以其慷慨的无限智慧恩赐给我的十字架，躲开了那些不信神者的脏手。它们现在不可能、将来也永远不可能抓住我，使我远离善心的、圣徒般的教众和那些因对上帝的爱和对坏人的恨而圣洁地互相联结在一起的兄弟姐妹。我在这里高举双手并激烈地左右摇动。我愤慨，我高呼：不，所谓方舟兄弟姐妹同坏人犯下的罪行有着某种关系的说法是伪造的！他们把罪行推在我们身上是为了掩饰自己的罪过，是为了给我们的钉子和十字架抹黑。我们方舟兄弟会的宗旨是行善，并在上帝、圣灵和死于十字架上的圣子所决定的世界行将消亡的时刻升入天堂。正如《圣经》这部好书预言的那样，这个充满坏事的、不信上帝的世界定将在水火中毁灭。我听到一种并非来自这个世界的声音，它正是这样告诉我的。杀害阿列娅诺小姐的被告人中，没有一个人曾经属于我们好人组成的兄弟会，也没有一个人参加过方舟兄弟会在他们居住之瑙达、巴加珊或列克纳举行的集会，这是当地方舟兄弟会中的善心使徒向我证明的。从来没有人看到过这些被告人中的任何一个人参加过为赞美上帝、圣灵和死于十字架上的圣子，为乞求他们宽恕自己的罪孽以便当世界末日来临时灵魂即已洗涤干净而举行的集会。我们的兄弟姐妹们不杀生、不奸淫、不抢劫、不偷盗，正如上天通过我的口对他们教导的那样：他们憎恨坏人的暴力。我们从未有过与善相违的行动。那些迫害我们、强迫我们东藏西躲、使我们在茂密的丛林中过着野兽般生活的人指责我们宣扬犯罪，这完全是谣言！不过我们还是原谅他们吧，因为他们不过是上苍手中极为顺从的普通奴隶，被上苍用来作为十字架，为我们赢来了不朽的永恒荣光。至于可怜的奥尔佳·阿列娅诺，她虽然已听不到我们的话语，但我们已经把她纳入我们的祈祷之中了。同正在看着我们、听着我们、向我们讲话、保护我们并与上帝、圣灵和死于十字架上的圣子共享天安的殉教烈士和圣徒一样，她将永远使我们怀念。

弗朗西斯科兄弟

*

编者按：于安葬仪式进行过程中，在伊基托斯中心公墓，果然有人散发了奥尔佳·阿列娅诺·罗骚腊的画像，这些画像同方舟兄弟会钉死在十字架上的其他人如著名的莫罗纳湖殉教童子和圣依格娜霞的画像非常相似。

对洛雷托省报人的迫害

（《东方日报》1959 年 1 月 6 日社论）

本报昨日发表了专稿《致好人的信——关于坏人》。这封信是方舟兄弟会的最高领袖和精神导师弗朗西斯科兄弟从其森林中一秘密藏身之地寄给我们的。为此事，本报社长、具有国际声望的著名记者华金·安多亚受到了洛雷托省警察当局的迫害，那份因自由办报而受到迫害的黑名单上又增加了一人。本报社长于昨日早晨被第五警区（洛雷托省）司令、宪警上校胡安·阿美萨加·里奥弗里奥和秘鲁侦缉警察、洛雷托省最高督察费德里哥·琼皮达斯·费尔南德斯召去。上述警方人士要求本报社长透露《东方日报》以何种方式取得了弗朗西斯科兄弟的信件，因为此人作为亚马孙十字架案的主谋正在被搜捕。本报社长彬彬有礼却坚定不移地回答：一名记者的新闻来源是职业秘密，如同神父听取的忏悔，是神圣不可侵犯的。上述两位警官乃破口大骂，对华金·安多亚先生极为粗暴无礼，如果拒不回答问题，他们甚至以刑罚相威胁（"我们要踢死你！"这就是他们的原话）。由于本报社长正气凛然地拒绝违反职业道德，乃被监禁在警察局的牢房中达八小时之久，直到下午七时才因省警察局局长亲自关照始获释放。《东方日报》全体编辑人员团结一致，为保卫办报自由、职业秘密和新闻道德，特对洛雷托省杰出的知识分子和记者所遭受的暴行提出抗议，并宣布，本报已向秘鲁全国记者联合会和秘鲁全国记者协会两个我国最高同业组织发出了电报，对此事进行揭发。

柯卡玛峡谷的杀人犯将不移送军事法庭

（《东方日报》伊基托斯 1 月 6 日讯）接近第五军区（亚马孙地区）总司令部的消息灵通人士今天早晨辟谣了在伊基托斯流传的如下说法：瑙达的七名劫持者将移交陆军司法机构，通过简单起诉，由军事法庭作出判决。该人士称，军方从未要求担负审讯和判决此七名罪犯的任务，因此这七名罪犯仍由非军方的一般司法机构进行审理。

看来，此破产谣言系来自（军需）上尉潘达雷昂·潘托哈向陆军最高法院提出的一项要求，该上尉（其军衔在本市已尽人皆知）以夏娃号及其全体船员属于海军，加之支队是他本人主持的臭名昭著的服务队这一军事化组织的一部分为理由，要求军队司法机构对瑙达劫持事件的负责人加以起诉和惩处。军方指出，夏娃号运输舰被劫持时并非在执行军事任务，而是在执行完完全全的民间任务；所谓服务队在任何情况下都不是也不可能是军事化机构，而是民间商业企业，仅仅同陆军有过某种偶然的、在允许范围内的来往，但绝非资助性的正式来往；潘托哈上尉的要求实为"异想天开"（这是消息人士使用的词汇）。为此，此消息灵通人士说，可能是根据陆军总参谋部的意见，目前正在对上述服务队进行一次秘密调查，以期搞清其来龙去脉、组成人员、活动和收益情况。如确系非法，则应对有关人员追究责任，加以惩处。

第十章

"啊，你起来了，孩子。"雷奥诺尔太太吓得一夜没睡好，梦见一只蟑螂被老鼠吃掉，老鼠又被猫吃掉，猫又被大蜥蜴吃掉，大蜥蜴又被豹子吃掉，豹子被钉在十字架上，而蟑螂又反过来啃噬其尸体。她一大早就起来了，扭着双手、摸着黑在客厅里走来走去，听到钟敲六下才去敲潘达的卧室："你怎么又穿上军装了？"

"反正全伊基托斯市都看到我穿军装了，妈妈，"他看到军装上衣已经褪色，裤管荡来荡去。他在镜子前一会儿一个姿势地照着，充满了忧伤。"再搞'潘托哈先生'那套谎话没什么意义了。"

"这应该由陆军而不是由你来决定。"雷奥诺尔太太把厨房的锁弄错了，牛奶洒了一地，又想起来忘了拿面包，手中的盘子不停地抖动，"过来，哪怕喝点儿咖啡，空着肚子出去可不行。别像驴子那样固执！"

"好吧，不过我只要半杯，"潘达神情自若地走进餐室，把军帽和手套放在桌上，坐下来小口小口地喝起来，"来，妈妈，吻我一下，别那么愁容满面，都快传染给我了。"

"我做了一夜噩梦，"雷奥诺尔太太倒在沙发上，手捂着嘴，声音瓮声瓮气的，像患了感冒，"现在你会摊上什么事呢，潘达？我们可怎么办啊！"

"不会出什么事的，"潘达从皮夹中抽出几张钞票放在雷奥诺尔太太的睡衣上，拉开百叶窗，看到人们正去上班、盲乞丐正带着钹和笛来到街角，"出事我也不在乎。"

"你们听到广播了吗？"依丽斯在出租汽车里惊得一下子从座位上

弹起来，听到司机也在惊叫。她不停地说，这不可能，太不幸了！付了钱，下车走进潘达乐园，随手砰的一声带上门。"弗朗西斯科兄弟给抓住了！他原来就藏在玛珊附近的纳波河一带。我伤心透了，他们会怎样对待他呢？"

"我对我的所作所为丝毫不感到遗憾。"潘达看见墓碑制造商、阿丽西娅的丈夫走出家门，汽车驶过，夹着书包的儿童走过，一位老太婆在兜售彩票。他感到有点别扭，扣上上装的扣子。"我是凭良心办事的，这也是一名士兵的责任。无论发生什么事，我都能对付。你就相信我吧，妈妈！"

"我从来都是相信你的，孩子，"雷奥诺尔太太给他刷净衣服、擦亮鞋子、拉衣服，张开双臂吻了他，把他搂在怀里，望着旧照片上那两个蓄着胡子的人，"我对你从来都是盲目相信的，但是对这事儿我不知应该怎么想。你简直是疯了，潘达，你怎么可以穿着军装在一个婊子的葬礼上发表演说呢？你爸爸和祖父难道会做出这种事来吗？"

"妈妈，别总是讲这件事了，"潘达看见人们在向卖彩票的老太婆和盲乞丐问好、一个男人一面走路一面看报、一条狗在哗哗地撒尿，他转身向门口走去，"我想我曾对你说过，从此以后，严禁谈此话题。"

"好，我不说了，我才是真正懂得服从上级的呢！"雷奥诺尔太太给他祝福，送他到人行道上，回到卧室扑在床上痛哭起来，"但愿上帝保佑你别后悔，潘达。我为别出事而祈祷，可我敢说，你干的这种蠢事会给我们带来不幸的！"

"对，在某种意义上讲是这样的，至少我是不幸的。"巴卡柯尔索中尉笑不出来了，他走过拥挤在监狱门前等候探监时刻的家属，推开一个兜售乌龟、猴子的小孩，"我会失去今年的晋升机会，这是肯定的。不过，事实既成，就不能后退。"

"是我命令您带卫队去的，是我命令您向那可怜的姑娘致敬的，"潘托哈上尉弯身去系鞋带，看到亚马孙银行门前的标语：森林地区的钱，必须用在森林地区。"我要负一切责任。我一个人负责。我记得在给柯亚索斯将军的一封信中，我就是这样说的。我还要亲自去对斯卡维诺这样说。您没有过错，巴卡柯尔索，军规上写得清清楚楚。"

"他们找到他的时候，他正在睡觉，"佩内洛普在辛弗罗索·凯瓜斯的吊床上坐下，向围着她的众女郎说道，"他用树枝、树叶给自己搭了一个巢，白天就在那里做祷告。使徒们给他送去的东西，他一口也不吃，光吃树根和野草。真是个圣徒，真正的圣徒！"

"说真的，我当时不应该听您的话，"巴卡柯尔索中尉把手插在衣袋里，走进天堂冷饮店，要了一杯牛奶咖啡，听到潘托哈上尉问他那边的一个教员是不是巫师。巴卡柯尔索中尉回答说是。"这也只在我们之间说说，您当时给我下的命令简直是胡说八道。要是留一手，换作一个有心计的人，早就把您要干的事去向斯卡维诺汇报了。也许现在您要感谢我呢，上尉。"

"现在抱怨已晚，"潘托哈听见那个教员在向一位太太进行劝告：你如果想让你初生的婴儿立即讲话，就在他嘴里填满玉米粒。"您既然想到了，为什么不那么干呢，巴卡柯尔索？如果您这样做了，即便还是因我的过错而使您不能添道杠杠，但我现在不会感到这么后悔。"

"因为我这儿还少了一个心眼，"巴卡柯尔索中尉敲了敲自己的胸部，喝完牛奶咖啡，付了钱，听到那个教员对一位顾客说：你的孩子要是给毒蛇咬了，你就把马哈鱼①的胆汁装在奶瓶里给他喝。他走到街上。"我也这么想。老实说，我看到您对那位女郎的死那么伤心，我的心软了。"

"《东方日报》的社长气急败坏地说他根本没有出卖弗朗西斯科兄弟。他又是发誓，又是痛哭，说他什么也没对警察讲。"柯卡最后一个来到潘达乐园，宣布带来了消息，坐在吊床上上气不接下气地说，

---

① 此处为音译。

"不管他怎么说，人们还是烧了他的汽车，差点儿把报社也烧了。我看呀，他要是不离开伊基托斯，兄弟们非把他杀了不可！你们说，安多亚先生到底知道不知道弗朗西斯科兄弟藏在什么地方？"

"再者，正是由于给一个婊子致哀的想法太离奇了，反倒很吸引我。"巴卡柯尔索爆发一阵大笑，在利马街上沿街叫卖的小贩和挤满人的店铺中间走着，他发现现代百货商店挂出一块新牌子：本店物品美观耐用、远近驰名。"我也不知道是怎么回事，大概是您的不理智传染给了我。"

"那不是由于不理智，而是冷静而理智地作出的决定，"潘托哈上尉踢开一个罐头盒，穿过马路，躲开一辆小卡车，踏上阿玛斯广场沙果树投在地上的阴影，"这且不去管它。我向您保证，我要尽一切可能，使您不致因为此事而受到损失，巴卡柯尔索！"

"这件事倒是可以当作故事讲给后代听，尽管他们不会相信。"巴卡柯尔索微笑着倚在英雄纪念柱上，发现上面的名字有的被涂掉、有的被马粪弄脏了。"报纸就是专门干这种事的嘛！您知道吗？我看不惯您穿军装，简直变成另外一个人了。"

"我也不习惯，感到有点别扭。三年了，时间不算短。"潘托哈上尉围着信贷银行绕了一圈，在铁房子前看到皇宫饭店的老板在追逐一个姑娘，就啐了一口唾沫，"您见到斯卡维诺了吗？"

"没有，没见到。"巴卡柯尔索中尉看着司令部窗子上那发亮的花砖，走进达腊帕卡堤岸区，停下来观看从旅游饭店走出来的一群挎着照相机的外国人，"他派人通知我，说我的特别任务结束了。也就是说，我不能再同您一起工作了。星期一，我得到他的办公室去报到。"

"您还有四天的时间可以恢复恢复精力，准备接受打击，"潘托哈上尉踩了一块香蕉皮，看着那古老的圣阿古斯丁中学斑驳的墙壁，踩死一群在拖树叶的蚂蚁，"这么说来，这是我们最后一次会面了？"

"我告诉您一件好笑的事，"巴卡柯尔索中尉在罗达里俱乐部的纪念碑旁点了一根烟，看着堤岸区的空地上几个女学生在打排球，"很久以来，有人看到我俩总是躲在僻静的地方单独待在一起，您猜他们说什么？说我们在搞同性恋。瞧，简直叫人哭笑不得！"

"他还关在玛珊呢，镇子周围布满了士兵，"皮秋莎把耳朵贴在收音机上，大声重复着听到的广播，接着又跑到码头上指着依达雅河，"所有人都到玛珊营救弗朗西斯科兄弟去了。你们看，小船、舢板、木筏真多呀！快瞧，快瞧！"

"在这几年的半秘密交往中，我是真正了解您了，巴卡柯尔索，"潘托哈上尉把手放在他的肩上，看着女学生弹跳着打球，跑来跑去，感到耳朵上又发痒了，连忙去抓，"我希望您知道，由于我这怪异的处境，您是我到目前为止在此地交上的唯一的朋友。我非常感谢您！"

"我也是如此，我一看见您，就知道您是个大好人。"巴卡柯尔索中尉看了看表，叫住一辆出租汽车，打开车门上了车就要走，"我觉得我是唯一了解您本来面目的人。握握手吧，上尉！"

"进来，我正等着您呐！"斯卡维诺将军站起来迎上前，没有伸出手，毫无表情地看了看他，像中了电击一样围着他转起了圈子，"您可以想象，我够有耐心的了。来吧，说吧，为您的英雄业绩辩解吧。说呀，快点，开始吧。"

"您好，将军！"潘托哈上尉脚跟一碰行了个礼，心里想，他不像发怒的样子嘛，这倒奇怪了，"我请求您看看这封信，然后请您转给上级。在信中，我表示我个人对发生在公墓的事负完全责任，我想说巴卡柯尔索中尉没有一点……"

"住口，不要提起这个搅得我肝疼的家伙！"斯卡维诺将军呆住不动了。几秒钟后抬起手来，又绕起了圈子，声音中带有恼怒："在我面前不准再提起这个人。我本来以为他是我的亲信，他本来是应该监视您、控制您的，可结果反倒成了您的追随者！我发誓，他将会因为把卫队带到公墓一事而后悔！"

"他只是服从了我的命令。"潘托哈上尉仍然以立正的姿势站着，轻声细语、一板一眼，"我在这封信中作了详细解释，将军，是我强令巴卡柯尔索中尉把卫队带到公墓去的。"

　　"您先不要为别人辩护，倒是需要有人来替您辩护呢！"斯卡维诺将军坐了下来，一面以胜利者的神情瞪着他，一面在一堆报纸里翻弄着，"我想您是看到了您干的好事的后果了。当然，这些报纸您当然是看过了，可是利马《新闻报》《商报》的社论您还没看到，服务队的事简直闹翻了天！"

　　"要是不派援军来，就可能发生严重事件，上校，"桑达纳中尉布置警戒，命令刺刀上枪，警告外来人不要上前，否则就开枪。他恐惧万分地用手提无线电通话。"还是让我把那疯子押到伊基托斯去吧，每时每刻都有人上岸，而且越来越多。我们在玛珊这儿处于明处，这您是知道的，他们随时都可以袭击关押他的茅屋。"

　　"请您不要误会我是想为自己开脱，将军，"潘托哈上尉采取了稍息的姿势，感到手在出汗。他不去看斯卡维诺的眼睛，而是看了看他秃顶上的黑痣，低声说道："不过，请允许我提醒您，电台、报纸早就在瑙达事件之前就议论服务队了，我并没有不慎重。并不是我去了公墓才暴露了服务队，它的存在早已尽人皆知了。"

　　"如此说来，身穿陆军军官制服出现在妓女老鸨的送葬队伍中只不过是小小的事故喽！"斯卡维诺将军演戏般地表现出谅解、厚道的样子，甚至露出了笑容，"如此说来，向一个婊子致哀就像是……"

　　"同向一名以身殉职的战士致哀一样！"潘托哈上尉提高了嗓门、立正、向前一步走，"我很抱歉，但这正是劳军女郎奥尔佳·阿列娅诺·罗骚腊的情况！"

　　"您竟敢跟我大喊大叫！"斯卡维诺将军吼了起来，满脸通红，在椅子上动来动去，抓乱了桌子上的东西，但马上就冷静了下来，"您如果不想让我因您的不礼貌而逮捕您，就请您放低声音讲话。您以为是在跟谁讲话？"

"请您原谅，"潘托哈上尉后退一步、立正、脚跟一碰、低下头放低了声音，"我很抱歉，将军。"

"司令部本来想在接到利马的命令之前先把他关在那儿，但既然事态严重，还是把他解到伊基托斯去为好。"玛克西莫·达维拉同助手商量，研究地图，签了一张领取空运燃料的条子，"同意了，桑达纳，我这就给你派去一架水上飞机，把那位先知运出来。你要头脑冷静，千万不要发生流血事件！"

"如此说来，您演说里的那些蠢话是您的真心话喽？"斯卡维诺将军恢复了常态、微笑和上级气派，鄙斥地说道，"不，我算是认识您了。您的脸皮太厚了，潘托哈，难道我不知道那婊子是您的情妇吗？您是一时感情激动才演出这场戏的，因为您爱着她。妈的，现在又来说什么因公殉职的战士！"

"我发誓，我对这位女郎的个人感情对此事没有一点影响！"潘托哈上尉脸红了，面颊发烧，结结巴巴，指甲嵌进了手掌，"受害者如果不是她，而是别人，我也要这样做。这是我的义务！"

"您的义务？"斯卡维诺反倒高兴地尖叫起来，站起身，来回走着，在窗前停下来，看到大雨倾盆，水汽蒙住了依达雅河。"把陆军置于受嘲笑的境地、扮演吹牛大王的角色、泄露军官是皮条批发商，这些都是您的义务，潘托哈？有敌人在收买您，您在进行破坏活动，您是第五纵队！"

"你们看见了吧，我赌什么来着？兄弟们把他救出来啦！"拉丽达拍着手把一只青蛙钉在硬纸板做的十字架上，跪了下来，"我是刚刚听到的，那是辛奇在电台广播的。他们正把他装进飞机准备运送到利马①去的时候，兄弟们向士兵扑了过去，抢了弗朗西斯科兄弟就逃到

---

① 上文讲是运到伊基托斯。

森林里去了。啊，我太高兴了！弗朗西斯科兄弟万岁！"

"不到两个月以前，陆军不是还向佩德罗·安德腊德医生致哀了吗？他是从马上掉下来跌死的，将军。"潘托哈上尉想了起来，看看窗上被雨打的玻璃，听到雷声轰轰，"您本人不是在公墓念了一篇极妙的悼文吗？"

"您是在暗示服务队的娼妓同入伍军医有着同样的身份？"斯卡维诺将军听到有人敲门，说声请进，从一名随从手中接过一份文件，高声说，"不要打断我，潘托哈呀潘托哈，您还是回到地球上来吧！"

"女郎们为军队服务，其重要性并不亚于入伍的军医、律师和神职人员。"潘托哈上尉看见闪电在乌云中蜿蜒而过，等着听到天上打雷，"对不起，将军，事实终究是事实，我可以拿出证明。"

"幸亏贝尔特兰神父听不到您的话，"斯卡维诺瘫坐在沙发上，翻了翻文件，丢在纸篓里，以泄气、惶惑的表情看着潘托哈上尉，"您的话非把他气死不可……"

"自从服务队成立以来，我军所有的军士和士兵工作努力了、效率提高了、纪律严明了，对森林生活也能更好地适应了，将军。"潘托哈上尉心里想：格拉迪西塔星期一满两周岁。他激动了、伤心了，叹了一口气，"我们的研究工作和全面观察证明了这一点，而那些以真正忘我的精神执行任务的姑娘，却没有人对她们的贡献说一句感谢的话！"

"如此说来，这些荒诞的言论是您的真心话喽？"斯卡维诺浑身一震，从一壁墙到另一壁墙来回地走着，做了一个怪相，自顾自地讲着，"您是真心认为陆军应该对那些屈尊与士兵睡觉的婊子表示感谢喽？"

"我坚定不移地这样认为！"潘托哈上尉看着大雨冲刷着无人的街道，把房顶、窗子、外墙洗得干干净净，连苗壮的树木也像纸片似的晃来晃去，"我同她们一起工作，亲眼看到了她们所作的贡献。她们工作辛勤努力，工资却很低，而且正像大家所看到的那样，这工作充满了危险。这一切我都心中有数。瑙达事件之后，陆军有义务小小地表示一下哀悼，这也是提高士气的一种方式。"

"我吃惊得连火都发不起来了，"斯卡维诺将军摸摸耳朵、前额、秃顶、摇摇头、耸耸肩，装出一副受惊的样子，"我真发不起火来了。我感到好像是在做梦，潘托哈，你让我感到一切都是那么不可思议，是一场噩梦。我也糊涂了，对发生的事搞不明白了。"

"开枪了吗？死人了吗？"贝秋佳吃了一惊，抬起双手祈祷，把其他女郎叫来，求她们安慰她，"圣依格娜霞啊，求你保佑保佑千面鬼吧，他也去了，跟所有人一样，他也去看弗朗西斯科兄弟了。他不是兄弟，他是因为好奇才去的。"

"我当时想，上级肯定不会批准我的建议，所以我没向上级请示就自行其是了，"潘托哈上尉看见雨停了、天晴了、树木更绿了、街上又有人了，"我当然知道，我应该受处分，但是我这样做不是为了自己，而是为了陆军，特别是为了服务队的前途。瑙达事件可能会导致服务队解体，所以有必要安定女郎们的情绪、提高她们的勇气！"

"服务队的前途！"斯卡维诺一字一顿，凑到他跟前，以既怜悯又骄傲的表情观察着他，说话时几乎吻着他的脸，"您认为服务队还有前途吗？服务队已经不存在了，潘托哈！您那倒霉的服务队死亡了、完蛋了、彻底完蛋了！①"

"服务队？"潘托哈打了一个冷战，地面晃动起来了，他看到彩虹正在出现，想坐下来闭一会儿眼睛，"服务队死亡了？"

"别那么天真了，伙计，"斯卡维诺笑了，寻找着他的目光，说话也流畅起来了，"你以为出了这种丑闻，服务队还能存在下去吗？瑙达出事的当天，海军就撤回了它的船舰，空军也撤回了它的飞机。柯

---

① 后两句原文为英语。

亚索斯和维多利亚也终于明白了必须结束这种荒唐的做法。"

"我下令开枪，但士兵们不听话，上校，"桑达纳中尉朝天开了一枪，臭骂士兵，但只能眼看着最后一个兄弟跑掉，最后向指挥台报告，"狂热分子太多了，尤其是女性狂热分子。我看宁可进行一次大屠杀，现在他们逃得还不远。等援军一到，我就去追，干他一家伙，您等着消息吧！"

"这一措施应尽快予以纠正，"潘托哈上尉毫无信心、含混不清地说道，他感到头晕，赶忙扶住写字台，看到人们用桶把家中积的雨水泼出来，"服务队正处在高峰期，三年的辛勤劳动已经开始结果。我们还要把服务对象扩大到准尉级军官呢！"

"感谢上帝，服务队死亡了，永远埋葬掉了！"斯卡维诺站起来。

"我要提出详细的研究材料和统计报告。"潘托哈上尉还在嘟嘟囔囔地说。

"婊子被杀和公墓丑剧有好的一面，"斯卡维诺将军看见虽然还有淅沥小雨，但城市充满了阳光，"这倒霉的服务队差点儿把我搞垮，但总算完蛋了。我终于可以在伊基托斯的大街上心安理得地走路了。"

"我还要提出各种表格、民意测验。"潘托哈上尉的声音不响了，嘴唇也不动了，眼前的东西一片朦胧，"这不可能是一个不可逆转的决定，还有时间纠正……"

"如果需要，就动员全亚马孙军区，一定要把那位先知在二十四小时之内给我捉拿归案！"老虎柯亚索斯受到国防部的斥责，反过来又斥责第五军区司令，"你想让利马笑话你吗？你那些军官是干什么吃的？四个巫婆就把俘虏从他们手中抢走了！"

"至于您，我建议您辞职，"斯卡维诺将军看到河面上出现了首批摩托艇，帕德列岛上的茅屋又冒出了炊烟，"这是一个友好的忠告。您的事业完蛋了，由于您在公墓开的那场玩笑，您等于在职业上自杀了。您即便留在陆军，服役卡上也有了污点。喂，您怎么了？您在哭？拿出男子气来，潘托哈！"

"对不起，将军，"潘托哈上尉擤了擤鼻子，又哭起来，揉着眼睛，"我这几天神经太紧张了，实在控制不住了。请您原谅我的软弱！"

"依达雅河畔的办公室今天就要关闭，中午以前就要把钥匙还给军需科。"斯卡维诺将军做个手势，表示接见完毕。他看到潘托哈上尉站着不动。"您乘明天福赛特公司的飞机回利马，柯亚索斯和维多利亚下午六时在部里等您，听您的英雄事迹。"

"绝对不，将军，我绝对不主动离开陆军！"潘托哈上尉的声音还未恢复正常，还没抬起头，脸色还在发白，他感到耻辱，"我有一次曾对您说过，陆军是我一生中最重要的东西。"

"那就随您的便吧。"斯卡维诺迅速向他伸出手，给他打开门，看着他离去，"在出门以前，请您抹掉鼻涕、擦干眼泪。妈的，说来谁也不会相信，我看到一位陆军上尉竟为了关掉一间妓院哭哭啼啼。您可以走了，潘托哈。"

"请问，上尉，"辛弗罗索·凯瓜斯挥舞着锤子、扳手跑上指挥所，立正，工裤上满是灰尘，"把大地图和带箭头的地图都拿下来吗？"

"拿下来，大地图不要弄坏，"潘托哈上尉打开写字台的抽屉，拿出一叠纸，翻了翻，一面撕成碎片丢在地上，一面命令着，"得还给地图室呢。帕洛米诺，挂图和表格都取下来了吗？"

"啊，上帝呀，你们都跪下来，哭吧，画十字吧！"桑德拉晃着头发，双臂作十字架状，"他死了，他被杀害了，你们不知道吗？这是真的、真的，听说弗朗西斯科兄弟在印第安纳郊外给钉在十字架上了！唉……"

"取下来了，上尉，"帕洛米诺·里奥阿尔托从小凳子上跳下来，扛起一只装得满满的箱子，小跑步走过来，原地跑步，"这些卡片、小本子、文件夹怎么处理？"

"也撕掉，"潘托哈上尉切断电源，拔下转播器装进包里，交给波费里奥，"不，最好把这堆垃圾拿到空地上烧掉，快点，加油，加油！你怎么了，秋秋蓓，又哭了？"

"没有，潘托哈先生，我答应过你不再哭了。"秋秋蓓蒙着花头巾、系着围裙，正在打包、叠被单，把枕头垛在一只箱子里，"忍住不哭，可真不好受……"

"几小时的工作，几秒钟的工夫就毁了，"秋毕托在屏风、箱子、盒子中间走来走去，指着空地上的火焰、浓烟，"您熬了多少夜才制作出那些表格、卡片……"

"您想象不出，我也很痛心，潘托哈先生，"波费里奥扛起一张椅子、一叠吊床、一卷纸，"我同这一切都混熟了，就像在自己家里。我发誓。"

"我们要逆来顺受，"潘达雷昂·潘托哈拔下电灯插头，捆好书，拆掉书架，扛起一块黑板，"生活就是这样。加紧干吧，帮我把这东西拿出去，把没用的东西丢掉。我得把这间仓库还给军需科。来，你们把写字台抬出来。"

"不对，不是当兵的干的，是兄弟们自己干的，"贝露迪塔哭着，搂过依丽斯，抓起皮秋莎的手，看着桑德拉，"是那些去救他的人干的，是他求他们干的、命令他们干的：不能让军队再把我抓回去，钉死我吧，钉死我吧！"

"我跟您说一件事，潘托哈先生，"波费里奥弯下腰，叫声一、二，用力，抬起来，"您知道，我在这儿工作是高兴的。我从来没有跟一个头儿干满过一个月，可我跟您干了多长时间？三年整！事情要是能由我决定，我愿意跟您干一辈子！"

"谢谢你，波费里奥，这我知道，"潘托哈先生提起一只桶，用刷子蘸上白灰，把墙上的标语、谚语、格言涂掉，"喂，小心楼梯！对，步子要一致。我对这一切习惯了，对你们也习惯了。"

"我跟您说，潘托哈先生，我以后再不会踏上这块地方了，否则我非落泪不可……"秋秋蓓把灌注器、尿盂、毛巾、睡衣、鞋子、短裤塞进一只箱子，"真蠢，简直叫人不能相信，在我们最兴隆的时候把它关掉了。我们那计划多美啊。"

"谋事在人，成事在天，秋秋蓓，有什么法子？"潘托哈先生卸下百叶窗，卷起席子，数着卡车上的盒子、箱子，轰走围在后勤中心大门处的好事者，"秋毕托，过来，看看你还有没有力气搬动档案柜？"

"都怪那个特奥费洛·莫雷和他的同伙，要不是他们，就不会有人找我们麻烦了。"波费里奥想把箱子关上，但关不上，让秋毕托坐上去才把箱子扣按上，"他妈的，是他们把我们毁了，对吧，潘托哈先生？"

"有一部分道理，"潘达雷昂·潘托哈在箱子上绕着绳子，结了个扣，系紧，"不过，这一切早晚得结束，我们在陆军里有着很强大的敌人。我看你把绷带取下来了，秋毕托，胳臂可以动了？"

"坏人死不绝！"秋毕托看见波费里奥额上的青筋直蹦，潘托哈先生也是满头大汗，"谁也搞不清楚这种事，我们还会有敌人！我们就是众人的幸福！士兵们看到我们就高兴，每次我到营地去都感到自己像圣诞老人。"

"他自己选了一棵树，"丽达合起双手，闭上眼睛，喝了一口药汁，捶着胸，"他说：把树砍倒，做一个这么大的十字架。他亲自在河边选了一块很美丽的地方，对众人说：把十字架竖起来，就在这儿吧，你们就在这儿把我送上天吧！"

"到处都有嫉妒鬼，"秋秋蓓拿出巧克力分给大家，看到辛弗罗索和帕洛米诺还在往火堆中丢纸片，"看到我们事业兴旺，他们就眼红。您出的主意真使我们取得不少进展。"

"您在这方面真是个天才，"波费里奥拿起瓶子，嘴对嘴地喝了一口酒，打了一个嗝，吐了一口唾沫，"姑娘们都这么说：我心里只有弗朗西斯科兄弟，除了潘托哈先生。"

"那些柜橱呢，辛弗罗索？"潘托哈先生脱下工装裤丢在火堆里，用煤油擦着手上、臂上的油漆，"还有卫生所的屏风呢？快，把东西都给我搬到卡车上去，快，小伙子们，加把劲！"

"您为什么不接受我们的建议，潘托哈先生？"秋毕托把卫生纸、绷带、酒精瓶、红汞水、药棉收起来，"离开陆军吧，他们为您的努力支付的报酬太低了，留下来跟我们干吧！"

"这些凳子也搬上去，波费里奥！"潘托哈先生看了看卫生所里没留下任何东西，扯下药箱上的红十字，"不，秋毕托，我对你们说过不行。除非陆军不要我，或我死了，否则我是不会离开陆军的。这些图画也拿走。"

"我们会发财的，潘托哈先生！您可别失掉这个大好机会，"秋秋蓓拖着扫帚、掸子、衣架和木桶，"留下来吧，您还是我们的头儿，而您上面就没有头儿了。我们绝对服从。您给我们定佣金、定工资。您说怎样就怎样。"

"来，这个架子，一起来，举高，波费里奥！"潘达雷昂·潘托哈喘了一口气，看到好事者又来了，耸了耸肩，"我跟你们解释过了，秋秋蓓，我组织服务队是奉上级的命令。要是做生意，我可不感兴趣。再说我需要有上级指导，不然我不知道怎么干，天就会塌下来。"

"他那圣徒般的声音安慰着我们这些为他哭泣的人：不要哭吧，兄弟们！不要哭吧，兄弟们！"千面鬼擦了擦泪水，他看不清被莫妮卡和佩内洛普搂着的贝秋佳了，吻了吻地板，"我正好在那里。我全看见了，还喝了他一滴血。我在山区走了几小时，可是一喝了他的血，马上就不累了。我再也不跟男人或女人睡觉了！啊，我又听见他在向我召唤。他叫我上去，说我就是他的祭品！"

"运气来了可不要躲，先生！"波费里奥看到好事者又凑了过来，就操起棍子，只听潘托哈说：别管他们，反正现在没什么好隐瞒的了。"我们不仅把劳军女郎介绍给士兵,也介绍给老百姓,这一定能赚大钱!"

"我们可以先买几艘小船、几条舢板,一有条件就买一架飞机,潘托哈先生,"秋毕托学着汽笛的鸣叫声、飞机的嗡嗡声,吹着《腊斯帕》,又是走步,又是敬礼,"您用不着投资,姑娘们拿出自己的积蓄,用这些钱开个头绰绰有余。"

"如果需要,我们可以典当,可以向银行贷款,"秋秋蓓解下围裙,扯下头巾,鬘发都竖了起来,"姑娘们都同意了。我不会跟您计较,您想怎么干就怎么干。留下来吧,帮我们一把,别这么固执。"

"有了我们亲爱的上尉和他那聪明的头脑,我们可以建立一个帝国!"波费里奥在河中洗手、洗脸、洗脚,"快,决定吧。"

"早就决定了,我不干。"潘达雷昂·潘托哈望着空无一物的墙壁、房间,把没用的东西堆在门后角落里,"走吧,别愁眉苦脸的。你们有兴趣就自己干,祝你们一切顺利,这是最衷心的祝愿。我还是去干我的老本行。"

"我很有信心,我想会顺利的,潘托哈先生。"秋秋蓓从胸前掏出一块金牌,吻了一下,"我向殉教童子许了愿,请他帮助我们。不过肯定不能像您当我们的头儿时那样。"

"听说他一声没叫,也没落泪,一点也不疼,什么感觉都没有,"依丽斯把刚生出的孩子带到方舟教堂请使徒洗礼,看着婴儿舔教父滴出的血,"还对钉他的人说:使劲,兄弟们!别怕,兄弟们!你们在为我做好事,兄弟们!"

"我们必须按这个计划干,小妈妈,"秋毕托把一块石子抛上锌板房顶,看见一只兀鹰扇动着翅膀飞走了,"不然我们还有什么呢?难道回纳奈再开妓院?那我们就完了,现在谁也竞争不过莫基托斯,他比我们强多了。"

“到纳奈开妓院，那还不是老样子！”秋秋蓓敲着木头①表示反对，在胸前画着十字，“这不等于又回到泥坑里去干那烦人、赔钱的买卖？干弯了腰，让密探吸血？我死也不这么干了，秋邦！”

“我们同现代人一样，习惯了规模化的工作，”秋毕托向天空、城市和森林张开双臂，“在阳光照耀下昂首阔步。对我来说，这儿最有意思的是我感到在为别人做好事，像是在施舍、安慰不幸的人，在治疗病人。”

“他唯一的要求是：快点，钉呀、钉呀，不要让当兵的赶上，我要在他们到达之前升天。”佩内洛普在 7 月 28 日广场遇到了一位顾客，把他带到列克纳旅馆，事后要了二百索尔就把他打发出来了，“他对那些哭号的姐妹说：你们应该高兴，我在天上也是和你们在一起的，姐妹们！”

“姑娘们总是说，”秋秋蓓打开车门上了卡车，坐下来，“他使我们觉得自己是个有用的人，为自己的职业感到自豪。”

“当您宣布您要离去的时候，她们都伤心死了，”波费里奥穿上衬衣，坐在方向盘前，点了火，“但愿在新的生意中，她们还保持这种乐观精神。这是最主要的，对吧？”

“女郎们呢？都走了？”潘达雷昂·潘托哈关上码头的门，上了门，向后勤中心看了最后一眼，“我想拥抱她们一下，谢谢她们的合作。”

“到莫里商店给您买礼物去了。”秋秋蓓低声说道，指了指伊基托斯方向，笑了笑，又伤心起来，“她们定做了一只银手镯，上面用黄金镶着您的名字，潘托哈先生。您可别说出是我告诉您的，就装作不知道。她们想给您来个出其不意，到了机场再送给您。”

“见鬼，这是干什么！”潘达雷昂·潘托哈转动钥匙，锁上大门，上了卡车，“她们这么做是想让我伤心一辈子。辛弗罗索、帕洛米诺，

---

① 此动作表示祈求好运。

快出来，要不我把你们关在里面了。我们走吧。再见，潘达乐园！再见，依达雅河！开车，波费里奥！"

"听说他死的那一刻，天昏地暗。那时才四点钟，一片漆黑，接着就是一场倾盆大雨，闪电照得人睁不开眼睛，雷声震得人耳朵发聋。"柯卡在茅茅酒吧招待顾客，到伐木工人帐篷去拉客，最后爱上了一个磨刀匠。"山里的动物吼叫起来，鱼儿钻出水面，给升天的弗朗西斯科兄弟送行。"

"行李我都整理好了，孩子，"雷奥诺尔太太躲开大包小包和乱七八糟的床，不停地走动，开了一张清单，退了房子，"我只把你的睡衣、刮脸刀和牙刷留在外面了。"

"好的，妈妈，"潘达把行李送到福赛特航空公司办公室办理托运，"你同波恰通上电话了吗？"

"费了好大劲才接通了电话，"雷奥诺尔太太打电报给旅馆预订家庭房，"听得很不清楚，不过倒是个好消息：她明天就带格拉迪西塔去利马，让我们看看。"

"我去利马是为了让潘达抱抱宝宝。但是我提醒您，对您儿子最近这次肮脏的行为，我是永远不会原谅的，雷奥诺尔太太！"波恰听收音机、看杂志、听流言蜚语，走在街上感到有人朝自己指指点点、感到自己成了奇柯拉约人议论的话题，"这儿的报纸还在议论公墓那件事呢。您知道人们管他叫什么？老鸨。对、对，老鸨。我不会跟他言归于好的，太太。不会，永远不会！"

"我太高兴了。我真想看看小宝宝！"潘达跑遍利马大街的店铺，买了玩具、娃娃、围嘴、一套带有蓝色裤带的纱布童装，"一年了，一定变样子了，对吗，妈妈？"

"她说格拉迪西塔又壮又胖，结实极了。我听见孩子在电话旁玩耍。啊，我漂亮的小孙女啊！"雷奥诺尔太太到莫罗纳湖畔的方舟教堂去向兄弟们告别，买了殉教童子纪念章、圣依格娜霞画像和弗朗西斯科兄弟十字架，"波恰知道你被调离伊基托斯后很高兴，潘达。"

"啊，是吗？那当然。"潘达走进洛雷托花店，挑了一束兰花带去公墓，放在巴西女郎墓碑前，"但她肯定不会像你这么高兴。自从得知这个消息，你简直年轻了二十岁，就差跑到街上又唱又跳了。"

"你却似乎不很高兴，"雷奥诺尔太太抄写亚马孙地方菜的菜谱，购买用种子、鱼鳞、兽牙做的项链和用禽类羽毛做的花以及用五颜六色的线做的弓箭，"这我就不明白了，丢掉这个肮脏的工作，重新做一名真正的军人，你看来反倒很痛苦。"

"正在这时，军队赶到了。这群土匪看到他被钉死在十字架上都惊呆了。"皮秋莎玩彩票，患了肺病，当了用人，在教堂前行乞，"如今在奥贡内斯当中尉的那个人吓得要死，说，混蛋，你们这些犹大、希罗德斯，该死的，你们干什么，疯子！可是兄弟们不理他们，跪在地上张开双臂继续祈祷。"

"我不是痛苦，"潘达待在伊基托斯的最后一个晚上，一个人垂头丧气地在静谧的大街上荡来荡去，"不管怎么说，这是我一生中的三个年头。他们给了我一项艰难的任务，我完成得很出色。我排除万难，不畏人言，做了一件好事。在我的一生中总算有这么一件事做成了、有用了，可他们一巴掌就把它打掉，连谢也不谢一声。"

"你瞧，你还说不痛苦。你是习惯了同妓女、逃犯混在一起了，"雷奥诺尔太太为了购买一张藤制吊床讨价还价，决定把手提包和钱包随身带走，"所以离开这儿你不但不高兴，反而伤心了。"

"另外，你也别太抱幻想，"潘达打电话给巴卡柯尔索中尉同他告别，把旧衣服送给街角的盲乞丐，订出租汽车中午来接他们去机场，"恐怕他们会把我派到还不如伊基托斯的地方去呢。"

"只要你不像在这儿再干那种脏事，到任何地方去我都高兴，"雷奥诺尔太太一秒钟、一分钟、一小时地计算着出发的时间，"到天涯海角我都愿意！"

"那好，妈妈，"潘达天亮时才躺了下去，还没合眼就起来淋浴，心想今天就可以到达利马，但他并不感到愉快，"我出去一会儿，跟一个朋友告别。你要买什么东西吗？"

"我看见他出去了，我想这是个好机会。"阿丽西娅把一封给波恰的信和给格拉迪西塔的礼物交给雷奥诺尔太太，送她到机场，吻了她，抱了她，"我陪您很快地去公墓一趟，看看那婊子葬在什么地方。"

"好的，阿丽西娅，我们偷偷地去一趟。"雷奥诺尔太太在鼻子上擦了粉，试了试草帽，在机场上气得直发抖，登上飞机，起飞时她吓了一跳，"你再陪我到圣奥古斯丁教堂去一下，向何塞·马里亚神父告别。你和他是我在这儿最难忘的朋友。"

"他的头垂在胸前，眼睛闭着，形容消瘦，面色苍白。"丽达被莫基托斯接受了，每周工作七天，一年之内拉了两次肚子，换了三个保护人，"大雨洗净了十字架上的血，但是兄弟们用破布、木桶和盘子把这圣水收起来，喝下去就赎了罪。"

"有的人兴高采烈，有的人眼泪汪汪，本市的公民对他是恨爱交加。"辛奇以飞机的嗡嗡声作为音响效果，用喉音广播，"就在这种气氛中，我们那位有争议的潘达雷昂·潘托哈上尉于今日中午乘飞机去利马了，陪同前往的有他的母亲。他带去了洛雷托居民各种不同的感情，但是我们伊基托斯人还是要有礼貌地祝他一路平安，祝他养成好品德。再见了，上尉！"

"可耻，太可耻了！"雷奥诺尔太太看着绿色地毯般的地面、空中飘荡着的几片白云、安第斯山的雪峰以及海浪、黄沙、大海和悬崖，"伊基托斯的全体婊子都到机场来了，还哭着拥抱你。这个城市到最后一刻都叫人不得安生，我现在脸还在发烧。我希望一辈子不再见到伊基托斯人了。喂，你注意点，飞机快要着陆了。"

"对不起，小姐，我又来麻烦您了。"潘托哈上尉乘出租汽车直抵旅馆，命人熨了军装，来到陆军行政、军需、总务处。他在椅子上坐等了三个小时，弯了弯腰。"您确定我还要继续等下去吗？约我六点钟来，现在都晚上九点了，会不会搞错了？"

"不会错的，上尉，"秘书小姐正在染指甲，停下来说，"长官们正在开会，叫您等着。耐心点，马上就会叫您的。我再借给您一本柯琳·特利亚多①的摄影小说好不好？"

"不用了，谢谢，"潘托哈上尉翻遍了所有杂志，阅读了所有报纸，看了一千次手表，感到时冷时热、又饥又渴，还有点发烧，"说真的，看不下去。我太紧张了。"

"这是人之常情，"秘书小姐挤挤眼，"里面正在决定着您的前途，但愿不要给您太重的处分。"

"谢谢，不过也不完全是因为这件事，"潘托哈上尉脸红了，他记起了认识波恰那天的晚会、热恋的年代、结婚那天同他一起晋升的同事用指挥剑为他搭的凯旋门，"我在想我的妻子和孩子，她们大概早就到了。她们是从奇柯拉约来的，我们很久没见面了。"

"是，上校，"桑达纳中尉在森林地区穿来穿去，到了印第安纳，话也说不出来了，给上级打了电话，"死了两天，烂得像稀粥，任何人看了都要毛骨悚然。干脆让狂热分子把他弄走算了，要么就在当地埋掉。根本不可能移动，已经有两三天了，臭得令人作呕。"

"您再给我签个名，好吗？"秘书小姐递给他一个皮面小本，朝他表示崇拜地嫣然一笑，"我把我的表妹恰罗忘了呢，她也搜集名人签名。"

"非常荣幸，既然签了三次，第四次又有什么关系！"潘托哈上尉写道："衷心地致以最美好的祝愿——给恰罗。"并签了名。"不过我敢说您弄错了，我不是什么名人，只有歌唱家才给人签名。"

"由于您的事迹，您比任何艺术家都出名。"秘书小姐拿出唇膏，

----

① 西班牙女作家，开了间小说工厂，专门出版言情小说。

把写字台上的玻璃板当作镜子，在唇上抹了起来，"瞧您这副严肃的样子，谁都不会相信的。"

"您能不能把电话借我用一下？"潘托哈上尉又看了一次表，走到窗前，看着路灯、电线杆和浓雾中模糊不清的房子，好像闻到了街上的湿气，"我想给旅馆打个电话。"

"您把电话号码给我，我给您要，"秘书小姐按了按电钮，拨动转盘，"您要同谁讲话？雷奥诺尔太太？"

"是我，亲爱的妈妈，"潘托哈上尉抓起听筒，一面低声讲着，一面斜眼看着秘书小姐，"波恰和宝宝到了吗？宝宝好吗？"

"听说士兵们是用枪托开路挤到十字架跟前的，是真的吗？"贝秋佳在伯利恒、纳奈重操旧业，在圣胡安公路上开了一家妓院，嫖客盈门，生意兴隆，"他们用斧子把十字架砍倒，把弗朗西斯科兄弟连同十字架和别的东西一起抛到河里喂鱼了，是吗？你讲讲嘛，千面鬼，别祷告了，穿衣服吧。"

"喂，是潘达吗？"波恰像个热带歌女，声音甜腻腻、幸福地微笑着看着婆婆，看着身边围满玩具的格拉迪西塔，"亲爱的，你好吗？唉，雷奥诺尔太太，我太激动了，都不知跟他说些什么好了。格拉迪西塔就在我旁边，漂亮极了，潘达。你马上就能看到她了，长得越来越像你了，潘达。"

"你好吗，波恰，我亲爱的？"潘达感到心在跳，他想：我是爱她的，她毕竟是我的妻子，我们再也不分离了。"吻宝宝，也吻你，热烈地吻你。我真想看到你们，都想疯了。原谅我没能去机场接你们。"

"我知道你在部里，你妈妈跟我说了，"波恰唱歌般地说，刷地落了泪，同雷奥诺尔太太交换了一个会心的微笑，"这没什么，傻瓜。部里说什么了，亲爱的，他们要拿你怎么办？"

"还不知道，见面再说吧。我还在等候接见呢。"潘达看到门后人影在动，不耐烦起来，又害怕，"这儿的事一完，我就马上飞回去。我得挂上电话了，波恰，门开了。"

"进来，潘托哈上尉，"洛佩斯·洛佩斯上校既不让他握手也不还礼，转身命令道。

"晚上好，上校。"潘托哈上尉走进办公室，咬着嘴唇，脚跟一碰，敬了个礼，"晚上好，将军。晚上好，将军。"

"我们还以为您是一个连苍蝇都不敢打的人呢，没想到您原来是个狡猾的调皮鬼，潘托哈。"老虎柯亚索斯在腾腾烟雾中摇头晃脑，"您知道为什么让您等这么久吗？我这就告诉您。您知道刚才走出去的是什么人吗？您来告诉他，上校。"

"是国防部长和总参谋长！"洛佩斯·洛佩斯上校两眼冒火。

"把尸体运到伊基托斯根本不可能，已经腐烂了，桑达纳和他的士兵很可能得传染病，"玛克西莫·达维拉上校在报告上批示同意，乘摩托艇到达伊基托斯，同斯卡维诺将军会谈，在回驻地的路上买了一头小猪，"再说，那些疯子总是跟在后面，埋掉肯定要引起一场瘟疫。我认为水葬是最理智的办法。不知您的想法如何，将军？"

"他们是来臭骂我们的，把我们当新入伍的小兵那样骂，上尉。瞧我们这头白发，可他们还是大喊大骂，"老虎柯亚索斯捻着胡须，用一根烟头又点了一根烟，"我们有幸在这儿接待这二位老爷不止一次了。他们屈尊到此揪我们的耳朵，这是第几次了，上校？"

"国防部长和总参谋长是第四次光临我处。"洛佩斯·洛佩斯上校把烟灰缸中的烟头倒在纸篓里。

"他们每次出现在这间办公室里，都带来一包报纸送给我们，上尉，"维多利亚将军用浅蓝色的手帕抠着耳朵、鼻孔，"当然，都是些议论您的报纸。"

"这会儿，潘托哈上尉成了秘鲁最出名的人物。"老虎柯亚索斯拿起剪报，指着一个标题：《陆军上尉赞扬卖淫，向洛雷托妓女致悼文》。"您猜这份报纸是什么地方的？是通贝斯①的。您怎么看？"

"毫无疑问，您这篇悼文是我国历史上读者最多的演说。"维多利亚将军把写字台上的报纸乱翻一通，掉了一地，"人们把有些段落都背下来了，在街上拿这事开玩笑，连国外都在谈论您！"

"这下子，亚马孙地区的两场噩梦总算收场了！"斯卡维诺将军解开裤扣，"潘托哈调走了，先知死了，劳军女郎解散了，方舟也解体了。美好的日子、平静的土地又回来了！过来，作为奖赏，跟我亲热亲热吧，贝露迪塔。"

"我很遗憾，这次事件给上级带来了麻烦，将军。"潘托哈上尉纹丝不动，眼也不眨一下，屏住气、直愣愣地看共和国总统的肖像，"这不是我的本意，绝对不是，只是把利弊估计错了。我愿承担责任。为此过错，我愿接受任何处分。"

"问题是，即使最严重的处分也不适用您在伊基托斯异想天开干的蠢事！"老虎柯亚索斯把双臂交叉抱在胸前，"您这桩丑闻给陆军造成了这么大的损失，枪毙您都不能解我们的气！"

"这事我左思右想，可越来越糊涂了，"维多利亚以手支颐，以狡黠、惊奇、羡慕、疑虑的表情看着他，"您坦白吧，说实话，您为什么竟干出这种蠢事来？您的情妇死了，您就伤心得发了疯？"

"我以上帝的名义发誓，我对那位女郎的感情对我的决定绝对没有影响，将军。"潘托哈上尉仍然笔挺地站着，嘴唇动也不动地数着总统燕尾服上的勋章：六个、八个、十二个。"我在报告上写的全是实话。我以为这样做对陆军有好处。"

"为一个婊子致哀、称她为英雄、感谢她跟军人睡觉，这叫对陆军有好处？"老虎柯亚索斯喷出一口口的浓烟，咳了起来，厌恶地看了看香烟，嘟囔着说：我这是在自杀。"收起您这套吧。这样的好处

---

① 秘鲁北部边境城市。

再来一次，我们就要威信扫地了。"

"我太匆忙了，没有进行最后的决战就退出了战场，"贝尔特兰神父斜躺在吊床上，眼望天空叹了一口气，"我跟你实说吧，我对军营、士兵和肩章还是很怀念的。这几个月来，我每天都梦见指挥刀、起床号。我正在想办法再穿上军装。看样子事情还有希望。别忘了这两个球，贝露迪塔。"

"那女郎的死亡对其他合作者的情绪影响很大，"潘托哈上尉稍一斜眼看到了秘鲁地图，上面有一块绿色，代表森林地区，"我唯一的目的是鼓舞士气、给她们鼓劲。我是一心一意地为服务队的前途着想的，从没有想过要关闭服务队。可正当空前兴盛之际，关闭了……"

"您也从来没想过服务队的存在要绝对保密吗？"维多利亚将军在房间里来回走着，打了个哈欠，抓抓头皮，听到钟响，说天太晚了，"千嘱咐万叮咛地告诉您，您的工作的首要条件是保密！"

"在我致悼文很久以前，服务队的存在和活动早就为全伊基托斯所知晓了。"潘托哈上尉双脚并齐，手贴身体，头部不动。他想在墙上挂着的地图上找出伊基托斯。他想那黑点就是伊基托斯。"我也没有办法。我采取了各种预防措施避免为人所知，但是在这么一个小小的城市里不可能做到。几个月以后，消息就传开了。"

"这难道就是您把谣传变成灾难性事实的理由吗？"洛佩斯·洛佩斯上校打开门说道：安妮塔，你要是想走就先走吧，我最后关门。"您既然想发表演说，为什么不以自己的名义？为什么不穿便装？"

"这么说来，所有的劳军女郎都很想念他？我也很想他。我们是要好的朋友，那可怜的人恐怕要冻僵了。"巴卡柯尔索中尉仰卧在床上，"不过至少没把他开除出陆军，不然他非气死不可。对，今天用这个姿势，你把手放在胯骨上，头向后仰，动吧，柯卡。"

"我对后果做了错误的估计，上校。"潘托哈上尉头不摆动、目不斜视，心想那一切都显得太遥远了，"我当时只是担心瑙达事件后服务队可能解体，而招募劳军女郎会越来越困难，特别是招募质量高的劳军女郎。我想稳住她们，加强她们对组织的信心和热爱。我很遗憾，犯了这个估计上的错误。"

"可您这个错误使我们发了一个星期的火，整整一个星期没睡好觉！"老虎柯亚索斯又点了一根香烟，烟雾从口中、鼻孔中喷出。他头发乱了，眼睛红了，显得疲惫不堪。"听说您亲自检阅那些想加入服务队的女人，是真的吗？"

"那是外形考试的一部分，将军……"潘托哈上尉脸红了、哑口无言了、噎住了、结巴了、指甲嵌进了手掌、舌头不灵了，"那是为了看看她们够不够条件，不能光相信我的那几位合作者，因为我发现有以身行贿、抽头钱的现象。"

"我不明白，您怎么没得肺病？"老虎柯亚索斯忍住笑，但还是笑出来了，马上绷起脸，但又笑了，笑得直流泪，"到现在我还没弄清楚，您到底是个天真的白痴还是个老奸巨猾的坏蛋。"

"服务队泡汤了，方舟也完蛋了，我现在没有可以为之辩护的人，也没人给我钱了……"辛奇拍着肚皮扭动着，咂咂舌头，"这是他们合谋想把我饿死，因此我提不起兴致来，倒不是因为你缺乏魅力，亲爱的佩内洛普。"

"我们还是来把这件事了结一下吧。"维多利亚将军轻轻地拍了一下桌子，"您真的拒绝辞职？"

"我断然拒绝辞职，将军，"潘托哈上尉又有了精神，"我要一辈子待在陆军！"

"我们给您安排了一个适当的出路，"维多利亚打开文件夹，把一份打印的文件递给潘托哈上尉，让上尉看，他等着，"我们本来可以把您移交纪律委员会处理，那时您可以想象，您将会受到什么处分：败坏军队名誉，开除军籍。"

"可我们决定不这样做，因为您已经够臭了，还得为您的个人履历考虑考虑。"老虎柯亚索斯喷着烟，咳了起来，走到窗前，打开窗子，吐了一口痰，"您要是愿意留在陆军，也随您的便，但您要知道，我们把这份报告附在您的服役证上了。在很长一段时期内，您的肩章上是不会添杠杠的。"

"我要尽力为自己恢复名誉，将军！"潘托哈上尉的声音变快活了，心满意足，眉开眼笑，"我对无意中给陆军造成的损失深感懊悔，任何处分都不过分。"

"那好吧，可别再闯祸了。"维多利亚将军看了看表，"都十点了，我要走了。我们在离伊基托斯很远的地方给您找了个新职务。"

"您明天就去那里。起码一年之内，您不能离开该地一步，哪怕离开二十四小时都不行。"老虎柯亚索斯穿上上衣，把领带往上托了托，理理头发，"您如果想继续留在陆军，就必须使人忘掉那位著名的潘托哈上尉。再往后，等没有人记得这件事的时候再说。"

"我把你的胳膊这样捆起来，把你的双脚这样放好，让你的脑袋垂在乳房上，"桑达纳中尉喘着粗气，走来走去，比画着，把绳子结好，量量绳子，"现在你把眼睛闭上，装作死去的样子。对，就这样，皮秋莎。我可怜的劳军女郎啊，我被钉死的人儿呀。唉，我太痛心了，我漂亮的方舟姐妹啊！"

"波玛达驻地正需要一名军需官，"洛佩斯·洛佩斯上校拉上窗帘，锁上柜子，整理写字台，拿起皮包，"您去的地方不是亚马孙河了，而是的的喀喀湖①。"

"那里没有森林地区的炎热，只有高山地区的寒冷。"维多利亚将军打开门，请另外两位军官先走。

"那里没有劳军女郎，只有驼羊和骆马。"老虎柯亚索斯戴上军帽，关了电灯，向他伸出手去，"您是个怪人，我真摸不透，潘托哈。

---

① 位于秘鲁安第斯高原的大湖。

你可以走了。"

　　"哎哟，太冷了，太冷了……"波奇塔冻得发抖，"火柴呢？倒霉的蜡烛在哪儿？没有电可怎么生活呀！潘达，醒醒，都五点了，我不明白，你干吗要亲自去看士兵的早饭？你这脾气真怪，天这么早，我都要冻死了。唉，笨蛋，你那只手镯又碰痛我了，晚上睡觉干吗还不摘下来？我跟你说，都五点了，醒醒，潘达……"

　　正如许多评论所指出的那样，巴尔加斯·略萨的作品之所以能够吸引我国和世界其他地区的读者，应该说首先是因为它们那强烈的现实感。腐蚀人民灵魂的政权、军权和神权都成为作者揭露及抨击的对象，因而反对军人统治并揭露、鞭挞、讽刺军权也就成了他的创作主题之一。发表于 1973 年的《潘达雷昂上尉和劳军女郎》正是这样一部作品。其情节大致如下：

　　潘达雷昂·潘托哈在陆军服务多年，忠于职守，由中尉晋升为上尉。陆军总部的几位将军召他密谈，把一项艰巨而机密的任务交给了他。原来，由于军纪松弛，边境地区屡次发生士兵强奸妇女事件，为此总部要潘扮作商人到亚马孙地区第五军区所在地伊基托斯，秘密组织军中流动妓院——服务队。潘携妻带母上任，瞒着家人，积极工作，成绩卓然，可社会舆论又起来谴责这一举动伤风败俗。广播电台乘机敲诈勒索，未遂，便公开揭露了服务队的真实活动。潘妻得知真相，一怒之下离家出走。而后，在一次劳军途中，名妓巴西女郎惨遭歹徒杀害。潘念其旧好，悲愤交加，竟穿起军装送葬并致悼文，暴露了军人身份。一时舆论哗然，将军们急于销声匿迹，一面解散服务队，一面将潘召回，并发配其去北部高寒地区，成为丑闻的替罪羊。劳军女郎们则被将军和神父据为情妇。

　　小说中还有另一个平行的故事：宗教组织方舟兄弟会相信世界末日即将来临，认为只有把人钉在十字架上，学习耶稣为人类赎罪的榜样，才能推迟末日的到来。为此，他们把无辜的百姓随意钉死，社会治安为之大乱。

这部作品可以说是作者通过一个不严肃的情节（组织服务队）对一个重大的社会政治问题（军事当局的腐败）进行的一次严肃批判。作者表面上一本正经地引用大量文献（包括请示、报告、公私函件、通知、电台评论、录音采访、新闻报道、社论等），把潘托哈上尉塑造成一个具有献身精神、一丝不苟地完成上级交办的任务的军官；而这任务却是组织服务队，所以读者读起来不禁捧腹大笑，在笑声中对军界的腐败堕落、昏庸无耻进行了无情的嘲讽，使人对军政权这个秘鲁乃至拉丁美洲人民的大敌有了更为深刻的认识，从而激起人们的痛恨。这种不动声色的讽刺犹如我国的相声，演员一本正经甚至非常严肃地在台上对话，台下则笑声不绝，在笑声中对敌人或人民内部的不良现象进行了淋漓尽致的揭露和嘲讽。这种手法也许比正面的批判更为有力。作品出版后，在秘鲁曾一度被列为禁书，可见作者的确击中了军方的痛处。人民却是欢迎这部作品的，作品发表后不久，其中一些段落，不少人都能背诵。

正如许多评论中所指出的那样，巴尔加斯·略萨的作品以其结构上的新颖见长，他的几部作品在结构上各有特点，互不雷同。《潘达雷昂上尉和劳军女郎》全书由对话、梦境和各种文体构成。这里仅就其对话部分作一些分析，希望能对读者阅读本书有所帮助。

首先，作品的对话部分起着浓缩空间的作用。潘托哈因工作努力，由中尉晋升为上尉，并被陆军总部授以新的任务：组织服务队。潘不得已携妻母赴任，并开始工作。全章由对话组成，地点却有七处之多：潘托哈在利马的家、利马陆军总部、伊基托斯第五军区司令部、伊基托斯的利马旅馆、潘托哈在伊基托斯的住宅、伊基托斯的酒吧和伊基托斯的妓院。这几处地点的转换都是通过对话表现出来的，如：

① "不是开玩笑，斯卡维诺，"老虎把电话夹在耳朵和肩膀之间，

点了一根香烟，"我们考虑来考虑去，还是认为这是解决问题的唯一办法。我这就把潘托哈连同他的母亲、妻子给你派去。祝你胃口好。"

②　　"我和波奇塔商量好了，我们愿意随你去伊基托斯，"雷奥诺尔太太折起头巾，整好裙子，捆好鞋子，"可你还是愁眉苦脸的。你怎么了，孩子？"

这是两段紧接着的对话：①是柯亚索斯将军给伊基托斯第五军区司令斯卡维诺打电话；②是雷奥诺尔太太对主人公说的话。前者是在陆军总部，后者是在潘家。仅用这两段话就交代出了情节：潘不得已接受了组织服务队的任务，他的母亲也愿意随他去伊基托斯，省去了对地点转换的描述。又如：

①　　"我洗个淋浴就行了。"潘弟达说着，采取跪式，一弓一挺，"别讲话，别分散我的注意力，给我挠挠耳朵，对，对，就这样……我简直不知自己是老几了……"

②　　"您是老几我知道得清清楚楚，您到伊基托斯来干什么我也知道得清清楚楚。"罗赫尔·斯卡维诺将军嘟嘟囔囔的，"咱们开门见山吧！对您的到来，我丝毫不感到高兴，上尉，这一点，我事先就得跟您说清楚。"

这两段对话中，①是主人公在与妻子做爱时说的，地点是利马旅馆；②是斯卡维诺将军对主人公说的，地点是第五军区司令部。这两段对话一衔接，不用费多少笔墨，读者就会知道场景变换了。这两段对话衔接得很巧妙，有人称这种写作技巧为"话题衔接法"。类似的写法在第五章中我们还可以看到：

① 　"尝尝，尝尝，要趁热喝，汤一冷就不好喝了。"雷奥诺尔太太分着一盘盘热气腾腾的鱼汤，"这就是洛雷托著名的鱼汤。我兴致一来，做了这种汤。你觉得味道怎么样，波恰？"

② 　"您的口味真好，选中了这四位姑娘，潘-潘先生。"巴西女郎调皮地笑了笑，双目秋波闪闪，唱歌似的说道，"各种发色和味道的都有……"

　　这一组对话是用"味道"这一话题连接的，场景的转换（由潘的住宅转到服务队基地）是在这一衔接中完成的。

　　把许多不同的场景用各种蒙太奇手法连接，并列在一个平面上，全面推进故事情节的开展，是一种新的结构方法。这也是巴尔加斯·略萨对传统小说技巧的一个突破。如果依照传统的写法，作者得一处一处地分头描写，还得交代场景转换的过程，这样一来，很可能写成一部三四十万字的作品。

　　小说的对话部分还起着浓缩时间的作用。仍以第一章的对话为例：

① 　"你怎么总是愣神，一言不发，潘达？"波奇塔一面把机票放在包里，一面打听机场的入口处，"那儿有几条河，我们可以去洗澡……"

② 　"真怪，你是怎么了，亲爱的孩子？"雷奥诺尔太太望着云层、飞机的螺旋桨和下面的树木，"一路上，你一声不吭，什么事使你这么发愁？"

③ 　"没什么，妈妈；没什么，波奇塔。"潘达扣上安全带，"我很好，没有什么。瞧，马上到了，那儿是亚马孙河吧？"

④ 　"这几天你一直都是神不守舍的，"波奇塔戴上太阳镜，脱下大衣，"一句话也不说，瞪着眼尽出神……"

⑤ 　"这新的使命搞得我坐立不安，不过这早就过去了。"潘达打

开皮夹，付给司机几张钞票，"对，师傅，门牌549号，利马旅馆。等等，妈妈，我来扶你下车。"

一共五句对话，作者就把潘家三口从利马到达伊基托斯的旅行快捷利落地交代了出来，文字非常经济。机场、天空、飞机上、出租汽车、旅馆，这就完成了整个出门远行的过程，毫不浪费篇幅。有的评论家称这一写作技巧为"双线推进法"，即一面以对话进行小说的主线，一面以行动过渡时间。下面的第十章中的一个例子显示浓缩的幅度更大了：

"把尸体运到伊基托斯根本不可能，已经腐烂了，桑达纳和他的士兵很可能得传染病。"玛克西莫·达维拉上校在报告上批示同意，乘摩托艇到达伊基托斯，同斯卡维诺将军会谈，在回驻地的路上买了一头小猪，"再说，那些疯子总是跟在后面，埋掉肯定要引发一场瘟疫。我认为水葬是最理智的办法。不知您的想法如何，将军？"

这段话是玛克西莫·达维拉上校向柯亚索斯将军报告镇压方舟兄弟会的情况。寥寥数语就把他的一系列行动所需的时间浓缩在与柯亚索斯的通话中了。这种写法使人仿佛在看电影，画面是讲话人在行动，其讲话内容犹如画外音。

作品的对话部分还起着描写景物的作用。总的来说，这部作品的对话部分是用来推进故事情节进展的，但并不等于把景物描写完全舍弃。相反，作者很巧妙地对景物进行了描写。譬如通过波奇塔的眼睛看利马，通过潘托哈的眼睛看伊基托斯。寥寥数笔，就把两个城市的面貌特点勾画出来了。

结构现实主义的特点是立体感。这部小说正是通过其对话的部分，形象地向我们展示了这个特点。这个流派认为，不仅应该使读者有视觉上的感受，而且要有听觉上的感受，这样才能在读者的头脑中塑造出立体的形象。我们也可以通过欣赏立体主义绘画来体会这部作品中对话部分所展示的立体感：一位画家把一个人的正面、侧面都叠画在一个平面上，使我们看到同一张脸上的几个面，可以有三只眼睛、三只耳朵及一只既属于正面又属于侧面的鼻子。作者把许多场景并列，形成时空的综合体，使读者很容易地发现代码，就不必一一分头描述了。

孙家孟